カズオ・イシグロを求めて

武富利亜 編著

安武敦子　菅野素子

三村尚央　加藤めぐみ

小栗一将　荘中孝之

池園　宏

まえがき

　カズオ・イシグロは、昭和二十九(一九五四)年に長崎市中川町で誕生した。その後、約五年半の間、そこに暮らしていた。イシグロは、ノーベル賞受賞式直前のNHK単独インタビューのなかで「私は長崎で生まれました。そして私の母は原爆が落ちた時にそこにいました。だからある意味では、私は長崎の記憶の下で育ったのです」(六)[1]と述べている。第二次世界大戦が終焉を迎えた十年後の昭和三十年の日本は、映画『オールウェイズ三丁目の夕日』さながら、ようやく復興の兆しを見せ始めていたが、イシグロが在住した昭和二十九(一九五四)年から三十五(一九六〇)年の間の人々の暮らしはまだ貧しかった。当時の一般的な家屋の特徴を新田は次のように述べている。

　当初は水道やガスも引かれておらず、井戸水をくみ上げ、土間の竈で煮炊きを行っていた。洗面所もないため、朝は台所の流しで家族順番に顔を洗っていたという。もちろん風呂のない家がほとんどなので、みんな銭湯通い。便所は汲み取り式で、庭の野菜の肥料にしていた。また、出入り口が多いのも当時の家屋の特徴だ。かしこまった訪問は「玄関」、家族が家事のために出入りするのが「勝手口」、ご近所さんや御用聞きの人と話をする「縁側」と、状況に合わせて自然と使い分けられた。(新田　四〇)[2]

3

長崎の家々も例にもれなかっただろう。しかし、この頃から徐々に庶民の家庭には、「家電製品」がもたらされ、主婦の労力軽減に大きく寄与した。家電製品の開発は、大正時代には始まっていたが、電灯がタングステン電球の発明により省電力化し、電力にゆとりが生まれ、家電製品が爆発的なブームとなったのである。アメリカ文化も日本に娯楽などを通して浸透しはじめていた。日本に東京飲料株式会社（現・東京コカ・コーラボトリング）が昭和三一（一九五六）年に設立され、コカ・コーラが普及しはじめたのもこの時期である。耳をすませば、ラジオからは美空ひばりの『港町十三番地』や春日八郎の『お富さん』、菅原京都々子の『月がとっても青いから』などが流れていた。

　当時の日本の主要産業は、繊維や繊維関連産業であった。現存する富岡製糸場跡などから当時の様子をうかがい知ることができる。愛知県に本社を置くトヨタ自動車も創設当初は、豊田自動織機と繊維関連であった。イシグロの祖父である石黒昌明は、上海の豊田紡織機の常務取締役であった。しかし、豊田自動織機が豊田自動車へ基幹産業を変換していくように、昭和三十年代に入ると日本の産業も工場へロボットを導入し、電気、機械化が進んでいく。国は鉄鋼業を重視するようになり、重工業主体へと舵は切られるようになる。そのような三十年代初頭の

日本において、イシグロが生誕した昭和二九年から渡英する昭和三五年までの長崎の産業はどのようなものだったのだろうか。詳細を知る手掛かりとして、長崎県の公式ウェブサイト上にある『第四版長崎県統計年鑑』と『第八版長崎県統計年鑑』を開いてみた。

　昭和二九年の第四版には、事業所統計調査について、昭和二九年七月一日現在の「統計法にもとずく（ママ）指定統計第２号として、（中略）長崎県における結果である」と記されている。第八版になると、総理府統計局が主管し、昭和三二年七月一日現在における「市町村長が都道府県知事の指揮監督をうけて調査が執行」されたと記載がある。当時の社会情勢を知る手掛かりとして、高い需要があった産業とそこで働く人々の月給を調べてみた。

　昭和二九（一九五四）年の『第四版（昭和三十年）長崎県統計年鑑』のなかの「産業別、男女別、１人当り１か月間の現金給与額」データには、ボーナスなどの記載はなく、月毎の給与が産業別に記載されている。産業をそのまま記載順に並べると次のようになる。鉱業、製造業、機械製造業、輸送用機械器具製造業、運輸通信及び其他の公益事業、建設業、サービス業、金融及び保険業である。男性の一番高い給与（月給平均）は、「金融及び保険業」の約

二万五千円である。次いで、「サービス業」の約二万三千三百円、そして「輸送用機械器具製造業」の約二万三千百円となっている。女性の月給（平均）は、「金融及び保険業」の約一万四千円がトップである。次いで、「サービス業」の約一万二千円、そして「運輸通信及びその他の公益事業」の約一万一千円となっている。総目次には、「金融及び保険業」という項目はないが、「金融・商業・組合」というのがあり、そこには、銀行、信用金庫、商工組合金融長崎支所、郵便貯金、簡易生命保険、農業組合などが羅列してある。おそらく、それらを総称して「金融及び保険業」としているのだろう。この時期の長崎は、高度成長期を迎える前の戦後復興期にあたる。日本が「戦後の金融政策の前提条件のなかで戦前と比べて大きく変化し（中略）、いわゆる吉田ドクトリンによる『富国強兵』から『強兵なき富国』への路線転換」（鎮目 一三一）[3]をしている時期であった。吉田ドクトリンとは、吉田茂内閣総理大臣が打ち出した経済成長を最優先とする国家戦略のことである。また、この時期は、多くの企業が設備投資を行って銀行に借入を行っていただろう。この時代の産業のなかで男性、女性ともに給与がトップである「金融及び保険業」が花形産業であったというのも納得がいく。女性の職業（産業）で三番目の「運輸通信及びその他の公益事業」は、総目次の細目にある「交通・通信・船舶」に

あてはまると思われる。主な事業は、道路、橋りょう、鉄道（駅等）、造船所、貨物品、船舶建造、灯台、電報電話、通信機関の配置、電話機、電話加入、ラジオおよびテレビ等となっている。敗戦から都市整備が進み、道路や橋、公共交通機関の整備などが進んでいた状況がうかがえる。ではその六年後、イシグロが渡英するときの産業状況はどうだったのか。

　『第八版長崎統計年鑑』は、昭和三五年（三四年度）の統計で、昭和二九年に比べると事業内容が増え、事業所の整備が進んだせいか、「従前の分類と若干相違するところがあり、特に従前大分類『Ｊ運輸通信業およびその他の公営事業』が今回は『Ｊ運輸通信業』と『Ｋ・電気・ガス・水道業』にわかれ」たこと等が追記されていた。主な産業として記載されているものを記載順に並べると次のようになる。鉱業、製造業、輸送用機械器具製造業、建設業、卸売および小売業、医療保険業、電気・ガス・水道業である。最も月給平均が高い産業は、「輸送用機械器具製造業」の約三万六千円である。六年前は、「輸送用機械器具製造業」は三番目であった。昭和二九年時から高給職としてトップになったのは、単に輸送用機械を製造するだけではなく、特に自動車等の開発においてそれまでエンジンは輸入していたのが、国内で製造するようになったからだと思われる。次いで、「医療保険業」の約三万五千円である。

「医療保険業」は、五年前の「金融及び保険業」とは別に新たに設けられた名目である。五年前は、「金融及び保険業」が花形産業であったが、第八版では、「金融及び保険業」は、全体の五番目に落ち込んでいる。「医療保険業」が躍進した背景には、昭和三三（一九五八）年に「国民健康法」が制定されたことがかかわっていると考えられる。この調査は、昭和三六（一九六一）年に「国民皆保険」が導入される前年に行われているが、昭和三一（一九五六）年の頃まで日本人の約三千万人が公的医療保険に未加入であり、「日本の社会保障の大きな課題であった」（日本医師会）ことが分かっている。庶民の生活が農業中心から商・工業中心へと変わるなかで、人々のあいだで「社会保障の不足感と、経済・社会の発展に伴う新しい危険の増加」（新田 一五一）があったのだろう。「国民健康法」が制定され、「国民皆保険制度」が導入される前まで「医療保険業」が人気だったのは、その不安を補填する国民感情があったと考えられる。そして、三番目に月給が高い産業は、「電気、ガス、水道業」の約三万二千円である。上位三位の産業が五年前に比べて名目も業種も様変わりしているのが分かる。また、特筆すべきは、給与が実に五年間で約40％も上昇していることである。女性の方をみると、最も平均月給が高いのは、男性と同様、「輸送用機械器具製造業」の約一万九千円、次いで

「電気、ガス、水道業」の約一万八千円、そして「運輸通信業」の約一万七千七百円となっている。「輸送用機械器具製造業」がこの時代に男女ともに上位になったのはやはり、日本が自動車産業者産業に本格的に乗り出したからだろう。そして女性の職業として三番目にあがっている「運輸通信業」は、五年前には「其他の公益事業」と一緒にされていたが、ここで切り離されている。その理由として、昭和二七(一九五二)年に日本電信電話公社が郵政省の外郭団体で設立されたことが関係していると思われる。石井香江によると、電話交換手という職業は、はじめは「貧しい家出身の、小学校卒の女性であるというイメージ」(二三七)[4]があったが、昭和になると「勤続年数と能力に応じた年功加給、勤勉手当や技能の高い交換手に向けては昇進システムを導入して勤続動機を高めたほか、健康増進と作業能率を高める意味を持つ福利厚生、レクリエーション、局内の女学校、(中略)精神修養プログラムの数々や洒落た制服の導入等」(二三九)により、電話局は、働く女性にとって魅力的な職場となったようである。

　昭和二九(一九五四)年頃のイシグロの父親、石黒鎮雄は、長崎気象台に勤務する公務員であった。『第四版長崎統計年鑑』[5]には、公務員の記載はないが、『第八版長崎統計年鑑』の「勤労所得」のなかに公務員の欄が設けられている。昭和三五年(三四年度)の

公務員の月給を(長崎気象台の月給と正確にはあてはまらないが)参考にみてみると、年間約二十七万円となっている。月給換算にすると約二万三千円弱である。上述の産業と月給を比べると、鉱業に続いて七番目であるが、昭和三十一(一九五六)年からの三年間だけをみても、年平均一万六千円ずつ継続的に昇給している。運輸通信、公益事業は、昭和二七(一九五二)年から昭和三四(一九五九)年まで常に上位三位以内に入っており、県営や市営の事業、つまり公務員がかかわる公益事業が継続して増えていったのが給与にも反映されたと考えられる。

　当時、イシグロは、祖父母と両親、姉の六人で新中川町に住んでいた。昭和三十年代に海外へ派遣されるほど優秀な父親と「戦前、上海や天津のトヨタ系の会社で活躍したビジネスマン」(平井、二四)[6]として活躍した祖父と同居していたイシグロは、なに不自由なく暮らしていたことは想像に容易い。カズオ・イシグロという作家を深く知るためには、彼の作品作りの代名詞でもある「記憶」、そのなかでも「幼少期の記憶」を知ることは必須である。

　本書は、大きく分けて二部で構成されている。はじめの四編は、イシグロの創作の礎というべき、(六歳になる年の)「五歳までの

長崎」を追い求めている。幼少期に見たものや体験したもののなにが彼のなかに印象深く残り、それがどのように小説に反映されているのかを知ることで、作家の深層世界を垣間見ることができると考えた。「復興する長崎で見た新しい住様式『鉄筋コンクリート造のアパート』」から始まる本書は、安武の視点で当時の長崎を写実的に資料を交えながら論じている。また、イシグロにとって出生地が変えられないように、それに付随する「原爆」や「戦争」というテーマからも切り離すことはできない。三村は「イシグロ作品における長崎の原爆を再考」し、いかに世界で勃発している戦争や厄災と共鳴しながらイシグロの「長崎」が彼の作品やスピーチを通して位置づけられるかを鋭く論じている。

　多くの子ども（特に男児）にとってそうであるように、イシグロにとっても父親の存在は、特別なものであったことは作品のなかの息子と父親の関係から読み取れるだろう。実父である石黒鎮雄は、昭和三〇年代の日本の研究者のなかでも優秀であったことや、彼がどのような研究をして、日本に対してどのようなまなざしを向けていたのかなど、海洋学者の小栗を通して詳しく紹介されている。普通に生活していても知りえない貴重な情報である。イシグロが七、八歳になった頃には、父親の目には、息子は日本を忘れ、まるでイギリス人のように映っていたことも分かっている。

しかし、イシグロ本人は、日本を忘れていたわけではなかった。むしろ、興味をもっていたことがデイビッド・セクストン（David Sexton）とのインタビューからもうかがえる。「私が八か九歳くらいの頃、長崎はこの地球上において、原爆が落ちた二か所のうちの一つであることを知りました。それまでは、どの都市にも原爆が落ちていたと思っていました。イギリスの小学校にあった百科事典で知ったのですが、私は歴史上において、たった二か所にしか落とされていないうちの一つである、長崎出身だと知ったとき、なんともいえない誇らしい気持ちになったのを覚えています」(29)[7]。イシグロにとって「長崎」は、イギリスに帰化し、作家となった今でも、ルーツであることに変わりない。それは、彼の作品作りにおいて大いに関係している。日本を舞台にした作品から離れたあとの『日の名残り』、『充たされざる者』、『わたしたちが孤児だったころ』、『わたしを離さないで』、『忘れられた巨人』、『クララとお日さま』、これらすべての長編作品においてイシグロは、敗戦国や権力者の栄枯盛衰や、「遅すぎる」という感覚、平凡な日常が突然非日常へと変わる瞬間、幼少期への郷愁、埋められた公私の記憶、命の継承と責任など、「長崎」を変容させながら描き続けているのだ。本書の後半四編については、「あとがき」のなかで触れることにする。

まずは、カズオ・イシグロの「長崎」がどのように作品のなかに描かれ続けているかを感じながら、本書を熟読していただきたい。

武富 利亜

※本書のなかでは、カズオ・イシグロの父親の名前は、旧漢字(石黒鎭雄)で統一している。
※数字の表記に関しては、英語文献からの引用のページ数には算用数字を、日本語文献からの引用のページ数や年号・月日・年齢などには漢数字を用いる。
※また論文内の数字表記は、引用箇所以外は漢数字で統一している。

1 『カズオ・イシグロ文学白熱教室』NHK エンタープライズ、二〇一八年。DVDの付録。
2 新田太郎『ビジュアル NIPPON 昭和の時代』伊藤正直編集、小学館、二〇〇五年。
3 鎮目雅人『世界恐慌と経済政策「開放小国」日本の経験と現代』日本経済新聞社、二〇〇九年。
4 石井香江『電話交換手はなぜ「女の仕事」になったのか：技術とジェンダーの日独比較社会史』ミネルヴァ書房、2018 年。
5 『第四版長崎統計年鑑』、『第八版長崎統計年鑑』ともに長崎県、長崎県統計年鑑：長崎県 (pref.nagasaki.jp)。
6 平井杏子『カズオ・イシグロを語る』長崎文献社、二〇一八年。
7 David Sexton, "Interview: David Sexton Meets Kazuo Ishiguro" *Literary Review* 1987年。

Contents

第1部

写真／イシグロ4歳の頃の思案橋—1959（昭和34）年3月
（堺屋修一氏提供）

カズオ・イシグロの
幼少時代と
長崎の原風景の
記憶を中心に

I 復興する長崎で見た 新しい住様式 「鉄筋コンクリート造のアパート」

安武 敦子(長崎大学教授)

長崎と原子爆弾

　『遠い山なみの光』(*A Pale View of Hills*、一九八二)や『浮世の画家』(*An Artist of the Floating World*、一九八六)には日本のアパートの記述が見られる。それらはカズオ・イシグロが長崎で見た生活だったのだろうか。

　カズオ・イシグロが生まれてから引っ越しをする一九六〇年頃、長崎は戦災からの復興の途上にあった。

　一九四五(昭和二〇)年八月一五日の終戦からさかのぼること六日、八月九日午前一一時二分、広島に続き第二号の原子爆弾(プルトニウム爆弾)が長崎に投下された。パイロットの手記によると、長崎の市街も当初の爆撃目標であった北九州の小倉と同じく雲に覆われていたという。わずかな雲間から市街地を確認し、松山町一七一番地、現在の爆心地公園の上空で炸裂した。爆心地付近はほとんど全滅の状態で、二キロメートル以内は家屋その他の建物は八〇パーセント倒壊し、かつ各所より火災が発生して焼失地は拡大した。

当初の原爆の照準点は長崎市役所付近の中心市街地であった。爆心地となった長崎市松山町は三菱重工の大橋と茂里町の兵器工場の中間点に位置するものの、長崎市の中心部からは三キロほどの距離があり、人口の重心からは外れている。中心市街地は長崎市役所を中心とし長崎駅・諏訪神社・長崎県庁を含む同心円内あたりで（図表1）、被害は火災によるものが多く、中島川以南はほとんど被害を受けていない。以北は残存エリア、建物疎開地、全焼エリア、全壊エリアがパッチワーク状になっている。カズオ・イシグロが生後暮らした新中川町は中島川以南の上流域で、爆心地に対して山影にもなり、原爆の影響はあまり受けていなかった。

図表1　被爆した長崎駅周辺の1947年11月の様子（爆心地は写真の北に約1kmになる）
　　　　出典：国土地理院　地図・空中写真閲覧サービスの写真に筆者加筆
　　　　　　（1947年11月7日撮影、USA-R17243）

戦後の住宅不足
(終戦から翌年ころまで)

　戦争中の空襲、大陸からの引き揚げなどで、戦後、日本全体では四二〇万戸の住宅が不足していた。長崎市は半壊以上のダメージを受けた建物が三七・六パーセント、一万八千四九戸（「長崎市市勢要覧」一九四五年）で、戦時中の一九四四年からの建物疎開（長崎市では約六一万平方メートル、約二万五千世帯）や原爆以外の戦災を含めて四万戸強の建物を失った。なお広島市は戦災で九割近く、七万棟以上の建物で半壊以上のダメージを受けた。

　長崎市の復旧は交通や通信網から進められ、電気は二日後の一一日におおよそ復旧、鉄道は三日後の一二日に長崎駅まで開通し、仮駅舎が建設された。一三日の夕方にはNHK長崎放送局が放送を再開し、その電波で終戦の玉音放送を聞くことになる。

　他地区と同様に住宅不足のなか復員軍人や海外からの引揚者が加わる。九州では博多・佐世保・鹿児島が引揚港に長崎港は一九四六年二月に補給基地に指定されたため、多くの復員・引揚者は陸路で戻ってきた。長崎市は長崎駅前に案内所を開設、『新長崎市史』には一九四六（昭和二一）年一二月一五日時点で、引揚者は四千四七五世帯一万六千三〇三人、復員軍人は三千一二三世帯三千一六七人とある［長崎市史編さん委員会，二〇一三］。住宅不足に対応するため、一九四六年四月に一時宿泊所が中川町と蛍茶屋の間に開設された。このように被爆の翌年には復興に向けた着実な動きが見られる。カズオ・イシグロの暮らした新中川町付近は、被災地の復興をバックアップする場として機能していた。

戦中・戦後の
住宅供給機関の再編

　戦前に住宅を供給していた公的機関は六大都市と同潤会、第二次世界大戦の後半の太平洋戦争中に住宅供給を牽引したのは日本住宅営団である。日本住宅営団は一九四一(昭和一六)年、軍需産業都市に労働者住宅を大量供給するため設置された。目標数は三〇万戸であったが、資材不足などもあり九万二千戸余り[西山夘三記念すまい・まちづくり文庫住宅営団研究会, 二〇〇〇]を建設した。

　戦争末期、日本は各地が空襲に遭い、京都を除く大都市に加え、多くの地方都市も罹災し、長崎市を含む二一五都市で復興が必要で、一九四五(昭和二〇)年一一月に戦災復興院が設置され、被災地の市街地造成計画とその施行、住宅の建設・供給、土地・物件の処理などを担当することになる。戦災復興院による「昭和二一年度第一次住宅対策要綱案」を見ると、新規建設の内訳は、罹災都市の庶民住宅五万戸は日本住宅営団が、開拓者住宅二万戸は農地開発営団と日本住宅営団が、炭鉱労務者住宅二万五千戸、肥料工場労務者住宅五千戸は当該企業が建設するとあり、戦災復興院のもと日本住宅営団を主として復興していこうとしていたことが分かる。しかしGHQに閉鎖機関に指定され、一九四六(昭和二一)年に解散を命じられた。

　戦災復興院も内務省解体に伴い、内務省国土局との統合が進められ、一九四八(昭和二三)年一月に新設の建設院に吸収された。同年七月、すぐに建設省設置法が施行し、建設省に業務が引き継がれた。なお建設省は、二〇〇一(平成一三)年の中央省庁再編によって運輸省、建設省、北海道開発庁、国土庁の四省庁を統合し、国土交通省となっている。

長崎においても日本住宅営団による建設が行われた。戦時中は三菱造船や川南造船の労働者住宅が、戦後は爆心地付近を中心に応急簡易住宅が建設された。営団の住宅は木造住宅で、大工など技能者の不足からパネル工法など開発されていたが、浜口町の建設風景を見ると、瓦礫のなか、壁に木舞（こまい）が見え、伝統的な在来工法で建設されたことが分かる（図表２）。

図表2　営団による木造住宅の様子（背景は三菱製鋼工場）　　　（米国国立公文書館より）

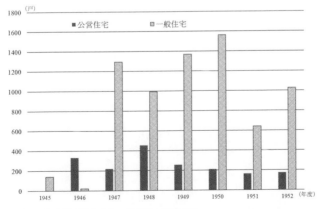

図表3　年度別公営住宅と一般住宅の建設戸数

長崎市の住宅の復興

　住宅不足のなか、戦後すぐはバラックや闇市が林立した。国の方針をもとに長崎市に限らず各地の自治体で行われたのは余裕住宅の開放である。長崎市は一九四六(昭和二一)年八月に呼び掛けたが、提供されたのはわずか四〇戸であった[長崎市史編さん委員会, 二〇一三]。一九四六年は日本住宅営団による応急簡易住宅建設が始まり、翌年以降は市民による自力再建が主流となり、自治体による公営住宅建設は少ない(図表３)。公営住宅は毎年二〇〇〜四〇〇戸が建設され、一九五〇年までに千二八二戸が供給された[長崎県土木部建築課, 長崎県住宅協会, 一九五三]。公営住宅は住宅不足の緩和に対して大きな貢献があったとは言い難い(図表３)。

　一九四八(昭和二三)年八月に実施された住宅調査では、長崎で戦後三年間に建設された住宅は八千三〇九戸、一人当たり畳数二・六四枚(全国平均三・〇八枚の八六パーセント)、一住宅当たり畳数一四・〇一枚(全国平均一五・九七枚の八八パーセント)、一住宅当たり居住者五・三〇人(全国平均五・一九人の一〇二パーセント)と、全国平均に比べて住宅は狭く、居住者は多い。住宅の困窮度がうかがわれる。そのなかで公営住宅は日照や通風の確保、児童公園の造成など一つ上の居住水準を市民に示した。

長崎市における公営住宅

　長崎市の公営住宅建設は、一九四五(昭和二〇)年、日本住宅営団が、浦上駅・茂里町周辺に八六棟一七二戸、岩川町全体・坂本町の一部に六〇七棟千二一四戸、旧城山住宅街一帯に二三五棟、

四七五戸の計千八六一戸を計画した。この簡易住宅を一九四五（昭和二〇）年内に建設し、六畳と三畳の二間で二千五〇〇円という格安で譲渡する予定であった。この住まいに対して同年一〇月三〇日までに焼跡居住者六〇〇人、その他一九〇人の計七九〇人が申し込んだ。市街地の勝山国民学校前には見本住宅が建てられている［長崎市史編さん委員会, 二〇一三］。

長崎市の住まいの復興と「市営」住宅

　長崎市は住宅不足解消のため、木造の市営住宅を一九四六（昭和二一）年度に三三二戸、一九四七（昭和二二）年度に二二〇戸、一九四八（昭和二三）年度に三六〇戸、一九四九（昭和二四）年度に三〇九戸と建設を重ねた［長崎市史編さん委員会, 二〇一三］。
　一九四九（昭和二四）年九月になると、一九五〇（昭和二五）年度からの「住宅建設五ヶ年計画」を発表し、木造庶民住宅五千戸、鉄筋コンクリート造アパート一〇棟を供給することを決定した。しかしそううまくは進まず、一九五〇（昭和二五）年度に計画を、庶民住宅五〇〇戸、鉄筋コンクリート造アパート三棟、引揚者住宅二〇〇戸に改めたが、補助金などの関係で難航した。一九四九（昭和二四）年一一月には、税外収入の拡大を目的に、駒場町（現松山町）に市営競輪場を設置し、その利益をもとに鉄筋コンクリート造アパートの建設や教育施設の改善が図られる。競輪場は一九六六（昭和四一）年一二月まで存続した。
　市営住宅は一九四六（昭和二一）年から建設され始め、主流は木造で、鉄筋コンクリート造やブロック造など不燃住宅の割合は四・四パーセント［長崎県土木部建築課, 長崎県住宅協会, 一九五三］と低かった。

長崎県の復興政策と
「県営」住宅

　長崎県は住宅復興一〇ヶ年計画を樹立し、一九四七（昭和二二）年の「炭鉱労務者住宅等建設規則」による炭鉱住宅、その他引揚者住宅、また農村対策としての開拓者住宅、さらに一九五〇（昭和二五）年に施行された住宅金融公庫法によって設立された長崎県住宅協会による賃貸住宅等、県下の三分の一程度の住宅建設に関与した［長崎県土木部建築課, 長崎県住宅協会, 一九五三］。

　県営の木造住宅の建設は一九四八（昭和二三）年に始まり、長崎市内には五団地一七一戸を建設した。木造住宅は一戸当たりの単価が低いことから量の解決に向いている。当初は木造主体であったが、一九五一（昭和二六）年度以降は耐火構造の共同住宅に切り替えた。

　この木造主体の時期に並行して建設されたのが、耐火構造の鉄筋コンクリート造アパートである。カズオ・イシグロの石黒邸に近い中川町団地、それにやや先行して魚の町団地が一九四八（昭和二三）年度に着工した。それらは四階建て、それぞれ一棟二四戸のアパートである。

　これら以降は少し間隔が空き、一九五〇（昭和二五）年に長崎市北部の大橋団地で一二八戸の建設がはじまる。主流は中層の耐火住宅であったが、一四戸だけ特殊耐火構造住宅が採用された。これは鉄筋コンクリート造の工事費が高い点を補いつつ、不燃性を失わないために、セメントに砂利や砂の代わりに石炭の燃え滓を混ぜたものであった。坪単価を一五〜二〇パーセント程度抑えることができたが、強度が劣るため、二階建てで建てられた。

都市の不燃化とアパート

　長崎市内では木造を主体としながら、一九四八(昭和二三)年から鉄筋コンクリート造のアパート建設が始まった。

　戦災によって多くの建物を焼失した日本では、この耐火構造(不燃構造)が一つのスローガンであった。終戦から半月ほど経った一九四五(昭和二〇)年九月九日の読売報知新聞には「戦災復興をアパート式不燃住宅にて」という記事がある。終戦後の不燃化は、一九四五(昭和二〇)年一二月に閣議決定された「戦災地復興計画基本方針」のなかでも「市街地の不燃」が掲げられた。日本建築学会でも「都市不燃化委員会」が設置され、多くの研究者や官僚が、戦後の住宅不足のなか、住宅供給と合わせてその不燃化の必要性を学会や誌上で力説している。木造に対して鉄筋コンクリート造はイニシャルコストがかかることが難点だが、のちに建設省の官僚となる鳥井は、コストは一・五倍かかるが寿命は三・五倍(鉄筋コンクリート造七〇年、木造二〇年)であること、また木材不足、土地不足の観点からも積層できる鉄筋コンクリート造を推し進めるべきと述べている[島井捨蔵,一九四八・七]。

　長崎市で木造住宅を建設した日本住宅営団も、(解散となり実現しなかったが、)一九四六(昭和二一)年五月に鉄筋コンクリートアパートを全国に四〇〇戸作る計画を立てた[弐萬数千戸,一九四六]。

　戦後の住まいの復興にあたり、国は住宅不足数に毎年の滅失数を勘案して計画を立て、一〇年計画で毎年六〇万戸、二〇年計画で毎年四〇万戸の建設が必要と試算し、うち四割を鉄筋コンクリート造とするとした[今年は二十五萬戸, 一九四六]。それを受けて一九四七(昭和二二)年一〇月、戦災復興院は翌一九四八(昭和二三)年度からの一〇年計画で四階建ての耐火

住宅を三五万戸建設する計画を立て、一年目一万戸、二年目二万戸、三〜七年目三万戸、それ以降五万戸と計画した。

　戦後初の鉄筋コンクリート造アパートは、一九四七（昭和二二）年度に着工した東京都営高輪アパートであるが、これは翌年から始まる建設の前段階の「見本」に位置づけられた。当初は、高輪アパート以外にも、神奈川、広島、門司などにそれぞれ異なった建築様式による試験的耐火住宅を建てる予定であった［高輪に見本二棟, 一九四七］。北九州市の門司では平屋の長屋形式で、かまぼこ型の屋根と、住戸間に袖壁を持つ特殊耐火構造（コンクリートブロック造）の市営住宅が建設されている［福岡県住宅復興促進協議会, 一九五九］。

　しかし、というより予想通り、予定した戸数に対してセメントの高騰など資材難から予定は縮小し、見本住宅はGHQの協力を得てようやく六月に二棟四八戸が建設された。一九四八年度については当初建設予定戸数は一万戸であったが三千戸となり、さらに約一八〇〇戸と縮小された［建設省住宅局, 一九五三］。建設地は、建設戸数が多い順に東京都（七一〇戸）、大阪市（三一二戸）、名古屋市（二一六戸）、神戸市（一六八戸）、横浜市（一二〇戸）、静岡市（七二戸）、広島市（七二戸）、西宮市（四八戸）、下関市（四八戸）、長崎市（四八戸）、八幡市（三八戸）、福岡市（三六戸）、川崎市（二四戸）、堺市（二二戸）の一四都市であった。建設された都市を見ると、供給戸数の三分の一が東京都で、次いで大阪府、名古屋市と続くがその他は一〜三棟の都市が多く、試行的に幅広い地域で建設しようとしたことがうかがえる。六大都市のうち空襲被害の少なかった京都市が含まれなかったほか、空襲被害では沖縄県の後背地として大きな被害を受けた鹿児島県内の市も含まれていない。一方で港湾都市の下関市や、重工業の川崎市や八幡市が含まれている。都市規模や被災度合、重工業などが勘案され決まったようである。

戦後に建設された
アパートの型

　一九四八（昭和二三）年度に建設されたアパートの標準型は三階段四階建ての二四戸である。下関市では二棟の計画であったものが六階段一棟で建てられるなど敷地形状に合わせた変更がなされている。また市街地では一階が店舗の下駄ばき住宅形式のものがあり、川崎市においては「川崎駅前に独自の設計により一階に店舗を持つアパートを設計した」など変形型として設計された。現存する福岡市の店屋町住宅（現店屋町ビル、図表４）を見ると、階段室は標準型より幅が狭く、裏手にバルコニーがあるなど形態が異なっている。福岡市の二棟は店屋町住宅を含めて下駄ばき住宅であったと考えられる。長崎市の二棟は戦災復興院による標準設計で建設された。標準型については後で述べる。

長崎市における鉄筋コンクリート造
アパートの建設プロセス

　戦前の長崎市における鉄筋コンクリート造の公共建築は、日本の他の地区とほぼ等しく一九三七（昭和一二）年まで建設が続くが、戦局の悪化により途絶えていた。ここでは戦後、長崎市に鉄筋コンクリート造アパートの団地が建設される経緯を、新聞をもとに時系列に見ていく。

　一九四八（昭和二三）年三月、政府が計画した不燃アパートが長崎にも割り当てられた。構造は鉄筋コンクリート造、戸数は一棟当たり二四〜三六戸、それを二棟というものであった。

図表4　下駄ばき型の福岡市の店屋町住宅（ビル）

間取りは一戸当たり一二～一三坪で、便所・炊事場付き、八畳と六畳の居室からなる予定とある。資材の見通しはついており、爆心地に近い長崎市岩川町方面を候補にしていた［八都市に建設, 一九四八］。実際と異なったのは建設地である。当初予定の岩川町は爆心地から六〇〇メートルから一キロメートルの全壊全焼した地区で、一九四五年（昭和二〇）一〇月には日本住宅営団による木造住宅が建てられ、一九四七（昭和二二）年ごろには木造の市営住宅も数多く建設されていた。原爆からの住宅再建の象徴的な意味合いで選ばれたと考えられるが、建設には至らなかった。

　一九四八（昭和二三）年五月、資材確保のため県の建築課長が上京している。この上京によりセメントが五月末から入荷見込みとの回答を得、新聞には「公共団体以外の一般私人でもアパート

の建設希望があれば県に申し込んで欲しい」と必ずしも公営住宅が意図されていない[資材の見透しつく，一九四八]。他県でも用地取得に難儀しており、個人からの申し出も期待していた。長崎市の耐火住宅は公営の方針としながらも市営か県営か決まっていなかった。

しかし資材の見通しが付いた月に県営と決まり、「長崎市の中央部で敷地を探す」と、当初の爆心地付近から場所が変更された。総工費は土地の買収、整地費等含めて七四〇万円、七月には着工し、年末完成予定と公表した。しかし「地代が高騰し、木造より高密度な耐火の共同住宅が望ましい」と検討されつつも、初期費用の高さや材料不足からなかなか鉄筋コンクリート造に舵が切れなかったようである[長崎県土木部建築課，長崎県住宅協会，一九五三]。市場での資材調達は好転しつつあり、一般の住宅にも不燃化を押し広げようという狙いから、中心部で建設する方針が採られたのではないかと推察される。

なお全国で広く耐火構造のアパート建設が計画されたのは、戦時中に途絶えた鉄筋コンクリート造技術者の養成の意味があった。しかし長崎市付近では石炭を採掘する島嶼部の伊王島や端島などで、炭鉱住宅として鉄筋コンクリート造アパートが先行して建設されており、年度内には崎戸でも建設予定[県営に本決まり，一九四八]など、鉄筋コンクリート造アパートが公営住宅よりも先に着手されていた。

市内の県営住宅に話を戻す。県営の方針となって二週間程度で、一棟目の敷地として酒屋町（魚の町団地）約三五〇坪が選定された。二棟目の中川町団地についてはこの時点では決まっていない[長崎市酒屋町に敷地を選定，一九四八]。

一九四八(昭和二三)年一〇月、ようやく魚の町団地の施工業者が選定され、着工が予定より三ヶ月遅れたため、完成予定は年内から来春にずれ込んだ。二棟目の中川町団地の敷地も決定し、一〇月末に建築業者の入札を予定しているとある[県営アパート

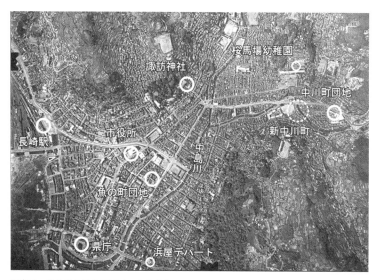

図表5　四八型の2つのアパートの立地
　　　出典：国土地理院 地図・空中写真閲覧サービスの写真に筆者加筆
　　　　（1962年5月29日撮影, MKU628-C10-10)

十二日着工、来春完成, 一九四八]。中川町団地は魚の町団地に
追随するように建てられた。

　年が明けて一九四九(昭和二四)年六月、長崎県営アパート
五〇戸(実際は二棟合わせて四八戸)に対して入居者募集という
記事が出た。申込みは千件を突破し、公開で抽選方式となる
[五十戸に申込千件を突破, 一九四九]。倍率は二〇倍強、低くは
ないが、東京都の高輪アパートの倍率が五四〇倍[五百四十人に
一人, 一九四八] であるのに比べると、長崎ではアパート暮らし
を敬遠した人もいたようだ。

　一九四九(昭和二四)年七月、入居は八月一日からとなり[晴れ
て入居は八月一日から, 一九四九]、二団地の抽選が七月に公開
で行われた。四八戸すべてに対して抽選されたのではなく、優
先入居者枠として魚の町団地は管理人一、住宅くじ一等当選
者一(戸)、中川町団地は土地提供者四、管理人一(戸)が引かれ

31

図表6　竣工当時の魚の町団地
　　　　[長崎県土木部建築課, 長崎県住宅協会, 一九五三]

ている[おゝ！家が当った, 一九四九]。中川町団地の土地の大半
は一九三四年から県所有の農事試験用地であった。四名の土
地所有者の所有状況は明らかにできていないが、土地提供者
に対して住戸をあてがっている。なおこれは他県でも見られる。
中川町団地は一九四九（昭和二四）年にその形を表し、電車通
りであったため多くの市民の目に留まった。なお道路拡幅に伴い
一九八一（昭和五六）年に解体された。

図表7 竣工当時の中川町団地
［長崎県土木部建築課，長崎県住宅協会，一九五三］

標準設計四八型の間取り

　中川町団地は四八型と称される。一九五〇（昭和二五）年頃には
「四八型」との表記が見られるが、供給時にそう呼ばれていた
わけではない。ただし一九五一（昭和二六）年に施行した公営
住宅法以降も標準設計は続き、ここでは西暦の下二桁をとって
五〇Ａ型（Ａは広さのタイプを表す）のように型を名付けた。
それに合わせて、遡って四七型や四八型と通称された。

戦後の標準設計の最初は見本として建設された都営高輪アパートの四七型である（図表8）。南側に階段室があり、間取りは八畳＋六畳＋台所＋便所で面積は三九・五平方メートルである。当初はもう少し大きな面積（一五坪）が計画されていたが、資材不足のため国が新築は一律一二坪までという制約を課したためこの面積になった。将来的に二戸一化できるように玄関部分の戸境壁は非耐力壁としてあり、他の壁に比べて薄い。天井高は二千二一〇ミリメートルしかなく、今と比べると随分低い。台所にはガスコンロがあり、玄関脇に家からごみを階下に捨てることができるダストシュートもあった。便所は和式の水洗式、玄関ドアや窓サッシュは鉄製であった。和室を主体としたのは洋室の生活に必要な家具の購入は困難と考えられたためで、続間は通風に配慮して選択された。四七型では実験的に二戸のみ板張りの洋式住戸も建てられている。

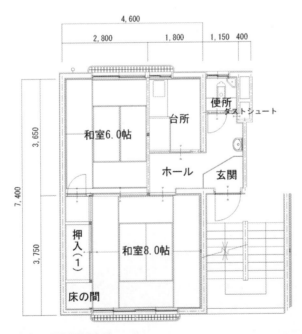

図表8　標準設計四七型

翌年の四八型は、先行する四七型をある程度踏まえ（四七型の竣工の前に四八型は工事が着工しているため、十分な検証を踏まえて改良はされていないと考えられる）、次のような改良が施された［建設省住宅局住宅設計課, 一九五二年一月］。

・一階の木造床を鉄筋コンクリート床として、物置用の地階を設けた
・居室の窓上部に欄間をつけて換気を設けた
・窓上部に庇をつけた
・床の間を廃して押入れを二間に変更した
・台所の調理台等の配置を改善した
・台所と六畳の間にハッチを付けた
・ダストシュートの位置を廊下から台所内へ変更した
・階高を一〇センチ高くした
・端部の住宅の妻側に窓を設けた

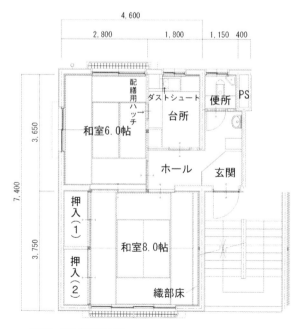

図表9　標準設計四八型

このように四七型にあった床の間が廃止されて押入れが二間
となり、地階に倉庫が設置されるなど収納が大幅に改善されて
いる。四七型の居住実験では約六割の世帯が床の間に物を置き、
半数が収納の不足を訴えたとあり［日本建築学会都営高輪
アパート調査特別委員会，一九九二］、収納不足は深刻であった
ようだ。台所ではダストシュートが台所内の流しの横になり、
六畳の和室との間に配膳用のハッチが付けられ（図表10）、台所
から六畳間に料理を出したり下げたりすることができるように
なっており、大幅な家事動線の短縮が図られている。木製の造付
け棚は五層構成で、下から棚、引き出し、調理台、戸が蚊帳の棚、
棚となっており、戸が蚊帳の棚は配膳しやすいように奥行きが
浅くなっている（図表11）。木製建具は地域によってやや異なり、
静岡市営アパートでは包丁置きや洗濯板の収納場所まで用意
されている。いずれも台所は設計にあたって、きめ細やかな配慮を
施したと感じられる空間になっている。

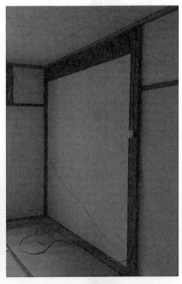

図表10 四八型魚の町団地の和室（423号室）（左：6畳間の配膳口、右：8畳間の織部床）

図表11
四八型魚の町団地の台所
建具

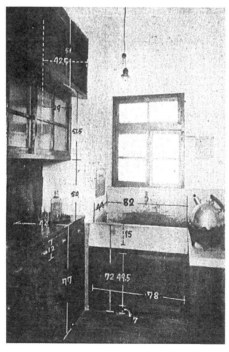

図表12
四八型大阪府営住宅の台所
(「新住宅」194909, p.40より)

当時の雑誌を見ると、台所の寸法を細かく示している記事や（図表12）、配膳口に注目し、主婦の労作が簡易化されていると評しているもの［前川和治, 一九四九・十］など、主婦の家事労働への注目があった。台所を和式ととらえるか、洋式ととらえるか難しいが、水栓があり、ガスコンロやダストシュートなど当時にしては珍しい設備があった。なお四八型には風呂場はない。

　また四八型は床の間がなくなり押入れになったが、床の間を潰すのではなく代替として、押入れの対面の壁に簡易的な床として織部床が計画された（図表10）。壁の上部に平板（雲板）が設置され、掛け軸等を掛けられるようになっており、足元には畳との間に板敷きがある。しかしこの上部に取り付けられた平板（雲板）を床と解釈していた人は少ない。同型の現存するアパートでの調査で、床の間として利用した人は僅かで、ほとんどが気づいてすらいなかった。

　この標準設計四八型の住宅史における位置づけは、戦後の画期的なプランというわけではない。一九二三（大正一二）年の関東大震災の後に設立された（財）同潤会によるアパートメント事業にその原型を見ることができる。同潤会アパートメント事業の世帯向けの住戸では、最晩年の江戸川アパートなど一部を除き、二室か小さな室を加えた三室の居室と、台所、便所からなっている。居室の一つには釣り床などの簡易的な床の間の設えがあり四八型に類似する。代官山アパートにはこれとほとんど同じプランが存在した。

　配置は、同潤会は道路に対して（方位を気にせず）住棟を配置していたが、同潤会の後に発足した日本住宅営団で冬至日照を基準にした南面平行配置が採用され、戦後もその流れが受け継がれた。四八型をはじめ多くの団地で南面が意識されたため、各戸に日の差す明るい部屋があったと考えられる。

　このように戦後すぐは戦前の標準設計を踏襲しながら、耐火アパートの建設が始まった。四七型が日本における不燃化住宅の

見本とすると、四八型は地方における見本といえる。設備もガスや水洗便所など新しい設備が導入された。四八型は、戦前までの住宅思想をベースとした四七型を引き継ぎつつ、居住者の要望などを見ながら、収納の改善や民主化の流れのなかで家事動線への配慮が加味されて計画された。

その後の鉄筋コンクリート造アパートの普及

　資材不足で当初はなかなか建設が進まなかった鉄筋コンクリート造アパートであるが、徐々に供給戸数を伸ばしていく。長崎市では昭和二〇年代に北部の大橋町と千歳町、小峰町に建てられ、その他県の職員住宅や国鉄、九州商船、三菱電機、大洋漁業等の社宅が一九六五（昭和三〇）年頃に建てられた［長崎市史編さん委員会, 二〇一三］。

　この時代の住棟タイプを見ると、住戸へのアクセスは、階段室型と言われる二戸に一つの階段（一フロアに六戸あれば階段室は三ケ）が多く、住戸を結ぶ廊下のあるタイプは少ない。一九五〇年の標準設計五〇D型（Dは最も狭いタイプ）は廊下を持つがこれは少数で、一九六〇年までの主流は階段室型であった。

　間取りを見ると、四九型以降、同時代の標準設計において面積の異なる複数のプランが提示されるようになる。封建性の象徴とも言える床の間の設えは次第になくなり、南面の日当たりの良い部分に台所が配置されるなど、日中住宅にいる主婦が重視され、思想が大きく変わっていく。居室も板張りの洋室が増え、ダイニングキッチンの登場と位置付けられる五一C型、その一九五一（昭和二六）年頃から浴室付きのアパートも多くはないが登場する。部屋数は大量供給が求められたため、小さな住戸も計画され、この時代は二室を中心に一室から三室のタイプがあった。

カズオ・イシグロと
アパート

　カズオ・イシグロがアパートを描いたものとして『遠い山な
みの光』の悦子の団地、『浮世の画家』の紀子の団地、黒田の家
があげられる。その舞台は長崎だったのか、それともイギリス
の経験と混じっているのか、あるいは創造か、実際に長崎市に
建っていたアパートと比較してみたい。

　悦子の団地は「市の中心部から市電で少し行った、市の東部に
当たる地区に住んでいた。家のそばに川があっ」(一一)た。長崎市に
実在した中川町団地(一九四九年竣工)と中川団地(中川町団地
の南に一九六一年竣工)は、中心市街地の東側にある(図表5)。
近くに中島川(下流で眼鏡橋、出島へと通じる)が流れ、場所の
描写が一致している。カズオ・イシグロが長崎在住時に過ごした
家は新中川町にあり中川町に隣接していた。近くの幼稚園に
通っており、中川町に友だちの家があったり、遊んだりしていた
としてもおかしくない。なお彼自身は、かなり大きな戸建て住宅
に住んでいたと言われる。

　さらに悦子の団地は「それぞれが四〇世帯くらいを収容できる
コンクリート住宅が、四つ建った。私たちが住んでいたのはこの
四つのうちの一番最後に建ったもの」(一一)だった。中川町の
団地はいずれも二四戸で、二棟目は建設中のまま完成を見ずに
渡英している。

　そこの住人は「わたしたちと似たり寄ったりの若夫婦で、夫たち
は拡張をつづける会社に勤めていて景気が良かった」(一一)と、
戦後すぐの混乱期というよりは、昭和三〇年代以降の高度経済
成長期を思わせる。

　部屋の中はというと、「どのアパートの部屋もそっくりだった。

床は畳で、風呂場と台所は洋式。狭いものだから、夏の数か月は暑くてやや苦労したけれども、住人たちはだいたい満足しているようだ」（一二）と狭くて画一的だが合理的で先進的な間取りだと表している。細かく見ると、義父は「狭い四畳半」（三六）が気に入っており、四畳半の部屋があったこと、台所は「スリッパを履いてタイルの床に立」（四一）つスタイルであった。また悦子と佐知子が玄関で立ち話をしていると、その「様子を、二郎と緒方さんがうかがってい」て、「佐知子を紹介すると、三人は互いに頭を下げ」（四七）ており、居室から玄関が見えている。またある日には「台所で夕飯の支度をしていると、茶の間で聞きなれない音がした」、「リビングの方から奇妙な音が聞こえてきた。義理の父が、リビングでバイオリンを弾いていた」（七七）、「二郎は、おやすみと言って茶の間を出ていった」（九四）と、茶の間やリビング、寝室があり、部屋同士には独立性が感じられる。また「寝室には陽が射して」（九九）いたとあり、寝室は北側ではないのであろう。中川町団地は玄関から居室は見えるが、部屋数は二室で、二室は続き間で一体的な間取りである。浴室はなく、四畳半の部屋もない。台所は板の間で、タイル張りでないが、この時代にタイル張りの台所が他のアパートでさえあったかは疑問である。

　また中川町団地には屋上に共用水栓、洗濯漕などがあり、洗濯場として計画された。地下には世帯ごとに区切られた倉庫群があった。実際に住んでいた方からは屋上を子供の遊び場としていた話、地下の倉庫群は薄暗いため「隠れ場所として遊んでいた」などのエピソードを聞く。もしカズオ少年が遊び場にしていたら出てきてよさそうな場所であるが、記述にはない。

　なお四八型のもう一棟の魚の町団地は、石黒邸と、長崎市の中心商店街でデパートのある浜町商店街の間にあり、周辺は木造であったため当時目立っていたという。作中にデパートの描写があることから見ていた可能性はある。

　つぎに『浮世の画家』（一九八八）の紀子の団地をみていく。

「和泉町は比較的裕福な若夫婦のあいだでとても評判になっている。なるほど、そこには清潔で上品な雰囲気がある。ただ、そういう若夫婦が好んで住みたがる新しい団地は、わたしの目からみるとどうも想像力が欠けているし、いかにも狭苦しい。例えば、太郎と紀子が住んでいる団地の一室は、四階の小さな二間の間取りで、天井は低く、隣近所の物音とか入ってくる。おまけに、窓からは向かいのブロックとその窓ぐらいしか見えない。ほんのしばらくそこにいるだけで閉所恐怖症に陥ってしまう」(二四一)、「電気を消すと、向かいの団地の棟の明かりがブラインド越しに入ってきて、壁と天井に縞模様を作っていた」(二八九)と、四階建ての二間の間取りのアパート群が高密度で建っている様子が描かれている。長崎市でこの描写のように鉄筋コンクリート造アパートが群として建っていたのは、戦後に市街地が拡がる旧長崎市北部である(図表13)。千歳町の長崎県住宅供給公社住吉町団地(現在のチトセピア)と大橋町の県営大橋団地、小峰町の県営本原団地(いずれも県営住宅、建替え済)の三団地が思いつく。住吉町団地は五階建てアパートが九棟(住戸タイプは大きく六種類あり、四九B、四九C、五〇B、五〇D、五一B、五一C)、大橋団地は四階建て五棟(住戸タイプは四九C、五〇B、五〇C、五一Cの五タイプ)と南側にコンクリートブロック造のテラスハウス、本原団地は二団地に比べると開発が遅いが規模は大きく、一九五三年に簡易耐火構造の二階建住宅にはじまり、簡易耐火住宅が一三棟、三〜四階の鉄筋コンクリート造アパートが一二棟、一九六〇年に完成した。標準設計の五四型は四畳半二室の浴室付きの間取りで、本原団地は二室型が主流とある[長崎県土木行政のあゆみ編纂委員会編, 一九九九]。

このアパート群のなかで住吉町団地を含む一帯は、戦後西浦上地区として「浦上近隣住区計画」が立てられた。コンセプトは文化都市にふさわしいコミュニティを構成する、文化的な近代的「住まい方」の追求で[秀島乾, 一九五一]、敷地の説明とも合う。

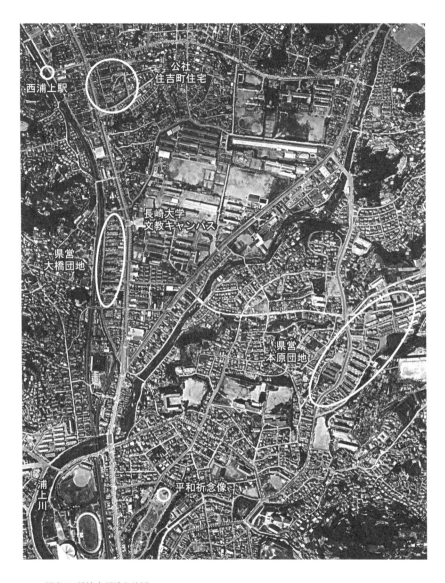

図表13 長崎市西浦上地区
出典：国土地理院 地図・空中写真閲覧サービスの写真に筆者加筆
　　（1962年9月26日撮影，MKU628-C8-12）

この計画は多くは実現しなかったが、アパート群は数少ない実現箇所となっている。さらに西浦上地区には泉町や若葉町が実在し、小説に登場する名称と符号する。また浦上川を含む長崎港を鶴の港と別称する。西津留という地名がこれに由来すると類推することもできる。

　紀子の団地の住戸内については、「掃除はとても簡単そうだし、通風も非常に能率的である。紀子は、特にこの団地はすべてキッチン、バス、トイレが洋式だから、実際の設備とは比べものにならぬくらい便利で使いやすい」（二四一）と主張しており、ここでも小さいながらも合理的な住まいであることを表している。

　黒田の家はどうか。「三階まで階段を上がり、ふたりの小さな男の子が三輪車を走らせている廊下」（一七二）がある。前述したようにこの時期のアパートの主流は階段室型で、廊下でアクセスするタイプは少ない。その片廊下型の五〇D型が住吉町団地には二棟あった（図表14）。このタイプは一室タイプで、小説にも「その家は小さかった。近年の共同住宅の例に漏れず、玄関と呼べるほどのものはなく、ドアの少し奥を軽く一段上がればすぐ畳の部屋」（一七三）と書かれている。団地は南面並行配置をしており、「狭いバルコニーに向かって開いた大きな窓から日光がたっぷり入っ」（一七三）た明るい部屋だったことは容易に推察される。

　ここで紀子の団地や黒田の家を住吉町団地とすると、住吉町団地に供給された五〇B型の間取りが『遠い山なみの光』の悦子の団地に近いことに気づく（図表14）。三室あり、うち一室は四畳半で、仕切りは襖とはいえ独立性がある程度保たれている。

　以上から、『遠い山なみの光』は実家近くのアパート、中川町の団地を敷地として描き、『浮世の画家』では、平和公園のさらに北、旧長崎市北部の千歳町の住吉町団地を描いたと思われる。住戸内の描写は両者とも住吉町団地ではないかと推察する。石黒邸のある新中川町から住吉町団地へは電車に乗りさえすれば、

50B型 51B型

51C型 50D型

図表14　1950~1951年の標準設計
　　　　[セメント協会，一九五九] (50B,D,51C) [規格住宅研究会，1959] (51B))

一本で行くことができるが近くはなく、小さな子どもが一人では行きにくい。外観だけでなく室内の風景描写も精緻であることから、家族の知人などがおり、何度か訪れたことがあると考えるのが自然かもしれない。かなり細かく描写している一方で、タイル張りの台所や窓のブラインドなど当時のアパートにはないしつらえもあり、自宅もしくはイギリスのアパートと混じっているのかもしれない。

　また小説におけるアパートの記述から、カズオ・イシグロは、鉄筋コンクリート造アパートに対して、狭く画一的で密集していて自分ではあまり住みたくないと捉えていたように見える。しかし、時代的にこういった住まいもやむを得ないのかと引いて見つつ、「住人たちはだいたい満足しているようだった」(『遠い山なみの光』一二)「便利で使いやすい」(『浮世の画家』二四一)と新しい起居様式に対しての理解も見える。

｜ 付 録 ｜

今残る四八型アパート

　鉄筋コンクリート造アパートの耐用年数は七〇年とされ、その半分の年月が過ぎれば建替え可能というのが日本の規範になっているため、戦後に建てられたものは大半が建替えられた。

　四七型と四八型があった東京都営高輪アパートは一九九〇年度より建て替えが始まり、すでにない。全国に展開した四八型の七四棟も多くは建替えられたが、二〇二三(令和五)年時点で標準型が五棟、下駄ばきアパートの変形型一棟が確認できる。標準型は北から静岡市営羽衣第一アパートと羽衣第二アパート、広島市営平和アパートの一棟、下関市営清和園市営住宅、そして長崎市の長崎県営魚の町団地である。

長崎市内ではカズオ・イシグロのいた時代のアパートで現存するのは魚の町団地のみである。二〇一八（平成三〇）年に最後の五世帯が転居し、公営住宅としての役目を終えた。

　魚の町団地は現在までの間に種々の改修が施され、一九七八（昭和五三）年に浴室が階段室側に増築され、トイレもほぼ同時期に洋式に変更された。キッチンの流しはステンレス製シンクに、住戸の窓枠は一九九〇年代にアルミサッシに変更された。天井は躯体が露出する直天井であったが、二〇〇〇（平成一二）年頃に天井板が張られた。二戸一化や間取りの変更といった大きな変更はされていないため内部の造作は良く残っており、当時の台所の木製建具や玄関の靴箱、和室の雲板、ダストシュートなど、当時の状況を偲ぶことができる。残存する四八型の中でも魚の町団地が最もよく残っているが、パーツごとに見ると静岡市営羽衣アパートでは玄関ドアが当時のままで、下関市清和園市営住宅は和式の便器が使用され続けている。

　長崎県営魚の町団地では、アパートとしての役目は終えたが、戦後復興期を象徴する建物の一つとしてもう少し多くの人に知ってもらいたいと考えている。筆者も所属する長崎ビンテージビルヂングというグループで、長崎県の協力を得ながら見学会やバザーなどのイベントを実施している。興味のある方は、カズオ・イシグロも見たと思われる同型の空間に足を運んで体験してもらえればと思う。

謝辞

　調査にご協力いただいた方々、長崎県庁、共同で研究を行った志岐祐一さん、佐々木謙二先生、安武研究室でこれらのテーマを一緒に研究した加來夏美さん、奥原智裕さん、初山恵さん、その他支援いただいた皆様に対して、ここに感謝申し上げます。

引用文献

イシグロ・カズオ『遠い山なみの光』小野寺健訳、早川書房、二〇〇一年。

イシグロ・カズオ『浮世の画家』飛田茂雄訳、中公文庫、一九九二年。

おゝ！家が当った、(一九四九年七月九日)、長崎民友新聞。

セメント協会、(一九五九)、不燃アパートの歩み1947-55、セメント協会。

五十戸に申込千件を突破、(一九四九年六月二一日)、長崎民友新聞。

五百四十人に一人、(一九四八年三月二四日)、読売新聞朝刊、ページ：二。

今年は二十五萬戸、(一九四六年八月一〇日)、読売新聞、ページ：二。

八都市に建設、(一九四八年三月一二日)、長崎日日新聞、ページ：二。

前川和治、(一九四九・一〇)、県営(酒屋町)アパート見学、婦人春秋一(三)、二三～二四。

島井捨蔵、(一九四八・七)、鐵筋コンクリートアパートと住宅問題、日本建築学会。

建設省住宅局、(一九五三)、住宅建設要覧、日本建築学会。

建設省住宅局住宅設計課、(一九五二年一月年一月)、公営アパートの設計について－
    標準設計の背景と展開－、二～一一。

弐萬数千戸、(一九四六年五月二四日)、読売新聞朝刊、ページ：二。

日本建築学会都営高輪アパート調査特別委員会、(一九九二)、都営高輪アパート調査
    研究報告書。

晴れて入居は八月一日から、(一九四九年七月二八日)、長崎日日新聞。

県営アパート一二日着工、来春完成、(一九四八年一〇月一三日)、長崎日日新聞、ページ：二。
    県営に本決まり、(一九四八年五月一九日)、長崎民友新聞。

福岡県住宅復興促進協議会、(一九五九)、福岡県住宅復興誌Ⅰ。

秀島乾、(一九五一)、長崎国際文化都市特集「浦上近隣住区計画」、新都市、一五～一六。

西山夘三記念すまい・まちづくり文庫住宅営団研究会、(二〇〇〇)、戦時・戦後復興
    期住宅

政策資料 住宅営団(二)、日本経済評論社。

規格住宅研究会、(1959)、アパートの標準設計、住宅研究所。

資材の見透しつく、(一九四八年五月一二日)、長崎民友新聞。

長崎市史編さん委員会、(二〇一三)、新長崎市史第四巻現代誌、長崎市。

長崎市酒屋町に敷地を選定、(一九四八年五月三〇日)、長崎民友新聞。

長崎県土木行政のあゆみ編纂委員会編、(一九九九)、長崎県土木行政のあゆみ：戦後
    50周年記念誌、長崎県建設技術研究センター。

長崎県土木部建築課、長崎県住宅協会、(一九五三)、長崎県住宅事情一九四五～
    一九五二。高輪に見本二棟、(一九四七年一〇月二四日)、読売新聞朝刊、ページ：二。

参考文献

安武敦子、佐々木謙二、志岐祐一「戦後の公営住宅の間取りおよび施工の標準化への
    道程―地方都市へ展開した試作型「四八型」の検証―」住総研研究論文集・実践研
    究報告集四十九巻、二一五～二二四、二〇二三年

加來夏美、安武敦子「戦後復興期における長崎市の復興事業と住宅政策が都市形成に
    与えた影響に関する研究」長崎大学大学院工学研究科研究報告第五一巻九六号、
    二〇～二七頁、二〇二一年

奥原智裕、安武敦子「長期経過した公営ＲＣ造集合住宅の保存・活用に関する研究
    ―長崎県営魚の町団地を対象に―」長崎大学大学院工学研究科研究報告第五十三巻
    一〇〇号、一六～二三頁、二〇二三年

執筆者プロフィール

安武　敦子（やすたけ あつこ）
長崎大学工学研究科 教授・博士(工学)
私の専門は建築学のハウジングや住宅史で、近代の集合住宅の研究から、近年は空き家問題や離島など人口減少下の空間運営について研究をしています。長崎市には昭和二〇年代のアパートとして魚の町団地が現存しています。戦後の復興期の建物がどんな建物だったのか、そこでの生活はどんなものだったのか、魚の町団地の実測や旧居住者へのインタビューをしているときに武富先生にお会いしました。カズオ・イシグロ氏の著作にアパートの記述が多いことをそのときに知り、小説に登場するアパートのモデルはどこか？ということが私の章の主題です。

また五歳までの記憶で空間を描写できるのかと疑問の方もいるかもしれません。かくいう私も五歳で引っ越した経験があり、そのときの住まいの記憶は家族や来客の振る舞いとともに断片的にですがシーンとして鮮明に覚えています。カズオ・イシグロ氏がどの空間・どの時間の断片を切り取ったのか興味のあるところです。

II 厄災の記憶を語り継ぐ記念碑

― イシグロ作品における長崎の原爆を再考する ―

三村 尚央（千葉工業大学教授）

はじめに

　カズオ・イシグロ（Kazuo Ishiguro）は折に触れて長崎への原爆投下について言及してきた。それはわずか数年しか過ごしていないにもかかわらず、自分が生まれ落ちた特別な場所にまつわる記憶を携え続ける覚悟の表れでもある。また彼はホロコーストや世界各地で繰り返される侵略や内戦の深刻な歴史にも触れており、出来事の当事者だけでなく、我々の多くがこうした過去の「厄災の記憶」を知り、次の世代に継承してゆくことの必要性を訴える。そのような姿勢が直接的・間接的にさまざまな形で作品に反映されていることは想像に難くないが、それらの関連性がまとめられる機会はあまりなかった。本論考では長崎の街と原爆投下の歴史を背景として描かれた作品で提示される主題（テーマ）が、それ以降の作品の主題とも響き合っていることを「受難の記憶」と「記念碑」を軸にして検証する。

　「受難の記憶」とはしばしば長崎に冠される「祈りの長崎」という呼称とも関わっているが、端的には「神」や「人知を越えた宿命」のような超越的な概念とどのように向き合うべきかというイシグロの態度を表すものである。また「記念碑」もイシグロ作品に時折登場するモチーフで、決して作品の中心に置かれるほどに

目立つものではないが、各々の作品中での役割を検証すると、イシグロが追究している中心的主題（テーマ）と緩やかに関わっていることが見て取れる。本論考では長崎を舞台とする作品とその後の作品との連続性を、記憶研究の成果も参照しながら検証してゆく。

第一章

原爆から厄災の記憶へ

イシグロはノーベル文学賞受賞時の晩餐会でのスピーチ（Banquet Speech）で、幼い頃に母親から初めて「ノーベル賞」という言葉（スピーチ中では "the Nobel Sho" と日本語表現を交えて発せられた）を聞いた時のエピソードを紹介している。アルフレッド・ノーベルが爆薬の発明者であると同時に、その彼の名を冠した賞が「平和」（"heiwa" と日本語で述べられた後に「平和や調和を意味する」（meaning peace or harmony）と補足される）を目指すものであることを母から教わったことに併せて、イシグロはそれが「長崎が原爆の被害にあって一四年後」（Ishiguro, "Banquet Speech"）のことだったとも付け加えている。晩餐会スピーチはわずか四分程度の短いものではあるが、爆薬の発明とそれに関連づけられた原爆が喚起する破壊や人々の間での争いと、ノーベル賞の目標である平和との対比が焦点となっている。

それに対してノーベル賞授賞記念講演では、（長編第一作『遠い山なみの光』（*A Pale View of Hills*、一九八二年）の舞台であったこと以外には）長崎や原爆にはほとんど触れないものの、彼が人類の経験した「厄災の記憶」に関心を持ち続けていたことが述べられる。イシグロがこのような集合的な記憶の保持と

後代への継承という問題に関心を抱くようになったきっかけは、一九九九年にポーランド国内に残る第二次世界大戦中の強制収容所の遺構を見学したことであり、その時の様子を彼は次のように述べる。

　手入れもなく放置されている様が不思議でした。いまでは湿り気を帯びたコンクリート片の山となり、ポーランドの厳しい気候にさらされて、年々朽ちていっています。招待者の方々は、ジレンマを抱えていると話してくれました。風防ガラスのドームで覆い、後世の目にも触れるよう残すべきなのか、それとも自然に、徐々に、朽ちて果てていくのに任せるべきなのか。私には、その悩みがもっと大きなジレンマの暗喩のように聞こえました。こうした記憶はどう保存すべきなのか。ガラスのドームで覆うことで、悪と苦痛の遺物が博物館の穏やかな展示物に変わってしまうのか。私たちは何を記憶するかをどう選択したらいいのか。忘れて先へ進んだほうがいいと、いつ言えるのか……。（イシグロ、『特急二十世紀の夜と、いくつかの小さなブレークスルー』六三）

　ナチスによるユダヤ人の虐殺（ホロコースト）の痕跡を前にしたイシグロの思索は、こうした未曾有の人災の記憶を個人の人生の範囲を超えた「国家」という集合的なレベルで共有することに繋がってゆく。

　国家も、個人と同じように記憶したり忘れたりするものなのか。それとも、そこには重要な違いがあるのか。国家の記憶とは、いったいどんなものなのか。それはどこに保存されているのか。どうやって作られ、どう管理されているのか。暴力の連鎖を断ち切り、社会が混乱と戦争のうちに崩壊していくのを阻止するためには、忘れる以外にないと

いう状況もありうるのか。としても、意図的な健忘症と挫折した正義を地盤として、その上にほんとうに自由で安定した国家を築くことなどできるのか。私はそういうことについて書く方法を見つけたいが、残念ながら、いまのところどうやっていいかわからずにいる……。私の耳に、そんなことを質問者に答えている自分の声が聞こえてきました。(イシグロ、『特急二十世紀の夜と、いくつかの小さなブレークスルー』六九)

「国家の記憶」という集合的記憶と個人の記憶との関わりについてのイシグロの思索が作品として昇華されるのはそれから一五年あまり後の、『忘れられた巨人』(The Buried Giant、二〇一五年)であるが、その際にはルワンダの内戦など、人間同士が殺し合う痛切な歴史の記憶が埋められていることにも言及している。ノーベル賞の晩餐会スピーチでの長崎の原爆および、授賞記念講演でのホロコーストの記憶への言及は、イシグロの原点とも言える前者の記憶が広がりながら後者へと繋がっていることをはっきりと示している。そこで本論考では長崎の原爆を起点とする「厄災」の記憶をめぐるこうしたイシグロの発言を一連のものとしてとらえることを試みる。

| 第二章 |

イシグロ作品における原爆描写

イシグロの原爆に対する距離感は、少なくとも公共(パブリック)での表現においては一筋縄ではいかない入り組んだものであることが

知られている。最近に至るまでのインタビューでは折に触れて長崎の原爆に言及しているものの、実際の創作においては、被爆後間もない頃の長崎を舞台にした長編『遠い山なみの光』では原爆は後景に退いており、人物たちの言動の一端に表れるに留まっている。

　現在はイギリスに住む語り手の悦子は、長女の景子がマンチェスターのアパートで自殺してしまったことをきっかけに、自分がかつて住んでいた長崎での、当時の夫の二郎、義父の緒方さん、友人の佐知子やその娘万里子たちとの生活を回想する。その中で悦子は、佐知子たちと稲佐山に登った際に街を見下ろしながら、「あの辺はみんな原爆でめちゃめちゃになったのよ。それが今はどう」（一五五）と口にする。悦子は原爆で家族や恋人を失ったことが叙述（ナラティブ）の中で示唆されるものの、この時にはすでに二郎と結婚して子供も妊娠しており、自分は「幸せだ」（三〇）とも語っている。破壊の傷跡からの復興に焦点が当てられる本作では、原爆の被害が描かれることは少なく、それも間接的なものにとどまっている。数少ない例は冒頭で示される、悦子たちが暮らす地域の外側に広がる、原爆によるものと思われる「どぶと土埃ばかりの、何千坪という空地」（一一）であろう。その叙述構造を、バリー・ルイス（Barry Lewis）は「叙述の中心を占める原爆の不在」（20）と表現して、寡黙さ（reticence）に満ちた本作を「俳句のようだ」（36）とも評する。

　だが同じく長崎の原爆を主題とした短編「奇妙な折々の悲しみ」（"A Strange and Sometimes Sadness"、一九八一年）では原爆によって失われた知人のことがより直截的に語られる。『遠い山なみの光』の習作ともされるこの短編は、現在イギリスに暮らす語り手ミチコが長崎時代の友人ヤスコと過ごした頃のことを回想するという類似した構造を持っている。だが、『遠い山なみの光』と比較して「原爆を中心に据えている」（Lewis 38）という本作においても、原爆は一ひねりされた「奇妙な」形で描き出されている。

本作の大半を占めるミチコによる長崎時代の回想は、原爆前の人々とのやりとりに集中しており、ヤスコと会った次の日に投下された原爆のことも叙述の終盤で次のようにわずか数行で述べられるのみである。

　　　私はもうヤスコと会うことはなかった。翌日に原爆が落ちた。空は奇妙で、雲は巨大で、炎がいたるところにあった。ヤスコは死に、彼女の父も死んだ。他の人々も死んだ。街角で魚を売っていた男も、私の髪を切ってくれていた女性も、新聞配達の少年も。(25、訳は著者による)

　イシグロ研究者の荘中孝之が「あまりに淡彩」(二〇)とも形容する簡潔な描写は読む者を拍子抜けさせるほどであるが、ミチコの語りが後年になって想起されたものであることが強調されていることを考慮すれば、原爆の影は終始ミチコにまとわりついていることが見て取れる。自分の娘に亡くなった友人の名前を付けて(長崎時代のヤスコは、"another Yasuko"(14)や"the first Yasuko"(14)とも呼ばれる)、その娘が成人してからもその由来をあらためて語っていることは、ヤスコの命を奪った原爆がミチコの心に居座り続けていることを示している。

　そしてイシグロは、ミチコと言葉を交わすヤスコに原爆の苦悶を想起させる表情を重ね合わせるというユニークな手法を用いて、その深刻さを表現する。二人はある夕暮れ時に「シンゴッコの庭」(the Shingokko gardens)のベンチに座って語らっていた("Shingokko"が指すものについては後述する)。その時ミチコはヤスコがひどく驚いたように顔をゆがめて自分を見ていることに気づく。「顎はガクガクと震え、歯がむき出し」(24)た様子に驚いてミチコは彼女の肩を揺らすが、次の瞬間にはヤスコは、どうかしたの、ミチコ？といつもの様子に戻っていた。

ミチコは後年になってこの時のことを回想して（それまでに何度も想起していたことが示唆される）、ヤスコの奇妙な表情は原爆の「予兆（a premonition）」だったのだと考えるようになる。それに加えてヤスコはあの時「私の顔に何かを見てとった」のだとも。ヤスコが何を見たのかは明示されていないが、「戦争が終わったらやりたいこと」を一緒に語らっていた友人が亡くなり、自分だけが生き残ってしまったミチコ自身のうしろめたさやある種の責任感に関わっていることは想像にかたくない。そこで本節の以降では、長崎を題材とするこの初期短編「奇妙な折々の悲しみ」で試みられたものが、後のイシグロの創作活動においても主要な位置を占めていることを、これまでに確認してきた「原爆」と、それを予兆として叙述する「時間錯誤（アナクロニズム）」の語りという主題と技法の面から検証してゆく。

　先述のように、「奇妙な折々の悲しみ」で中心に据えられていた原爆は『遠い山なみの光』では後景へと置かれるが、イシグロがこの主題にこだわり残り続けていたことが近年のアーカイブ資料からも明らかになっている。イシグロは『遠い山なみの光』の出版後も長崎を舞台にした別の作品を構想しており、実際に書き上げられることはなかったものの、その中では長崎への原爆投下というトラウマ的な出来事をより直接的に描写するように模索した形跡がみられるのである。麻生えりかの論考「未刊行の初期長編『長崎から逃れて』」はこの取り組みについて詳しく述べている。麻生によれば、ハリー・ランサム・センターのイシグロ・アーカイブに収められたこの長編「長崎から逃れて」のメモでは、より生々しく原爆を喚起させる描写が見られたこともこの調査は示している。被爆後間もない長崎を舞台とした本作では、傷を治療する場面も描かれており、やけどした皮膚を覆う得体の知れない黄色いふさふさしたものを取り除くなど、「生々しい傷の描写はイシグロが書いたとは思えないほど」（一〇八）なのだという。「長崎から逃れて」の草稿は結局物語としては

完成されなかったものの、この一見イシグロらしからぬ生々しさを帯びた草稿は長崎の人々の被爆体験にギリギリまで近づこうとした試みだと言えるだろう。

　一九五四年生まれのイシグロには直接の被爆体験はないが、彼の母親は原爆によって負傷していた。彼女はイシグロが「奇妙な折々の悲しみ」を含む短編をいくつか仕上げていた一九八〇年頃に、「あなたは公共の場に属しているのだから」、自身のものも含めた「私とともに消え去ってはならない記憶」(Mckenzie)である長崎の人々の被爆の物語をイシグロに伝えた。そのことについてイシグロは、二〇〇〇年に行われたインタビューの中で、母親が被爆者でありながらも、比較的軽傷ですんだ自分は「原爆に当たりそこねた」のだという心情を抱いていることも紹介している。さらにそれに続けて、原爆投下時には生まれていなかったイシグロ自身も、責任を感じているかのように、「あと一〇年早く生まれていたら〔……〕原爆投下時に僕もいたはずです」(Mckenzie)と述べる。ある種のサヴァイヴァーズ・ギルトとも呼べそうなこの心情は、イシグロなりに母親そして長崎の被爆者たちの集合的記憶を継承しようとする責任感の表れということもできるだろう。

　自分が直接は体験していない、親たちの世代の経験の記憶を想像的・創造的に共有する姿勢は、記憶研究において「第二世代」(second generation)という用語とともに注目されている。もともとホロコースト生存者の子孫たちへの記憶の継承の考察から立ち上がったこの概念は、大きな厄災をくぐり抜けた人々の後代が「個人的、親族的、そしてより広範な文化的過程」(Fischer 2)を通じて親や祖父母の記憶を継承する過程を分析する。そこでは記憶文化研究者マリアン・ハーシュ(Marianne Hirsch)が提唱する「ポストメモリー」(postmemory)による「想像力のはたらきやその投影、および創造」(Hirsch 22)が重要な働きを果たしながらも、それ以上のことが起こっている。第二世代たち

による記憶の掘り起こしと継承についてまとめるニナ・フィッシャー（Nina Fischer）はその作用を、他者や過去との「繋がりの感覚」（a sense of connectedness）にもとづく「記憶の作業」（memory work）と呼んで、冷静な歴史記述（historiography）と空想とのあいだに立ち上がる、記憶イメージの切迫感としてとらえようとする(5)。それは想像力を交えて再構築された、身近な他者の過去のイメージが、自分のものであるかのようにリアリティすなわち真正性を伴って内面化される興味深い過程をよく表している。近親者からの話をよりリアルに「自分事として」受け取る行為は、我々にとってあまりに「自然な」ことに思われる。だがそのプロセスには実はコミュニケーションと記憶にまつわる種々の精妙なはたらきが積み重ねられている。またそれは同時に、こうした記憶を表象する生々しい叙述^{ナラティブ}も想像・創造的側面から自由ではいられないことも想起させる。

　イシグロが母親から受け継ぎ、彼の中で静かに燃え続ける「原爆の記憶」は、「奇妙な折々の悲しみ」や『遠い山なみの光』および草稿『長崎から離れて』などの創作の源泉となっているが、その記憶自体の想像的な面、および集合的記憶としての共同性に焦点を当てることで、両者の相互的関係がより明確になるだろう。そしてイシグロが表明する、「自分も原爆に当たっていた可能性がある」という奇妙な責任感は、自分の経験していない過去についての想像的に形成されたイメージが、切迫感を伴って現在の主体を左右するという、記憶の特徴をよく表している。また、そこに含まれる奇妙な時間感覚のねじれは、後述するようにイシグロ作品の特徴でもある、記憶の叙述^{ナラティブ}の土台の一つともなっているのである。

　ここで、短編「奇妙な折々の悲しみ」と長編『山なみ』で示唆される長崎への原爆投下を別の面からも検証してみよう。それは人知を超える事態に遭遇した際の姿勢にも関わるものだ。長崎に投下された原爆に関して、しばしば「祈りの長崎」という

表現が用いられる（それに対して、同じく被爆地である広島は「怒りの広島」）が、それはよく知られているように、爆心地近くにあった浦上天主堂が関わっている。基本的な事項を簡潔に確認しておくと、カトリック信者の多い地区に立っていたこの教会も爆風によって倒壊し、カトリックの神父と奉仕活動のために教会にいた信者だけでなく、この地域一帯に住んでいた一二〇〇〇人の信者のうち八〇〇〇名あまりが亡くなった。そのため浦上天主堂が長崎の原爆の象徴の一つとなっただけでなく、原爆投下とその被害をキリスト教的な文脈と関連づける議論の契機ともなっている。

　したがって、「祈りの長崎」というフレーズは人類一般の平和の祈念とともに、キリスト教的な文脈も（多かれ少なかれ）喚起するものであることは念頭に置いてよいだろう。それは神への祈りと同時に、将来の救済の代償としての現状における苦難への忍従をも示唆する。

　そしてこの長崎の原爆の宗教的な文脈を補強しているのが、原爆投下間もない頃に、クリスチャンでもあった医師永井隆によって提示された「浦上燔祭説」であった。長崎医科大学の教員だった永井は爆風によって負傷しながらも被災者の救護に当たり続けた。その後一九四五年一一月二三日に浦上天主堂で行われた、亡くなったカトリック信者の合同葬において、長崎への原爆投下は神による試練である、という主旨を折り込んだ弔辞を読み上げる[1]。

　永井は原爆投下による戦争の終結と浦上の壊滅の間に神の意志という因果関係を見いだして、神の儀式として生け贄の動物を焼く「燔祭」のイメージを被爆者たちに重ね合わせる。「世界大戦という人類の罪悪の償いとして、日本唯一の聖地浦上が犠牲の祭壇に屠られ燃やさるべき潔き羔として選ばれたのではないでしょうか？」（一四五）と提起し、人類同士が「此の大罪悪を終結し、平和を迎える為にはただ単に後悔するのみでなく、適当な犠牲を献げて神にお詫びをせねばならないでしょう」（一四五）と

展開し、浦上こそがふさわしい犠牲として神に選ばれたのだと、永井は結論する。

> 信仰の自由なき日本に於て迫害の下400年殉教の血にまみれつつ信仰を守り通し、戦争中も永遠の平和に対する祈りを朝夕絶やさなかったわが浦上教会こそ、神の祭壇に献げらるべき唯一の潔き羊ではなかったでしょうか。この羊の犠牲によって、今後更に戦禍を被る筈であった幾千万の人々が救われたのであります。戦乱の闇まさに終わり、平和の光さし出づる8月9日、此の〔浦上〕天主堂の大前に焔をあげたる、嗚呼大いなる燔祭よ！（四五-一四六）

永井の弔辞の意義を現代的な観点からあらためて考察する長田陽一が強調するように、カトリック信者に向けられたこの弔辞が「何よりもまず生き残った浦上の信徒たちを慰め、励ますためのものであった」（七五）ことは疑いない。だが被爆者たちを神の意志のもとの「生贄」とみなす永井の弔辞の文言は、（おそらく当人の意図から離れて）その後さまざまな政治的文脈に利用され、時には原爆投下の責任をめぐる議論を鈍化させた面も指摘されている。たとえばスーザン・サザード（Susan Southard）は永井に対する代表的な批判として、かつて永井に師事した秋月辰一郎の「長崎の人々は平和のために生贄の子羊となり、神に身を捧げ、務めを果たしたという永井のメッセージは被爆者の苦しみを軽視し、抑えこみ、アメリカによる原爆使用を正当化し、核兵器の存在を容認することだ」（サザード 二三一）という意見を挙げている。

それは被爆都市としてのありかたを模索するその後の議論にも少なからぬ影響を及ぼしたとする見方も多くある。こうした見解について、奥田博子は「怒りの広島」と「祈りの長崎」の対比を取りあげて、長崎の「消極性」とも見える姿勢を考察する。

広島市の積極性や具体的な実践力に対して、「長崎市の対応は
カトリックの宗教的な色彩が強く、むしろ「受難」の論理のな
かに沈み込んでいるかのようにみえる」(一〇)と述べた後、長崎
では被爆者たちを太平洋戦争終結の「生贄」と捉えて、原爆の惨
禍を「神の思し召しによる殉教」(奥田 一一一)と受け容れるキリ
スト教信徒も多いことを挙げる。

　さて、イシグロの話に戻ろう。長崎の原爆に伴う、このような
独特の宗教的文脈についてイシグロが母親、あるいは文献など
からどの程度の情報を得ていたのかは定かではない。しかし、
原爆のために命を落とし、将来の希望を絶たれた「奇妙な折々
の悲しみ」のヤスコの生前の姿は、受難に静かに耐えるカトリック
信者のような、気高い犠牲者としての雰囲気をまとっているか
のようでもある。もうミチコの回想の中にしか存在しないヤスコ
はある意味では「沈黙」(14)そのものであり、同名の娘とは対照
的に「静か」(14)だったと形容される。そして作品中ではさまざま
な「苦難」(15)に静かに堪え忍ぶヤスコの姿が強調される。彼女
には「ナカムラさん」という許婚がいるものの、彼は太平洋戦争
に徴集されていた。また彼女は自分が結婚することで、父親を
一人にしてしまうことも気にかけており、父親が生きているう
ちは「ナカムラさんとは結婚しない」(21)とさえ発言する。
それに対してミチコは、父親のために「自分を犠牲にする」(22)
べきではないとヤスコに忠告する。

　語りの終盤でヤスコは、前向きな姿勢の片鱗を示して、自分を
そのような状況に閉じ込めている父親に対する不満を述べ、
戦争が終わったら「家族を持ちたい」(24)と述べるものの、それ
は結局叶わなかったこともミチコによって語られる。彼女の
姿は、その後彼女の命を奪った原爆も含めて、自分の力を超えた
運命に翻弄される「受難」でもあり、そのような環境の中で人間
にできることはただ堪え忍ぶことでもあると示しているかのよう
でもある。

「奇妙な折々の悲しみ」と同じく長崎を舞台とする『遠い山なみの光』について、臼井雅美は永井の燔祭説を取り上げながら、大きな厄災の受難という点から論じている。彼女は長崎における「隠れキリシタン」の歴史にも言及しながら、イシグロが描く長崎は、「祈りの長崎」であることを強調する。そして、そこには「隠れキリシタン迫害と差別の歴史、浦上天主堂に原子爆弾が投下されたことによる燔祭説の誕生と試練、そしてその負の遺跡を破壊して造り上げたモニュメントである平和祈念碑批判、戦後の景気回復による長崎の復興と観光化への道が内包されている」（二三）とまとめている。長崎の原爆の特異性でもある、宗教的な文脈を強調する臼井の主張は、『遠い山なみの光』と併せて、その原形としての「奇妙な折々の悲しみ」も検討することでより明確になるように思われる。

　長崎の被爆者を、苦難に忍従する殉教者のようにとらえる見方は、（同じく被爆都市である広島とは異なる）長崎の原爆をめぐる語りの特徴の一つでもあり、その片鱗は原爆が「不在」とされる「奇妙な折々の悲しみ」や『遠い山なみの光』にも見てとる可能性をここまで検証してきた。長崎の原爆を「受難」とする文脈に込められているのは「『赦し』という寛容の精神で平和への道を切り開いてゆこうとする姿勢」（奥田一一一）を未来に差し向けることであり、「怒りや恨みは新たな争いを引き起こすだけであるというカトリックの宗教感が反映されている」（一一一）という奥田の指摘は、本論考のイシグロ読解にも有効であろう。

　もちろんこうした読解には、長崎の原爆を「燔祭」として比喩的に語ることと同様、その利点とともにある種の危険性があることも念頭に置いておかなくてはならない。つまり前例のない未曾有の厄災をこうした喩えによって縁取って、それを何とか理解可能なものにする一方で、キリスト教の文脈以外の要素が捨象されて、人々の念頭にのぼらなくなってしまうことである。

　先述の永井隆の弔辞で述べられた燔祭説に対しても、もともとは

カトリック信者たちへの慰撫が目的だったとはいえ、その後より広い文脈へと（永井の意図からは離れた形で）利用され、長崎へ原爆を投下したことへのアメリカの責任を見えづらくした面があることは否めない[2]。奥田の指摘するように「宗教や道徳の問題を持ち込んでしまうと、冷静に政治的かつ歴史的な状況について論じることが封印されて」、「人智を越えた力によって原子爆弾が落とされたという前提を受け入れてしまうと、ヒロシマ／ナガサキが『神の摂理』などではなく、人間による政治決定の結果もたらされたという歴史的事象が忘却されてしまう」ことは念頭に置き続けなくてはならない。

　本論考はイシグロ作品の原点としての長崎の原爆の記憶が、より広範な「厄災の記憶」とそれを保持する装置としての「記念碑」という主題へと拡張しながら、以降の作品にも表れている可能性を検証しているが、イシグロ自身の原爆をめぐる意見それ自体は、大勢の一般的なものとそれほど大差ない、真っ当で妥当なものと言ってよい。しかしそのモチーフを作品内に組み込む手法が特異であることが、長崎を舞台とする「奇妙な折々の悲しみ」と『遠い山なみの光』からも明らかになってくる。そして後述するように、長崎の原爆をめぐって用いられるこの特異な手法は、長崎から離れたその後の作品においてもその影を色濃く残しているのである。

　ここまで示してきた、短編「奇妙な折々の悲しみ」に長崎の原爆に特有の宗教的文脈を読み取る可能性を補強する興味深い一つの解釈が近年示されている。それを解く鍵が本論考冒頭でも示した、"Shingokko"である。それが長崎に建てられていた「神学校」（Shingakko）である可能性を松田雅子は提示・論証している。ミチコとヤスコがその「庭」（Shingokko Garden）で会話していることや、ベンチに座って西に沈む夕日を眺める様子が描写されていることから、松田はそれが彦山中腹の本河内にあった聖母の騎士小神学校をもとにしたものではないかと

推測する。ヤスコは、ミチコと話している最中に（原爆を想起させる）苦悶の表情を見せるが、その場所に神学校というカトリックの文脈を背景を読み込む可能性を考慮することで、たしかに長崎の原爆の特異性でもある「忍従する受難者」という特徴がより際立つように思われる。松田は神学校の庭にはマリア像が置かれていたことにも言及しながら、そこで苦悶の表情を浮かべるヤスコを「文学における被爆マリア」（松田 四一）と形容している[3]。

　そしてこの傾向を、これ以降のイシグロ作品の特徴の一つである、大きな運命の波に巻き込まれた人物たちの忍従する姿にもみることができると松田は示唆する。たとえば『わたしを離さないで』のクローンたちがしばしば示す「もの分かりのよさ」は、運命に抗うことのない諦念とも映るが、松田はそこに「避けがたい過酷な運命を受け入れ、耐え忍ぶ人間像の創作過程で、被爆者の生き方や心理が大きな示唆」を与えた可能性（松田 四一）を読み取っている。

　「奇妙な折々の悲しみ」中の"Shingokko"を「神学校」と読み解くことで、松田は長崎の原爆という本作の主題を色濃く浮かびあがらせるだけでなく、さらに人々が被ってきた厄災の歴史との関連性を見いだす。小神学校の創設者であるコルベ神父が、祖国ポーランドに帰国した後にナチスに捕らえられて強制収容所で亡くなったことに触れて、松田は「学校を建設したコルベ神父のアウシュヴィッツでの殉教へと連想が広がり」（四一）、「イシグロは意図していなかったと思われるが、平和の願いにさらに大きなパースペクティブが加わっている。この作品で浦上と本河内の二人のマリア像と、長崎とドイツの二つのホロコーストが交わっている」（四一）と述べる。先述の、長崎原爆の被爆者が神への生贄だとする「燔祭説」が、もともとユダヤ教において生贄を祭壇で焼いて神に捧げる儀式（holocaust、ヘブライ語で「オラー（olah）」）を指していることも念頭に置いた

なら、ノーベル賞スピーチで言及された強制収容所の遺構が喚起する国家の記憶との関連性はさらに増すだろう[4]。

　原爆とホロコースト、また他にも場所や時代を異にする厄災の記憶や歴史を、その類似点において併置して関連づける連想的な思考はこれまでもしばしば行われている[5]。そして、あたかも自然であるかのように適用されてきた、こうした受難の語りの併置は、近年の記憶研究においては「多方向的記憶」（multidirectional memory）として方法論化されている。

　米国のホロコースト研究者マイケル・ロスバーグ（Michael Rothberg）は二〇〇八年に出版した『多方向的記憶 脱植民地化の時代におけるホロコーストの想起』において、異なる場所や時代の記憶を併置して論じる多方向的記憶の手法の目的を、個々の歴史上のトラウマ的事例が関連し合いながら戦後の現在を協働的につくってゆく過程を考察すること、と定義する。過去の出来事をめぐっては、対立し合う記憶がしばしば「ゼロサム的闘争」を引き起こすが、多方向的記憶は、それらの間での交渉や相互参照に目を向けることで「簒奪的でなく生産的な」過程を目指すことを強調する。そして記憶の "multidirectionality"（Rothberg 5）（多方向性）を求めることで、「公共空間が変成可能で柔軟な空間となり、その中で集団は対話を通じて生成してゆく。そして主体や空間が絶えざる再建を行う」（5、訳は著者による）ことをロスバーグは期待する。

　この多方向的記憶という概念は記憶や歴史の人文学的研究の中で広がりを見せている。広島への原爆投下とヨーロッパにおけるホロコーストの記憶の交錯を考察する二〇二一年に出版された論集『ホロコーストとヒロシマ』の序文で、編者の加藤有子はロスバーグの多方向的記憶に言及しながら、論集の目的を「異なる地域の異なる出来事を扱う専門的研究を交差させることで、言語や国、地域別研究に分断されがちな第二次世界大戦の記憶を相関的に捉え、方法論や研究動向を共有する

場を開くこと」(加藤 四)とまとめている。記憶表象を拡張する可能性を検証する本論考の議論にもとづけば、イシグロによる原爆および長崎についての言及を通じて、それまで「ヒロシマ」と比較して取りあげられることの少なかった「ナガサキ」が、世界的な厄災の文脈での繋がりを強める可能性が高まるといえるだろう[6]。

　その一方でこうした文脈を異にする記憶を比較して併置する記憶研究の手法に対しては、一部の懐疑論者から「きわめて多様な諸対象を無理矢理に同一化してしまう」(エアル 二八)のではないかという批判が向けられることもたしかにある。しかし強調しておかなくてはならないのは、その目的はそれぞれの記憶の差異を捨象して、すべてを画一的に一絡げにしようとするのでなく、両者を対比することで、むしろそうした差異を尊重することなのである。この点について、エアルは同じく記憶文化の研究者であるアライダ・アスマン(Aleida Assmann)にも触れて、その手法の目的を「以前には不一致しか認められなかった地点において新たな問題連関を可視化する」(エアル 二八)ことだと簡明に説明する。そして、時代や場所を異にする記憶を併置する多方向的記憶の手法は、必然的にそれらの間での時間錯誤的な共鳴を喚起するのだが、それは直線的な時間軸に頼らないイシグロのような作品の構造とも交錯する。

第三章

時間錯誤的叙述

　ここで「奇妙な折々の悲しみ」で特徴的に用いられていた叙述にあらためて注目してみよう。先述したように、この短編では生前のヤスコの姿にあたかも彼女がその後に被った原爆の被害が

投影されているかのように描かれているのだが、このような表現には、イシグロ自身が原爆に対して抱いている「自分は原爆を受け損ねた」という奇妙な時間錯誤的な責任感（あるいは罪悪感）も関わっていることはすでに確認した。イシグロの母親が（実際に被災しているにもかかわらず）比較的軽傷だったゆえに「十分に被爆したとは言えない」という一見奇妙な感覚を抱くのと同様に、戦後生まれのイシグロも「もし自分がもっと早く生まれていたなら、原爆に遭っていたはずだ」と仮定法を交えながら、同郷の人々の苦難を想像的に引き受けようとしている。

　自身の故郷である長崎が被ったトラウマ的な厄災の記憶にまつわる一見奇妙な責任感をもたらす、このような時間逆行的な構造は、実はイシグロの後の作品にも見いだすことができる。たとえば『忘れられた巨人』には、加害者への復讐をめぐる奇妙な時間錯誤的論理が示されている。六世紀のイングランド（ブリテン島）を舞台した本作では、そこに暮らすブリトン人とサクソン人との対立が主題の一つとなっている。現在は両者は友好的な関係を結んでいるが、かつては激しい抗争状態にあった。その後アーサー王を頂点とするブリトン人がサクソン人たちを制圧することで現在のような束の間の和平が築かれていた。

　主人公の一人サクソン人の戦士ウィスタンは、自分の部族が受けた虐殺の記憶とブリトン人への復讐心を携え続けており、彼にとってその記憶は過去に押し流せるようなものではなく、しばしば現在に逆流してくる。ウィスタンの目には、旅の途中の国土で目にするあらゆるものが、過去の記憶を想起させるきっかけとなっている。それは本論考でも取り上げる「記念碑」の問題にも関わっているのだが、それは後に詳述する。

　直線的な時間を拒絶するウィスタンの記憶観を端的に表すのが、彼が修道院で開陳する「事前の復讐」という一風変わった理念である。ブリトン人のアクセルとベアトリス夫妻とともに旅を続けるウィスタンは、道中に立ち寄ったキリスト教の修道院

がかつてはサクソン人たちの「砦」（二一四）として使われていたことを見てとる。ブリトン人たちの容赦ない攻撃に対して劣勢に陥っていたサクソン人たちは砦に立てこもって何とか凌いでいたのだとウィスタンは推測する。そして、いずれ打ち破られることを予感していたサクソン人たちは、攻め立てるブリトン人たちに何とか一矢報いる機会を狙っていたはずであり、それをウィスタンは、来たる自分たちの滅亡という「のちの残虐行為の代償を先払い」させる、「事前の復讐」（vengeance to be relished in advance）（二一七、強調は原著者による）と呼ぶ。

　危害を加えられる前に、先に復讐を果たすというウィスタンの理屈に対して、アクセルは「まだなされていない行為をそれほど激しく憎むことなどできるものでしょうか」（二一七）と異議を唱える。ウィスタンが「正しい順序では行えない人々による復讐の喜びの先取り」（二一七）と提唱する事前の復讐は、たしかに一見すると時間錯誤的だが、彼の抱く復讐心は、自分が属するサクソン人がかつて経験した民族的な受難に対するものであり、直線的な時間の観念においては個人の時間の幅には収まらない事象を想像的に自分の中に取り込むという、人間の主体性における集合的な性質をよく表している。そしてこの直線的な時間の経過に当てはまらない理屈は、本章において検証してきた、イシグロ自身の、自分が生まれる以前の、経験していない原爆に対する「自分もそこにいたかもしれない」という、母親世代の人々の経験と想像的に繋がろうとする集合的記憶の感覚と密接に関わっている。

　ウィスタンはアクセルに対して、「年齢はあなたの方がずっと上です、アクセル殿。ですが、流された血の問題では、わたしこそが年長で、あなたが若者かもしれません」（二一七）と述べる。過去から未来に向かって不可逆的に流れる時間のイメージの中では意味をなさないこの言葉も、「埋められた巨人」としての過去の記憶が現在および未来において回帰するという本作の主題に

とっては非常に重要である。アクセルはウィスタンに「いま語り合っているのは、もう永遠に去ったはずの過去の野蛮で、これからどうなるという話ではないでしょう」(二一七)と一蹴する。だが、ウィスタンの一連の言動は、それを否定するアクセルが依って立つ直線的な時間のイメージこそが遡航的に形成されたものである可能性を示している。こうした描写の起源には本章で検証してきたような「長崎の原爆」の記憶があることがよく分かる事例である。若きイシグロがそのキャリアの初期で用いた時間錯誤的な手法は、長崎を舞台とする「奇妙な時折の悲しみ」と『遠い山なみの光』、およびそれ以降の作品でも用いられて、記憶のあいまいさと再構築性を反映する語りの特徴となっている。

第四章

「記念碑」をめぐる
「叙述」

　本論考では、イシグロが頻繁に言及しながらも公刊された作品にはほとんど描かれない長崎の原爆がもたらした影響の痕跡を、直接的には長崎を舞台としていない、それ以後の作品にも読み取ることを試みているが、ここからは、長崎の原爆の記憶とも関わりの深い、過去を喚起する「記念碑」というモチーフにも注目してみよう。『遠い山なみの光』で語り手の悦子は義父の緒方さんとともに、長崎の平和公園を訪れるが、彼女はその平和祈念像(the monumental statue)を「滑稽」(一九四)だと感じてしまう。右手で天を指し、左手を水平にのばす巨大な座像は「たくましいギリシャの神」のようだと述べられながらも、

悦子には以前からそれが「ぶざま」（一九四）に思え、「原爆が
落ちた日のことやそのあとの恐怖の数日とはどうしても結び
つかなかった」（一九四——一九五）。それは「ただの像」であり、彼女
にとってはそれが意図する役割を果たしていないどころか、
距離を取って遠くからみると「まるで交通整理をしている警官
の姿」（一九五）のようにこっけいにさえみえてしまう。

　平和祈念像は「原爆で死んだ人々を祈念する白い巨像」
（一九四）と形容されるように、本来は長崎への原爆投下を想起
させるきっかけとして機能するはずのものである。そこに込め
られた意図について、奥田はその製作者である長崎出身の彫刻
家北村西望の「右足をまげて腰をかけ右手は高く永遠の理想を
かかげ、下にさしのべた左手は平和への指導をあらわしている」
（一〇二）という言葉を紹介している。

　だが、『遠い山なみの光』の悦子に喚起する印象はその通りの
ものではない。さらに悦子は、自分だけでなくその他の長崎の
人々も「だいたいわたしと同じような気持ちではないかと思って
いた」（一九五）と、その製作意図を逆なでするような言葉も述べる。
彼女の反応は、この像も含めた、想起のための装置である「記念
碑」あるいはそれと同様のはたらきを持つ「記念碑的装置」を
めぐる議論を想起させる。より正確に言えば、ある記念碑や
物品にかかわる記憶の叙述（narrative）の性質である。記憶と
忘却との相互関係はユージン・ティーオ（Yugin Teo）も指摘
するように、イシグロ作品の中心的モチーフの一つであり続けて
いる[7]が、あるきっかけによって喚起されて忘却の中からすくい
だされる記憶とはすなわち、過去の出来事や経験についての
「叙述」作用である（Teo, "Monuments" 3）。その叙述は、当然の
ことながら想起する者によって多様であり、記念碑のように
特定の叙述に焦点を絞ることを目指す装置であっても、それを
完全に統制することはできない。

　多くの記念碑が目指すこうした作用を、記憶文化研究者のジェ

イムズ・ヤング（James Young）は記念碑性（monumentality）と定義する。そしてヤングは、ある過去の出来事や事物について、後世にまで残しておきたい叙述（narrative）を取捨選択して先鋭化させようとする、記念碑性の希求が当の対象を矮小化することにも繋がってしまうというジレンマを析出する。そして、その記念碑が表象しようとする出来事の「価値」を定義しようとする行為自体が「まさにその象徴を萎ませて（deflate）しまう」という「記念碑性に伴う大問題」を「疑似記念碑性」（pseudomonumentality）と呼んでいる（Young 14）。

　平和祈念像に対して悦子が抱いた印象は、単なる個人的な天邪鬼というよりも、記念碑が試みる、ある過去の事象に対する特定の態度を強調しようとするまさにその行為が、かえって対象の重要性を減じて「単なるクリシェ」（Young 14）に貶めてしまうという、疑似記念碑性の危険性を鋭く描きだしている。

　長崎の平和祈念像に端を発する、過去を想起させる装置（デバイス）としての記念碑の問題は、それ以後の作品でも取りあげられており、特に過去の陰惨な民族的記憶を主題とする『忘れられた巨人』においては『遠い山なみの光』で提示された議論をさらに敷衍するものとして登場している。『忘れられた巨人』では石を積み上げて作られた巨人のケルン（石塔）が登場するが、興味深いことに昔の出来事の記念碑としてのケルンは忘却の霧を吐き出す雌竜クエリグの巣のそばに建てられており、記憶と忘却の関連性というこの作品の主題の一つを象徴している。

　　悪事の被害者のために立派な碑が建てられることがある。生きている人々は、その碑によって、なされた悪事を記憶にとどめつづける。簡単な木の十字架や石に色を塗っただけの碑もあるし、歴史の裏に隠れたままの碑もあるだろう。いずれも太古より連綿と建てられてきた碑の行列の一部だ。巨人のケルンもその一つかもしれない。たとえば、大昔、

戦で大勢の無垢の若者が殺され、その悲劇を忘れないように建てられたのかもしれない。(四〇一)

　クエリグの巣のそばのケルンは、記念碑が直接的な個人的経験や共同体の集合的記憶を思い出させる働きを持っていることを示すと同時に、想起と忘却とが背中合わせであることも示している。そして実際のところ『忘れられた巨人』の登場人物たちは、それが共同体にとってのいかなる集合的記憶をとどめるためのものなのかを思い出すことができないのである。

　批評家バーナデット・メイラー(Bernadette Meyler)は論考 "Aesthetic Historiography: Allegory, Monument, and Oblivion in Kazuo Ishiguro's *The Buried Giant*"(「審美的歴史記述——カズオ・イシグロ『忘れられた巨人』でのアレゴリー、記念碑そして忘却」)で記念碑に象徴される記憶の集合的な想起と共有は本来的に非常に不安定なものであることを強調する。彼女はまず、『忘れられた巨人』で修道院が果たす、記憶媒体としての役割に着目する。現在はキリスト教の神の恩寵を象徴する神聖な修道院が、サクソン人のウィスタンにとっては民族虐殺の集合的記憶を想起させる(ウィスタンは「この壁が過去の出来事を語りかけてくる」(一四)と表現している)場面を取り上げて、輝かしい記憶を保持して、それを広めて伝えてゆくための記念碑が、別の角度から見ればまた異なった(ときには記念碑が意図するものとは対照的な)印象や叙述を喚起するようにも機能することを強調する。より正確に述べるなら、この点においては記念碑そのものよりも、それをとりまく多様な言説あるいは叙述の生成こそが重要なのである。

　忘却の霧に覆われた世界で記憶を取り戻してゆく『忘れられた巨人』の物語は、記憶が本来的に再構築であり、必ずしも過去と一致するものではないことを強調しているが、それはイシグロが描き続けてきた記憶の特徴でもある。メイラーは

二十世紀ドイツの歴史家ラインハルト・コゼレック（Reinhart Koselleck）にも言及して、記念碑が指し示そうとする叙述（ナラティブ）は理想化された過去像へとつなげられやすく、それ以外の叙述は忘却の淵に沈められやすいことを指摘する。またその一方で、そうした理想に向けられた叙述も本来的には揺らぎやすいものであり、ある記憶イメージの保持と想起のために建てられる記念碑には、こうしたあいまいさも本来的にセットされているはずで、それゆえに（時にはその意図に反するような）多様な解釈を生むもととなっているのだと論じている（Meyler 251）。

　先述の長崎の原爆慰霊碑に対する悦子の、ある種反抗的な反応についても、それがうかがえる。過去の出来事に対する特定の態度を強調・保持・伝播させようとする記念碑は、必然的にそれ以外の態度にまつわる叙述を抑制して沈静化しようとするが、そこを訪れる者の一部はそのような導引作用に主体的に対抗して、叙述を多様化させているということもできるだろう。

　ある特定の記憶を保持しようとする記念碑のはたらきと、それに対抗しようとする動きとの相克は、ヨーロッパの架空の町を舞台にした『充たされざる者』（*The Unconsoled*、一九九五年）でも見られる。町を訪れた著名なピアニストのライダーは、取材としてサトラー館（the Sattler monument）と呼ばれる建物に連れてゆかれる。そして、彼らに言われるがまま、その前で取られた写真が新聞に掲載され、それが一部の町民たちの怒りをかき立ててしまう。このサトラー館は、サトラーが町の運営に大きな貢献を果たしたことを記念して建てられたものだというが、このマックス・サトラーという人物に対する評価は好意的なものと否定的なものとに二分されて伝わっており、真実はもはや分からなくなっている。一〇〇年あまりの時を経て、サトラー館に象徴される彼をめぐる記憶の叙述は多様化して、「神話の域」（六六一）にまで達しており、サトラーは人々の想像力の中で「ときには恐れられ、ときには嫌悪される。そして

ときには、彼の思い出が尊敬されている」(六六一)のだという。

　また『充たされざる者』では、他にも記念行為にまつわるエピソードが描かれる。舞台となっている町では音楽祭「木曜の夕べ」が企画されていたが、そこに参加予定の指揮者ブロツキーの飼い犬ブルーノが町の片隅で亡くなっていたという知らせが届く。「木曜の夕べ」の成功を願う人々はブロツキーが意気消沈して演奏に参加できなくなるのではと懸念し、彼を慰めるために、ブルーノが町にとってもどれほど大切な存在であったかを表し始める。賞賛はどんどんエスカレートして「ブルーノを忘れないように、記念の銅像(a bronze statue)を建てよう」(二五四)という声すら上がる。一匹の犬の死が、町の再生をかけた音楽会の成否という政治的な文脈と結びつけられ、銅像を建てたり、あるいは通りにその名前をつけようとする意見に対して、それは「やりすぎではないか？」という意見が一部から出るもののその声もかき消されてゆく様子も含めて、記念碑性を打ち立てようとする行為自体に含まれるジレンマをコミカルに描きだしている。

　記念碑を取り巻く叙述(ナラティブ)は決して一定のものではなく、時代を経るにしたがって、あるいはそれを受け取る個々人によっても変容する多様化の可能性を常に含んでいる。記念碑というモチーフに象徴される記憶を継承するという行為は、個人的なものだけでなく、実際には経験していないものを含めた集合的な営みとしてイシグロ作品に描かれる。だがそこで継承される記憶の叙述は、必ずしも当初に意図されたものの通りに受け継がれるわけではない。記念碑に触れて記憶を喚起される人々は、それが保持しようとする記憶イメージをただ受動的に受け取るのではなく、それを自分なりに補正したり、時には反発したりして、その叙述形成にも積極的に関与している。興味深いことに、時には対立するこれらの記憶のいくつかは、事実であったかどうかにかかわらず、否定しがたいそれらしさを持つのである。

むすび

　本論考では、長崎への原爆投下というイシグロの創作の原点としての記憶が、ホロコーストの記憶とも関わりながら、より広範な「厄災の記憶」とその記憶を保持して後代にまで伝える装置としての「記念碑」という主題へと拡張して、長崎を舞台とした作品以降にも描かれている可能性を検証してきた。

　イシグロは「奇妙な時折の悲しみ」と『遠い山なみの光』以降は長崎の原爆を直接作品の主題とすることはなく、イギリス、中央ヨーロッパの町、あるいは上海などを舞台としながら、より多くの読者に訴えかける国際的な作品を創作してきた。だが本章で析出したように、その足元には、常に長崎の原爆をめぐる記憶が埋まっており、時に思わぬ形で（フロイト的な「不気味なもの」のように）作品に回帰している。

　その個人的なルーツと結びついた記憶は、彼の中でその他の地域や時代における厄災の記憶と共鳴しながらグローバルな文脈へと位置づけられ、結果的に（インタビューやスピーチでの言及とともに）長崎への原爆投下の記憶が厄災をめぐる国際的な文脈の中で持つ意味と意義を強めることにも繋がっている。彼の一連の著作を、そのような記憶との対峙のプロセスとして読み直すことは、ひいては我々読者にとっても自身の足元に埋まる記憶のネットワークの生成変化に目を向けるきっかけともなるだろう。

※本章においては英語文献からの引用は、著者名と（インターネット記事以外）ページ数のみを記す。日本語訳については、テクストの解釈の必要上、すべて拙訳を施した。同様の理由で、英語とページ数のみが記載される箇所もすべて拙訳を施している。

引用文献

Ishiguro,Kazuo."Banquet speech."NobelPrize.org, 2017.
<https://www. nobelprize. org/prizes/literature/2017/ishiguro/speech/>

---. *The Buried Giant*.Faber,2015.

---."My Twentieth Century Evening – and Other Small Breakthroughs."
NobelPrize. org, 2017.<https://www.nobelprize.org/prizes/literature/2017/
ishiguro/lecture/>

---. *A Pale View of Hills*. Faber, 1982.

---."A Strange and Sometimes Sadness."*Introduction*. Faber, 1981, pp. 13-27.

---.*The Unconsoled*.Faber, 1995.

Lewis, Barry. *Kazuo Ishiguro*. Manchester UP, 2000.

Mackenzie, Susie."Between two Worlds,"*Guardian*. 25 Mar. 2000,<https://www.
theguardian.com/books/2000/mar/25/fiction.bookerprize2000>

Meyler, Bernadette. "Aesthetic Historiography: Allegory, Monument, and
Oblivion in Kazuo Ishiguro's *The Buried Giant*."*Critical Analysis of Law*, vol. 5
(2018), no. 2, pp. 243-58.

Rothberg, Michael. *Multidirectional Memory: Remembering the Holocaust in the Age of
Decolonization*. Stanford UP, 2009.

Stacy, Ivan. "Looking out into the fog: Narrative, Historical Responsibility, and the
Problem of Freedom in Kazuo Ishiguro's *The Buried Giant*."*Textual Practice*, Vol.
35(2021), no. 1, pp. 1-19.

Teo, Yugin."Monuments, Unreal Spaces and National Forgetting: Kazuo Ishiguro's
The Buried Giant and the Abyss of Memory."Textual Practice, Vol. 37(2023), no.
4, pp. 1-22.

Teo, Yugin."Memory and Understanding in Ishiguro."*The Cambridge Companion to
Kazuo Ishiguro*. edited by Andrew Bennett, Cambridge UP, pp. 226-39.

Young, James. *The Stages of Memory: Reflections on Memorial Art Loss and the Spaces Between*.
U of Massachusetts, 2016.

麻生えりか「未刊行の初期長編「長崎から逃れて」──カズオ・イシグロの描く原爆」、
『カズオ・イシグロと日本──幽霊から戦争責任まで』田尻芳樹・秦邦生編、水声社、
二〇二〇年、九五一一一六頁。

カズオ・イシグロ『遠い山なみの光』小野寺健訳、早川書房、二〇〇一年。

---.『特急二十世紀の夜と、いくつかの小さなブレークスルー』土屋政雄訳、早川書房、
二〇一八年。

---.『充たされざる者』古賀林幸訳、早川書房、二〇〇七年。

---.『忘れられた巨人』土屋政雄訳、早川書房、二〇一七年。

臼井雅美『カズオ・イシグロに恋して』英宝社、二〇一九年。

アストリッド・エアル『集合的記憶と想起文化』山名淳訳、水声社、二〇二二年。

奥田博子『原爆の記憶──ヒロシマ／ナガサキの思想』慶應義塾大学出版、二〇一〇年。

柿木伸之『燃エガラからの思考 記憶の交差路としての広島へ』インパクト出版会、
二〇二二年。

片岡佑介「占領の表象としての原爆映画におけるマリア像 ──熊井啓『地の群れ』を中心
に」『忘却の記憶 広島』東琢磨他編、月曜社、二〇一八年、二五〇一二七五頁。

荘中孝之『カズオ・イシグロ ＜日本＞と＜イギリス＞の間から』春風社、二〇一一年。

スーザン・サザード『ナガサキ──核戦争後の人生』宇治川康江訳、みすず書房、二〇一九年。

高橋哲哉『国家と犠牲』NHK出版、二〇〇五年。

ラン・ツヴァイゲンバーグ『ヒロシマ』若尾祐司他訳、名古屋大学出版会、二〇二〇年。

永井隆『長崎の鐘』サンパウロ、一九九五年。

長田陽一「燔祭／ホロコーストと応答可能性」『京都光華女子大学研究紀要』第48号
　　（2010年）、五七一八八頁。
松田雅子「イシグロの描いた被爆マリア『不思議なときおりの悲しみ』における被爆者の
　　表象」『長崎外大論叢』第25号（2021年）、三五－四四頁。

1　この弔辞は後に「原子爆弾死者合同葬弔辞」として永井の著書『長崎の鐘』に収録される。
2　たとえば高橋哲哉『国家と犠牲』を参照。
3　片岡佑介は原爆映画における「マリア表象」の変遷という、本論考にとっても興
　　味深い主題を検証している。片岡は永井隆の半生を描く映画『長崎の鐘』をはじ
　　めとする長崎原爆を題材とする作品だけでなく、広島の原爆を扱ったものにおい
　　ても、「画面の構図や繋ぎによって女性被爆者が聖母マリアのイメージで表象さ
　　れている」（二五八）ことを指摘する。そしてこうした「混成的な表象としての
　　被爆マリア像」は「無罪無垢性や理想の犠牲者像を体現し、日米双方の加害責任
　　を隠蔽する機能」（二七四）を果たしてきたと論じている。
4　その一方で、燔祭（ホロコースト）と原爆との関連付けによる、被害者たちが自分た
　　ちの犯した罪による罰を受けたものであるかのようなイメージの問題点について
　　は、たとえば長田を参照。また、臼井は長崎原爆の燔祭説とともに、爆心地近くにある
　　浦上教会が建っていた浦上地区がもともと潜伏キリシタンたちが多かったこと
　　にも触れながら、同地における受難の歴史の系譜を描きだしている。
5　一九六三年には広島からアウシュヴィッツに向けて、「広島／アウシュヴィッツ平和
　　行進」がほぼ陸路によって行われた（ツヴァイゲンバーグ参照）。またドイツ思想研
　　究者である柿木伸之は、ベルリンと広島との歴史的な繋がりに注目して、「今も
　　続く核の歴史に立ち向かいながら、この歴史に晒された者たちとともに生きる場を
　　開く、もう一つの歴史を構想する」（一七）可能性を見いだしている。
6　イシグロ研究においては、ユージン・ティーオ（Yugin Teo）がロスバーグの多方向
　　的記憶に触れながら、イシグロ作品（特に『忘れられた巨人』）における過去の出来事
　　の記憶の共有と継承のメカニズムを興味深く考察している。
7　ティーオはイシグロ作品における記念碑の重要性にも着目しており、個人的記憶
　　と集合的記憶を交錯させる「記憶の空間」（memory space）を展開する装置として位
　　置づけている（Teo, "Monument" 3）。

執筆者プロフィール

三村　尚央（みむら　たかひろ）
千葉工業大学教授
主要業績：『カズオ・イシグロを読む』（単著、水声社、二〇二二年）、『記憶と人文学』（単著、
小鳥遊書房、二〇二一年）、『カズオ・イシグロの視線』（共編著、作品社、二〇一八年）、『記憶
をめぐる人文学』（翻訳、アン・ホワイトヘッド著、二〇一七年、彩流社）カズオ・イシグロ
作品に強い共感を抱いたきっかけは、一九九〇年代末にイギリスに十ヶ月ほど滞在し
ていた際、大学の授業で『日の名残り』が取り上げられていたことでした。日本人の名前を
持った作家が英文学の授業で真剣に議論されていたことはとても印象的でしたし、（素朴で
単純にも）何だか誇らしい気持ちにもなったことを覚えています。それから二十年あまり
経て、イシグロの原点でもある長崎の原爆の記憶について書くことになるとは、まさか
当時学生の自分には思いもよらないことでしたが、今回の論集にいたる、これまでのみな
さんとのご縁に感謝しています。

III 海洋学者・石黒鎮雄氏の研究とその背景
— アナログコンピューティングの「日の名残り」—

小栗　一将（南デンマーク大学自然科学部准教授）

はじめに

　私はこれまでに、英国の小説家カズオ・イシグロの父親で、海洋学者として知られる石黒鎮雄（一九二〇〜二〇〇七）が日本や英国などで行った研究とその背景について、調査を行ってきた。そして、調査を通して明らかになった鎮雄の優れた業績を総説として発表したが、鎮雄が英国に渡った理由やその背景といった、当時の状況について十分な考察を行えずにいた。本論考では、まず、鎮雄の経歴と研究、所属した組織や関係のあった人々を紹介する。そして、鎮雄を知る人々からの証言や、新たに見つかった資料から、鎮雄が英国に渡った理由を分析する。また、イシグロのインタビューから推定できる、父親の研究に対するイシグロの認識や、一九八九年に英国で発表された小説『日の名残り』（*The Remains of the Day*）と父親の研究との関連について考察する。ただし、鎮雄の研究については難解な専門用語の使用はできる限り避け、研究の解説についても、考察に必要なものを除き最小限に留めるようにした[1]。

誕生から中央気象台
気象研究所勤務まで

　石黒鎮雄は(図表1、図表2)、一九二〇年に父昌明と母嘉代の間に誕生した。誕生地については上海(平井、『カズオ・イシグロ『わたしたちが孤児だったころ』論』二八 ; 小栗、『石黒鎮雄博士の業績』一九〇 ; 荘中 二二〇)、あるいは滋賀県大津市(石黒、『国際語・雑記』一七)とされたが、英文学者の平井杏子による本人へのインタビューによって、嘉代が出産のために里帰りした日本で誕生したことが判明した(平井、『カズオ・イシグロの長崎』三〇)。昌明は、戦前の上海に存在した東亜同文書院を卒業し、伊藤忠や豊田紡績廠の上海支店の役員を務めた国際的なビジネスマンであり(森川 七八)、父の仕事の関係で、鎮雄は幼少期を上海で過ごした(平井、『カズオ・イシグロの長崎 三二)。昌明は、鎮雄を英国の公立学校に入学させようとしたが、日中戦争前夜の不安定な政情の影響で実現せず(石黒、『国際語・雑記』一七)、一九二七年頃、一家は長崎に移り住んだ(平井、『カズオ・イシグロの長崎』三二)。鎮雄は旧制長崎中学に入学(松本 五二)、明治専門学校電気工学科[2]に進学して電子工学を学んだ。明治専門学校は、「技術に堪能なる士君子の育成」という理念の下、一九〇九年に山川健次郎(一八五四～一九三一)と安川敬一郎(一八四九～一九三四)が創設した四年制の学校であった。この学校からは数多くの実業家、研究者、エンジニアが輩出したことで知られているが、鎮雄の周辺の世代にも、竜巻やダウンバーストなどの局地的な激しい気象現象の仕組みを解明し、航空機の安全性の向上に大きく貢献したシカゴ大学教授の藤田哲也(一九二〇～一九九七)や、東京工業大学と九州帝国大学へ進学し、

図表1　IOS に勤務していた頃の鎮雄。
Institute of Oceanographic Sciences 1983 67 より引用。
© National Oceanographic Library, Archives. National Oceanography Centre, Southampton.

NHK放送科学基礎研究所の所長を務めた後にソニーに移り、コンパクトディスクの開発に大きく貢献した、音響学者の中島平太郎(一九二一〜二〇一七)といった著名な研究者の名が見られる。

　明治専門学校では、学生は原則三年間の寮生活が義務化されていたため(中島　六)、同級生や同じ学科の学生の間には深いつながりが存在したと考えられる。九州工業大学で藤田の最初の学生の一人であった、藤田哲也博士記念会の中村弘によれば、鎮雄と藤田は学生時代からの親しい知り合いであった。一九五〇年夏、藤田は、中村を佐世保測候所での観測調査に同行させた後、同じ学科の同窓生にあたる鎮雄に紹介するため、共に長崎海洋気象台を訪れたという。また、長崎海洋気象台の談話会の目録に、一九四九年に鎮雄が藤田の研究「暖氣等壓線による

西暦	出来事
1920年4月	父、昌明と母、嘉代の間に、滋賀県大津市で誕生
1927年まで	中華民国(現・中華人民共和国)上海市に居住
1927年	長崎県長崎市に移住
1940〜1943年	明治専門学校電気工学科　部活動は音楽部に所属
1943年	国際電気通信株式会社
1943〜1945年	陸軍第一気象聯隊、仙台陸軍飛行学校、陸軍気象教育部に所属
1945〜1947年	中央気象台気象研究部
1947〜1948年	中央気象台気象研究所高層気象研究室
1948〜1962年	長崎海洋気象台
1950年6月	平戸瀬戸の潮流解析の研究で、運輸省より運輸大臣賞授与
1954年11月	妻、静子との間に、カズオ・イシグロ誕生
1955年10月	国際会議(UNESCO Symposium on Physical Oceanography)で、英国国立海洋研究所(NIO)所長、ジョージ・ディーコンに出会う
1956年10月	UNESCOフェローシップの留学生に採択
1956年11月	運輸省より、英国出張の辞令を受領
1956年12月	東京大学に学位論文を提出
1957年1月	NIOに留学
1958年4月	留学中に、長崎海洋気象台海洋課から海洋気象課に配置換
1958年8月	東京大学より、理学博士の学位授与
1959年4月	留学先のNIOより戻る
1960年4月	長崎海洋気象台を休職、NIOに主任研究員として異動
1962年3月	長崎海洋気象台を退職
1964年頃まで	英国民の資格(永住権と思われる)を取得
1983年	IOS(NIOの後継組織)を定年退職
1996年	九州工業大学より、第33回嘉村記念賞授与
2007年8月	英国で逝去

図表2　石黒鎮雄の年譜

天氣分析法(1947)」を紹介した記録が残っており(長崎海洋気象台、『長崎海洋氣象台談話會目録1949』五五)、鎮雄が藤田のことを意識していたことも窺える。

　明治専門学校の敷地内には学生寮と教職員用の家族官舎が存在し、学生は官舎訪問と称して日夜の隔てなく教員と交流できた(中島　五)。教授陣も個性的であった。たとえば、物理学者の大塚明朗(一八九九〜一九九四)は、学生に主題を与えてレポートを提出させた後に、皆で議論しながらひとつのレポートにまとめていくという、対話の教育を実践していた。この講義を受けた中島は、先生が生徒に一方通行で伝達するそれまでの常識から踏み出した講義に感銘を受けた、と述懐している(中島　七)。九州の火山に関する研究の第一人者であった地質学者の松本唯一

（一八九二～一九八四）もまた名物教授で、優れた教育者であった（『追憶 松本唯一先生』編集委員会 二一三-二三三）。藤田哲也は学生時代に松本の助手を務めており、地質調査に同行した。このとき藤田は、松本が地図の誤りを訂正しながら地質調査を行うのを見て驚いたという（藤田 一三）[3]。研究熱心な松本の話題は、卒業後の鎭雄も耳にしていた。英国での夏季休暇中に家族とワイト島の地質博物館を訪れた際、博物館の老紳士から、かつて博物館に滞在して調査を行った「キューシュー・ユニバシテーのドクター・マツモトを知っていますか？」という思いもよらない質問を受け、耳を疑いつつも母校の松本唯一を思い出した出来事を、明治専門学校と九州工業大学の同窓会報の『明専会報』に寄稿している（石黒、『ワイト島と松本先生』 三）[4]。

　明治専門学校の学生は、寮内ではスポーツ部と文化部別に、部員八名が同居する生活を行っていた（中島 六）。鎭雄は音楽部に所属し、ピアノとチェロの演奏を担当した（図表３）。鎭雄は当時の音楽部の資料を保管しており、九州工業大学交響楽団を設立した、同大学名誉教授の松本修文が編纂した『明治専門学校および九州工業大学における交響楽団のあゆみ－資料集－』には、鎭雄から提供された音楽部の名簿、写真や定期演奏会の演目といった資料が収録された。鎭雄はクラシック音楽のなかでも、とくにベートーヴェンの作品を好んでいたようで、音楽部の演奏会でも取り上げ、『明専会報』に寄稿したエッセイの中でも、ボンのベートーヴェンの生家を訪れた写真や、友人宅でピアノ協奏曲第五番『皇帝』の一部を弾いた話を紹介している（石黒、『「音楽部」のころ』 一〇二）。

　明治専門学校を卒業した鎭雄は、国際電気通信株式会社に就職後、陸軍に召集された（平井、『カズオ・イシグロの長崎』 四九）。太平洋戦争中の当時、明治専門学校の卒業生が民間の会社に入社するのは一日だけで、即日軍隊に召集されるのが慣例であったが、卒業生の多くは将校候補となり、中尉に任官する道があった

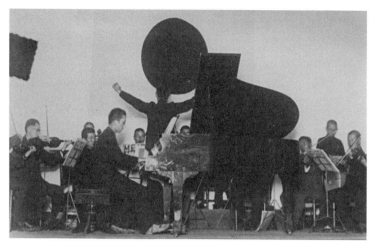

図表3　1941年の明治専門学校音楽部の秋期演奏会にて、ピアノを演奏する鎭雄。
松本、『明治専門学校および九州工業大学における交響楽団のあゆみ―資料集―』49
より引用。
松本修文氏のご厚意による。

（中島　八）。陸軍での鎭雄は、初級気象兵、乙種幹部候補生や下
士官の教育が行われていた陸軍第一気象聯隊（山本　一六一）や、
仙台陸軍飛行学校の気象部隊に所属した（田中　七）。その後、鎭雄
は、陸軍気象部が気象将校や気象技術要員の教育のために一九四四
年に設立した陸軍気象教育部に配属された（中田　四九〇）。鎭雄
の業務内容は不明だが、陸軍気象教育部の部員で（中田　四三一）、
少尉という記録（UNESCO Annex 3）からは、気象部隊の将校
コースにいたことが推定できる。
　一九四五年、日本は敗戦を迎え、陸海軍は解体された。一九四六年、
中央気象台は連合総司令部（GHQ）の許可を得て、東京、馬橋
（現在の高円寺北）の陸軍気象部跡地に気象研究部を設立した。
しかし、当時は食糧も居住環境も不十分な状態であり、戦争で住居
を失い、やむを得ず旧陸軍気象部の建物を仮の住居としていた
職員がいたほどであった（和達　八七）。業務も研究を行う状況には
程遠く、GHQの指示により、旧陸軍の備品の残務整理に集中しな
ければならない状態であった（気象庁気象研究所　四、五）。

気象研究部の職員達は、このように荒廃した環境からの復興を目指していた。鎭雄は陸軍気象教育部から中央気象台気象研究部に異動したが、一九四七年に気象研究部が気象研究所[5]に改組されると、この研究所の高層気象研究室に配属された。ここでは、陸軍の技術将校であった湯浅光朝（一九〇九～二〇〇五）の下で、ラジオゾンデに搭載する装置の開発を行った[6]。湯浅は、旧陸軍が使用したラジオゾンデの開発者であったが、科学史の研究者としても知られており、後年は神戸大学や専修大学で教鞭を執ると共に、科学史に関する本を著した。鎭雄は後の著作において、自身が開発した装置を、かつて開発された装置類と対比する解説を行っており（S. Ishiguro, *Electronic Analogues in Oceanography* 86-90）、科学史に通じていた湯浅の影響を見ることができる[7]。

｜　第二章　｜

長崎海洋気象台

　一九四八年四月、鎭雄は長崎海洋気象台海洋課に異動した。長崎海洋気象台は、一八七八年に明治政府が設置した長崎測候所を起源とする気象台で、水産産業が盛んな地元自治体や国会議員からの強い要望により、一九四七年に、この測候所を統合する形で長崎市南山手町の陸軍旧要塞司令部跡に創設された（図表４）（長崎海洋気象台、『長崎海洋気象台100年のあゆみ』一〇、一二）。一九六〇年には、気象台に観測船「長風丸」が配属され、海洋気象観測の充実が図られた。一九八七年に「長風丸」は「長風丸Ⅱ世」に更新されたが、二〇一〇年に気象庁の海洋気象観測船による観測体制が気象庁本庁の大型観測船二隻に

集約され、北西太平洋域の観測が強化されるまで、主に東シナ海を中心とした西日本の海域における観測に活躍した。二〇一三年、長崎海洋気象台は長崎地方気象台に改組され、現在に至っている（緑川 七）。現在の気象台は、気象観測や予報に加え、この地方に特徴的な集中豪雨や雲仙普賢岳の火山活動、長崎湾に発生する「あびき」[8]の監視と防災情報の発表といった重要な気象業務を担っている。

　長崎海洋気象台では、一九四七年から二〇〇〇年までの間、台内の職員達が研究を発表するための学術誌『海象と気象』を発行していた（図表5）。鎭雄は、この雑誌の編集委員を度々務めており、謄写版だった冊子のオフセット印刷化にも貢献した（編輯委員S.I. 五九）[9]。また、今も気象台に大切に保管されている、当時の職員達による談話会のレジュメの一部、報告書類や、気象台内に事務局が置かれていた長崎海洋気象同好会の冊子

図表4　一九五七年頃の長崎海洋気象台。
　　　　出典、長崎海洋気象台、『長崎海洋気象台100年のあゆみ』。長崎地方気象台提供。

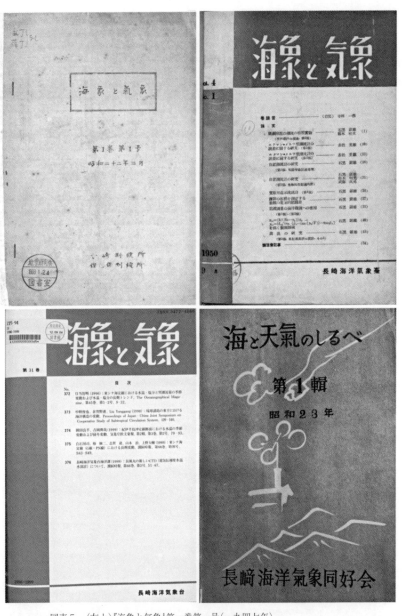

図表5　（左上）『海象と気象』第一巻第一号（一九四七年）。
　　　　（右上）オフセット印刷となった第四巻第一号（一九五〇年）。
　　　　　　　　表紙タイトルは版画、図は謄写版だった。
　　　　（左下）最終巻の第三十一巻（二〇〇〇年）。
　　　　　　　　表紙は半世紀にわたり同一のデザインが用いられた。
　　　　（右下）『海と天気のしるべ』第一号（一九四八年）。
　　　　長崎地方気象台提供。

『海と天気のしるべ』の掲載記事からは、一九四〇年代から一九五〇年代半ばの長崎海洋気象台では、気象業務だけでなく研究も活発に行われていたことが分かる。元・長崎地方気象台長の中野俊也によれば、気象庁に就職し、最初に着任した一九八〇年代の長崎海洋気象台には、どこか大学の研究室に似た雰囲気が存在したという(中野 七)。この時代には、設立当時のアカデミックな伝統が有形無形の習慣として残っていたことを示す証言といえる。

　戦前から戦後間もない時期における中央気象台の管理職や研究者の多くは、旧帝国大学の卒業生であり、中央気象台の四代目台長、岡田武松(一八七四〜一九五六)や五代目台長の藤原咲平(一八八〇〜一九五〇)といった優れたリーダー達の薫陶を直接受けた、いわゆるエリートであった。彼らは戦中から戦後にかけて、日本の気象学や海洋学を牽引するリーダーとなっていった。長崎海洋気象台の初代台長の宇田道隆(一九〇五〜一九八二)と二代目台長の寺田一彦(一九〇八〜一九八三)も、このような環境のなかで育った研究者・指導者であった(図表6)。中央気象台時代の長崎海洋気象台がアカデミックな場であったのは、宇田と寺田の方針によるところが大きかった。

　宇田道隆は、日本の海洋学に大きな足跡を残した海洋学者である(稲掛ほか)。高知県出身の宇田は、中学時代に、同郷出身で著名な物理学者の寺田寅彦(一八七八〜一九三五)の講演を聴き、科学の道を志した(宇田 四〇-四六)。進学先の東京帝国大学で寺田と再会し、寺田と、この大学で教授職を兼任していた藤原咲平に学んだ。卒業後は農林省水産講習所[10]に入所し、海洋学を志す国内の仲間と共に、現在の日本海洋学会の前身となる海洋學懇談會という勉強会を設立した(黒田)。その後、一九二〇年に創設された海洋気象台[11]に台長として赴任した。一九四五年には、台長の身分のまま広島管区気象台[12]に出向し、原子爆弾の爆発後に発生した「黒い雨」の調査を行った

図表6　長崎海洋気象台の台長、宇田道隆(左)と寺田一彦(右)。
　　　　(左)東京海洋大学附属図書館所蔵。(右)長崎地方気象台提供。

(宇田ほか　九八-一一九)。一九四六年、宇田は長崎海洋気象
台の設立のため長崎測候所長として長崎に赴任し、翌年に長崎海
洋気象台の台長となった。これらの人事はすべて藤原咲平によ
るもので(柳田　三九〇)、藤原が宇田を高く評価していたこと
が窺える。一九四九年八月、宇田は水産庁の東海区水産研究所[13]
に異動、一九五一年から六八年に定年退官するまで東京水産
大学[14]、一九六九年から七五年までは東海大学海洋学部の教授
として後進の育成に務めるとともに、海洋学に関する啓蒙書を
多数執筆した。また、一九六八年には一般社団法人水産海洋学
会の前身となる水産海洋研究会を立ち上げ、水産海洋学の発
展にも大きく貢献した。宇田が遺した膨大な研究記録、手稿、
写真などは東京海洋大学附属図書館に保管され、「アーカイブ
ズ宇田道隆文庫」として整理されている(馬場)。なお、長崎地方
気象台の台長室には、歴代の台長達を代表し、現在も宇田の写
真が飾られている。
　　寺田一彦は、東京帝国大学物理学科を卒業し、中央気象台に
就職、その後、中央航空研究所で風洞[15]の開発や運用に当たった

物理学者であった。戦後、この研究所はGHQによって解体されたが、寺田は藤原咲平と交渉し、若干名の研究者と共に中央気象台気象研究所に異動した(寺田 一〇三)。寺田は気象研究所応用気象研究室長から長崎海洋気象台の台長に抜擢されただけでなく、九州大学農学部の教授職も兼務した俊才であった。寺田は、宇田によって進められた研究を引き継ぎ、さらに、中央気象台や外部機関からの大規模な共同研究を受託した。また、国内外の著名な研究者を長崎に招聘して講演を依頼するなど、長崎海洋気象台を、気象業務だけでなく海の研究も行う気象台に育て上げた。一九五六年三月、寺田は中央気象台に海洋気象部長として異動し、翌年に中央気象台が改組されて誕生した気象庁では、国際共同研究に関する仕事に携わった。一九六六年には気象庁を退官し、国立防災科学技術センター[16]の二代目センター長となった(独立行政法人防災科学技術研究所 一六)。晩年には、海洋に関する教科書や一般向けの本を著し、海洋学の教育や啓蒙に力を注いだ。

　鎮雄は長崎海洋気象台で初めて海洋学に触れ、観測の現場に足を運んだ。そして、研究の中で海洋学と電子工学を融合させ、目覚ましい成果を挙げていった。鎮雄は、当時まだ入手が難しかった海洋観測用の測器類を開発していたが、やがて、気象台が外部機関から受託した大型研究の中心的な役割を担うようになった。

　また、この時期のプライベートな出来事として、長女の文子が一九五〇年に(平井、『カズオ・イシグロの長崎』四一)、長男のカズオ・イシグロが一九五四年にそれぞれ誕生している。このため、当時の鎮雄は公私共に多忙であったと思われるが、様々な実験を立案・実行し、研究に没頭できたのは、鎮雄の妻や両親の手によって子供達の世話が行き届いていたためであろう。イシグロがインタビューで、「私の人生の最初の四年間は父が出張で不在でした。その間、祖父が私の父親代わりでした」(Mackenzie)と

述べているように、鎮雄がNIO[17]（National Institute of Oceanography；英国国立海洋研究所）の留学のために最初に英国に渡った時、イシグロはまだ二歳であった。物心のついたイシグロが長崎で父親と共に過ごした期間は、一九五九〜一九六〇年のわずか一年間であった。

鎮雄は長崎海洋気象台において、波圧計をはじめとする観測機器の開発のほか、平戸瀬戸の潮流解析（一九四七〜一九五〇。鎮雄は一九四八年から参加）、長崎湾の「あびき」の解析（一九五〇〜一九五三）、そして、有明海の潮汐解析のための水理模型の開発（一九五三〜一九六〇。鎮雄は一九五六年まで参加）の研究に携わった（図表7）。

平戸瀬戸の潮流解析の研究は、長崎県平戸市に位置する平戸瀬戸で頻繁に発生する座礁事故を減らすために行われた、流れの

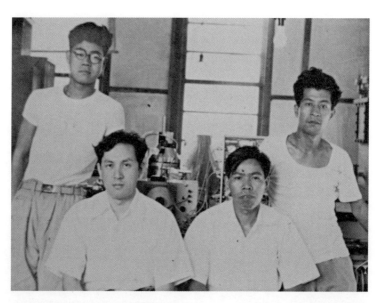

図表7　有明海の水理模型実験装置を開発していた頃の職員達と鎮雄。左から森川滋、石黒鎮雄、藤木明光、永田三和。
撮影者の森川滋氏のご厚意による。

解析の研究であった(安井・石黒　二)[18]。鎭雄はこの研究の途中から参加し、自作の観測機器や写真測量を駆使した潮流観測と、海峡を模したミニチュア(水理模型)に画像解析を組み合わせた精密な潮流解析を行い、海峡内の小島に設置された導流堤の効果を検討した。また、座礁事故は潮流が強く暗闇となる新月の夜に多発することを特定した。この研究は運輸省の優良研究に認められ、鎭雄は上司の海洋課長、安井善一と共に運輸大臣賞を受賞した(長崎海洋気象台、『長崎海洋気象台100年のあゆみ』　二七)。

　長崎湾の「あびき」の解析は、鎭雄の名を内外に知らしめた研究であった。長崎海洋気象台が行った「あびき」の研究は、「あびき」の振幅が増幅する原因の解析、「あびき」の予測を念頭に置いた気象現象の解析のほか、「あびき」による潮位変動を軽減する港湾の設計にも言及した学際的なものであった(寺田ほか、『長崎港の副振動について』　一)[19]。現在ではデジタルのコンピュータを使った数値計算によって、精密な「あびき」の再現や「あびき」を引き起こす気象現象を推定できるが(Hibiya and Kajiura)、電卓すら存在しない一九五〇年代前半に、計算によって「あびき」のメカニズムを解析することは容易ではなかった。

図表8　鎭雄が長崎湾の「あびき」を解析するために開発した「電子工学的模型実験装置」。
出典、寺田ほか、『長崎港の副振動について』。
長崎地方気象台提供。

鎭雄はこの難題に対し、任意の電圧波形をアナログ電子回路の中に入力することで発生する、電圧の過渡応答波形を「あびき」に見立てる「電子工学的模型実験装置」を開発し（図表8）、「あびき」が湾内で増幅する様子を電圧波形で再現した（S. Ishiguro and Fujiki 196）。

　このように、数式による解析が難しい複雑な物理現象を電気のアナロジーに代替して解析する装置は（電気式の）アナログコンピュータ、この装置で解析する手法はアナログコンピューティングとそれぞれ呼ばれるが、この手法を海洋現象の解析に応用した研究は世界的にも例のない、独創的で先進的なものであった。

　カズオ・イシグロが誕生する前年の一九五三年七月一日、長崎海洋気象台は気象創業七十五周年の記念式典を挙行した。式典では、地震課の尾崎康一が作詞し、鎭雄が作曲した『長崎海洋気象台の歌』[20]が発表され、台内では「あびき」の実験を含む研究や、海洋ブイロボットの構想を示した「エレクトロニック海洋気象台」が紹介された（長崎海洋気象台、『長崎海洋気象台100年のあゆみ』一六）。同じ頃、鎭雄は『お話し　或るユートピア氣象台』というエッセイを所内報に発表した（図表9）。このエッセイは創業七十五周年記念日の前夜に書かれたもので、気象データの自動取得と電子化による恩恵を受けた、未来の気象台が紹介されている。このエッセイのなかで鎭雄は、「気象や海洋の現象をとらえ、これから得られる知識を、利用者に必要な知識に翻訳して提供すること。そうして、国民（人類と言いたい）の福祉に役立つこと－これが気象台の任務と最終の目標だと思う」（四五）という気象台の役割を述べ、そのためには観測や記録を電子化した先進的な気象台の実現が望まれること。しかしこの実現には、「政治的問題」（五一）があり、「気象界にまでとり入れ実現させるだけの物的、心的余裕や熱意をもたせ得ない国家経済や社会組織」（五一）を原因の一つとした。さらに、このエッセイは、

お話し 或るユートピア氣象台

石黒鎭雄

１　プロローグ

気象や海洋の現象をとらえ、これから得られる知識を、利用者に必要な知識に翻訳して提供すること、そうして、国民へ人類（といゝたい）の福祉に役立つこと――これが、気象台の任務と最終の目標だと思う。

過去一世紀近くにわたって、先輩たちはそれぞれの時代に応じ、この方向に努力して来たことであろうし、現在もそうであろうと信じたい。

いま、現在の気象事業をきわめて概括的にしめすと、第一図上半のようであろう。ここで、収集、整理、判断、発表の４段階は、現在のいわゆる「研究」をも含む広義のものと解釈していただきたい。そうして、どの段階にどれ程の努力がそゝがれ、目標にもいしてどの程の成果をあげているか、発着自ら御判定をお願いしたい。

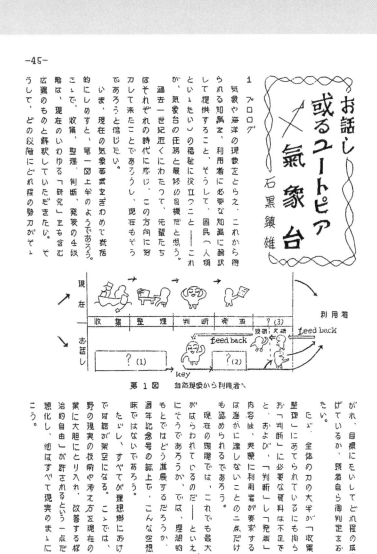

第１図　自然現象から利用者へ

たゞ、全体の力の大半が「収集」と「整理」にあてられているにも拘らず、なお「判断」に必要な資料は不足であること、および、「判断」し「発表」される内容は、実際に利用者が要求する水準には遙かに達しないことの二点だけは誰しも認められるであろう。

現在の現段では、これでも最大の努力がはらわれているのだ――といえば堪かにそうであろうか。では、理想的氣象のもとではどう進展するだろうか、七十五周年記念号の誌上で、こんな空想も無意味ではないであろう。

たゞし、すべてが理想郷にあけるものでは話が架空になる。ここでは、他の分野の現実の技術や考え方を現在の気象事業に大胆にとり入れ、改善する様な「政治的自由」が許されるという一点だけを理想化し、他はすべて現実のまゝにしておこう。

図表9　一九五三年に鎭雄が所内報に発表したエッセイ『お話し　或るユートピア氣象台』。長崎地方気象台提供。

「たゞ、もしこの程度の空想がいつまでも空想と笑われている
ようでは、すでに実現し着々と進展しつゝある他の科学の分野
から、遥かにおきざりにされてしまうことだけは確実であろう。
願わくはつぎの100年記念号では、『こんなことがユートピアか』
と笑われたいものである」(五一、五二)と結ばれており、鎮雄が
組織に対して感じていた、もどかしさを読み取ることができる。
このエッセイは、のちに静子夫人が長崎海洋気象台に宛てた
手紙に同封されており[21]、その手紙には、この記事だけが元の
冊子から切り取られ、英国の自宅に残されていたと記されて
いた。鎮雄が、気象台勤務時代に抱いていた思いを終生大切に
していたことが窺えるエピソードといえる。

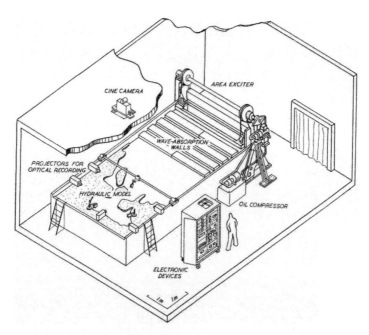

図表10　有明海の水理模型の図。模型の寸法は幅三.五メートル、奥行七メートル、水深一メートル。
　　　　気象庁の許諾を受け、S. Ishiguro, *A Method of Analysis for Long-Wave Phenomena in the Ocean, Using Hydraulic*
　　　　Models and Electronic and Cybernetic Techniques. An Electronic System for Recording and Analysing Sea Waves Part II 24
　　　　より引用。

有明海の潮汐解析のための水理模型の開発は、有明海の干拓のために築造が計画された、有明海を締め切る巨大ダムの建設が、潮汐に与える影響を評価するために行われた（寺田ほか、『有明海の綜合開発に関連した海洋学的研究（Ⅰ）』二）[22]。鎭雄は寺田の指示により、有明海の水理模型と、模型の中で潮汐を再現するための造波器の自動制御装置の開発を担当した（図表10）。しかし、建物の床面積の都合上、模型の縮尺を大きく取らねばならず、これが潮汐の再現を困難にした。模型の開発は当初の予定よりも遅れ、農林省への報告書は、一九五九年と一九六〇年にそれぞれ提出された。

　しかし、農林省は実験結果を問題視し、より規模の大きい水理模型実験施設を所有する九州大学農学部に再実験を依頼した。この実験報告書は翌一九六一年に提出され、七年以上にわたった研究はようやく終了した。一九五六年、鎭雄はこの研究から手を引き、その後の開発と実験を同僚の藤木明光に託した[23]が（S. Ishiguro, *A Method of Analysis for Long–Wave Phenomena in the Ocean, Using Hydraulic Models and Electronic and Cybernetic Techniques. An Electronic System for Recording and Analysing Sea Waves Part II* 49 ）、その背景には、鎭雄とその家族の将来に大きな影響を与える出来事が存在した。

| 第三章 |

大きな転機と、
NIO における研究

　一九五五年十月、日本初となる海洋学の国際会議「UNESCO Symposium on Physical Oceanography」が東京で開催された。このシンポジウムのなかで、鎭雄が手掛けた数々の研究が国内の

海洋学の権威達によって紹介された。このとき注目を浴びたのが、海洋物理学の権威として知られた、東京大学理学部地球物理学教室[24]の教授の日高孝次(一九〇三～一九八四)によって紹介された、アナログコンピューティングによる長崎湾の「あびき」の解析法だった(Hidaka and Yoshida 187)。会議に出席するために来日し、この講演を聴いた英国国立海洋研究所(NIO)の創設者で所長のジョージ・ディーコン(Sir George E. R. Deacon; 一九〇六～一九八四、図表11)は、鎮雄の手法に強い興味を示し、同じUNESCOの委員でもあった日高に、鎮雄のNIOへの留学を懇願した(日高 一四三)。この背景には、一九五三年に北海周辺の国々を襲った、北海大洪水と呼ばれる史上最悪の高潮災害が存在した。この高潮により、英国、オランダやベルギーで二千五百名もの人命が奪われ、英国では土地七万三千ヘクタールと、二万四千軒もの

図表11　NIO の創設者、初代所長のジョージ・ディーコン。
　　　　© National Oceanographic Library, Archives. National Oceanography Centre, Southampton.

家屋が浸水した。英国政府は高潮の予測や防災の研究に着手したところであり、ディーコンは、鎮雄の手法に予測の可能性を見出した。鎮雄はUNESCOフェローシップの留学生に採択され（UNESCO Annex3）、NIOへの留学が認められた（運輸省 三）。留学直前の一九五六年一二月、鎮雄はこれまでに気象台で行った研究を学位論文（S. Ishiguro, *An electronic method for recording and analyzing ocean waves*、和文タイトルは『エレクトロニクスによる海の波の記録ならびに解析方法』）にまとめ、東京大学に提出した[25]。当初この学位論文は、これまでに開発した観測機器と、有明海の水理模型と自動制御装置に関する二章から構成されていた。しかし、後に第三章としてNIOにおけるアナログコンピューティングの研究が追加され、最終的な学位の認定は一九五八年八月にずれ込んだ。本人が不在の状態で新たに章が追加されたのは異例といえる。鎮雄は留学期間が終わる頃、NIOに招聘されたが（石黒、『北海の高潮－電子回路模型－』三）、このとき、雇用の条件として、NIOにおける研究成果の出版が要求されたのかも知れない。第三部の謝辞に記されたディーコン、気象庁長官の和達清夫（一九〇二〜一九九五）や東京大学総長の茅誠司（一八九八〜一九八八）といった錚々たる顔ぶれからは、各機関の間で章の追加に関する議論が交わされた可能性が示唆される。

　一九五七年一月より、鎮雄はUNESCOフェローシップの留学生としてNIOに一年間滞在し、アナログコンピューティングによる湖や湾の水位や潮位変動の研究を行った。鎮雄は留学期間終了後もNIOで研究を継続したが、この間の滞在費は、日本津波研究会[26]を通し、カリフォルニア大学サンディエゴ校スクリップス海洋研究所より支弁された（石黒、『北海の高潮－電子回路模型－』一）。鎮雄はこの大学からも職のオファーを受けており（平井、『カズオ・イシグロの長崎』　四二）、同時期に米国にも訪れていた形跡がある（Wachtel 24）。結局、鎮雄はNIOを選んだが、英国と米国の研究機関が鎮雄の研究に興味を示したことで、留学が延長された

ことになる。一九五九年、留学から戻った鎭雄は再び長崎海洋気象台に勤務したが、NIOよりPrincipal Scientific Officerという破格のオファーを受けたため（Annual Report of the National Oceanographic Council 1960-1961）、一九六〇年四月に気象庁を休職し、妻と二人の子供と共に、長崎からサリー州ギルフォードに移住した。

　NIOは第二次世界大戦後に創設された新しい研究所であったが、その構想は大戦中から存在した（Bowden）。研究所が存在したウォームリーは海から離れていたが、戦争中に英国海軍が使用していた建物を安価に入手できたこと、ロンドンからポーツマスに向かう鉄道の駅から近いこと、深海研究の場合、施設を沿岸に設置する必要がないという条件が重なり、一九五三年に、他所に分散していた部門がこの地に集約された（Deacon 32）。

　ディーコンは、南氷洋の海洋化学や海洋物理学の研究で知られた海洋学者であったが、第二次大戦中には、海軍研究所（Admiralty Research Laboratory）内に設置された、Group W（Wはwaveを示す）と呼ばれる波高予測の研究集団のリーダーを務めていた。この予測は、兵隊が海岸に上陸する際の指標とするためのものでもあった（Deacon 28）。NIOの所長となったディーコンは、自ら才能のある者を見つけ出し、履歴書による選考、人事委員会の開催や面接を経ずに採用するという大胆な人事方針を採った。そして海洋学の範囲の中で、スタッフが自分達の興味を追求できる環境を整えた（Laughton and Deacon 37）。

図表12　一九七八年頃撮影されたIOSの外観。
建物はNIOから引き継がれた。
© National Oceanographic Library, Archives.
National Oceanography Centre, Southampton.

ディーコンの主張により、NIOは海洋物理学、海洋化学、海洋生物学、地質学や地球物理学の研究も行う学際的な研究所となった。ディーコンは一九七一年にNIOを退職したが、一九七八年に、NIOの後継組織であるIOS(Institute of Oceanographic Sciences)[27]の内部で組織改変が行われた際、ウォームリーの研究所はIOS Deacon Laboratoryと命名された(Oceans Wormley)(図表12)。

　NIOで鎮雄と同じ主任研究員であったデヴィッド・カートライト(David E. Cartwright；一九二六〜二〇一五)は、ディーコンが鎮雄にパーマネントスタッフ(定年制職員)の籍をオファーしたと証言している(Cartwright, *Waves, Surges and Tides* 176)。しかし、イシグロはインタビューにおいて、当初は研究予算が尽きる数年後には日本に戻る予定であり(Mackenzie)、また、両親は常に帰国できると思っており、移住者のメンタリティを持っていなかったと答えている(McCrum)。実際、鎮雄は一九六二年三月までは長崎海洋気象台を休職していることから、この頃までは日本に戻る可能性が残っていたと考えられる。しかし、NIOにおける最初の任期が切れた時、英国政府による四〜五年の研究助成が決まり、滞在も延長された(池田　一三九)。イシグロによれば、鎮雄が英国への定住をはっきりと決断したのはイシグロが十五歳の時であった(阿川　一四六)。一方、イシグロは、鎮雄が当初借りていた住宅の家主が海外の長期滞在から戻ることになった時、偶然売りに出された隣家を購入したと、Mackenzieとのインタビューのなかで答えている。さらに、鎮雄は、一九六四年までに英国民の資格[28]を取得していた(淵　一五九)。これらのことを総合すると、鎮雄は、英国に移ってしばらく経った頃より、この国で長期間滞在することを考慮していたようにも見受けられる。

　NIOにおける鎮雄の研究テーマは、北海の高潮を予測する装置の開発とその実用化であった。研究は順調に進んだようで、一九六四年頃、欧米の気象・海洋研究所を訪問した気象庁の研究者が紹介した研究の概要からは、すでに高潮予測のための

アナログコンピュータの要素技術はほとんど完成していたことが分かる（淵 一四三-一四五）。同じ頃、鎮雄は米海軍の基地が複数存在するチェサピーク湾の潮位を再現する巨大なアナログコンピュータを開発し、複雑な地形をもつ湾が核攻撃を受けた際に発生する、津波の挙動を解析する研究に携わった（S. Ishiguro, *Electronic Analogues in Oceanography* 63-65）。この時、鎮雄は米国にも滞在し、現地のエンジニアと共に装置を開発した（石黒、『北海の高潮－電子回路模型－』三）。鎮雄は一九七〇～一九八〇年代にかけて、アナログコンピュータの開発や、アナログコンピューティングによって得られた高潮の予測結果などを多くの報告書にまとめたが、これらの表紙には、「内部文書

図表13　一九六六年頃、NIOで開発したアナログコンピュータを操作する鎮雄。
© National Oceanographic Library, Archives. National Oceanography Centre, Southampton.

この文書を出版物の参考文献に引用しないでください。受領者の用途のみに提供されるものです」という注意が印刷されており[29]、鎭雄の研究があまりオープンなものではなかったことを彷彿させる（図表13）。

第四章

証言や文献から
推定される渡英の理由

　なぜ、鎭雄は長崎を離れる決意をしたのだろうか？週刊誌のインタビューに「私は長崎の海洋気象台に勤務していたんですが、一九六〇年、英国の国立海洋研究所に主任研究員として招聘されました。英国は二度目でしたが、その時、永久就職するつもりで、気象庁を辞め、家族を連れて、海を渡ったのです」という証言が残されているが（週刊新潮 三四）、多くの独創的な研究成果を発表し、『長崎海洋気象台の歌』を作曲した頃の充実した日々と、「永久就職するつもりで」という言葉の間には大きな乖離が存在するように思えてならない。当時出版された文献の内容と、鎭雄と関わりのあった人々の証言を照合し、出来事を時系列的に再構築すると、有明海の水理模型とその自動制御装置の開発とアナログコンピューティングというふたつのテーマ、そして気象台内における境遇との狭間で葛藤を抱いていた様子が浮かび上がる。

　一九五五年頃、鎭雄は有明海の水理模型とその自動制御装置の開発に取り組んでいた。しかし、この研究の報告書には、大規模で複雑な有明海の水理模型の調整が難航し、実験が遅れたことが記されている（農林水産省熊本農地事務局、長崎海洋気象台 二）。

鎮雄は当時のことについて、「私は一九四五年頃、九州西岸の模型を作った時、自動制御を用いて潮汐を再現した（自動制御は当時新奇な技術だった）。これは、入出力の間に水路を入れた閉じた回路と見なすこともできる。私は、この水路部分も電子回路で置き換えれば、全模型が電子回路化されると考えた。この考えに基づいて一九五〇年に、長崎湾の模型を簡単な電子回路で作った」と述懐している（石黒、『北海の高潮−電子回路模型−』一）。年代や研究の順序に記憶違いと思われる箇所が存在するが、この記録は、水理模型装置の開発の途中で、アナログコンピューティングを採用すれば、コストや労力が嵩むだけでなく、正確な潮位の再現も難しい水理模型実験を行う必要のないことに気づいたことを示している。一九五六年十月、長崎海洋気象台では有明海の水理模型を開発中であったにも関わらず、鎮雄は、水理模型実験に対するアナログコンピューティングの優位性を説いた記事を、『日本海洋学会誌』に寄稿した（石黒、『海洋学と電子回路模型』一二九）。この内容は、水理模型実験からの決別宣言とも取れるものであった。

　実は、有明海の潮汐実験の初期の段階において、水理模型実験の終了後にアナログコンピューティングによる潮位解析を行う計画が存在し、研究開始時に理論的な検討が行われた[30]。しかし、この結果を報告書に発表したのは鎮雄ではなかった（中村）。この背景には、研究の主目的は水理模型実験であり、装置の開発のために電子工学と制御工学の高度な知識を応用できる適任者が鎮雄以外にいなかったことや、研究の手段をアナログコンピューティングに切り替えた場合、装置開発のために助成を受けた多額の予算を消化できなくなるだけでなく、目的外の予算執行となるという、官僚的な問題に発展する事情が存在したと考えられる。しかし、アナログコンピューティングのアイデアを自ら考案した鎮雄にとって、この采配や研究方針は不本意であったに違いない。実際、カートライトは、「（鎮雄は）

日本ではアナログコンピューティングに対して何の支援も得られなかった」という証言を残している（Cartwright, *David Cartwright interviewed by Paul Merchant*）。一方、UNESCOシンポジウムで紹介された「あびき」の解析は、海洋学の世界的な権威であったディーコンをして、「出来ますか。ではここ（NIO）に来て、どのように（潮位を）再現するのか是非見せて下さい」と言わしめるほどの評価を得た（Cartwright, *David Cartwright interviewed by Paul Merchant*）。この一件から、鎮雄はNIOに留学してアナログコンピューティングを研究する道を選択したと考えられる。

　有明海の水理模型実験に関する一連の報告書や論文には、不可解な点が存在する。UNESCOシンポジウム開催一ヶ月前の一九五五年九月に鎮雄が作成した日本気象学会のパンフレット、『サイバネティックスを応用した水理実験法とその装置 抄録』[31]には、有明海の水理模型の開発に用いられた要素技術と、これらを着想した日付が詳細に記されており、これらの全てが鎮雄によって考案されたことを確認できる。しかし、気象庁本庁が発行していた英文誌の『欧文海洋報告』（*The Oceanographical Magazine*）に、学位論文第二章の副論文として発表したと思われる一報（S. Ishiguro, *A Method of Analysis for Long-Wave Phenomena in the Ocean, Using Hydraulic Models and Electronic and Cybernetic Techniques. An Electronic System for Recording and Analysing Sea Waves Part II*）を除き、この研究に関する論文や報告書の著者に鎮雄の名は確認できない。当時、鎮雄と共にこの研究に参加した、元・長崎海洋気象台の森川滋は、「論文を執筆されても、筆者は当時の課長や他の人でご自分の名前はありませんでした」（森川 二一）と証言している。この理由が台長や上司の指示によるものか、自ら願い出たためなのかは定かではないが、著者として名前が載らない報告書や論文への執筆は、割り切っていたとしても辛いものがあったに違いない。

　一九五八年四月、NIOに留学中の鎮雄は、海洋課潮汐係長から

海上気象課調査係長に配置換えとなった（長崎海洋気象台、『人事異動、動静』一三）。英国で鎮雄と交流のあった、元・財団法人地球科学技術総合推進機構の宮田元靖は、鎮雄から直接聞いた話として、NIOへの異動を決意した理由は、この人事異動によって研究職ではなくなったためであった、という証言を残している。また、英文学者の武富利亜は、やはり英国などで鎮雄と交流のあった、前・学校法人宮崎学園理事長の大坪久泰からの聞き取りを通し、当時の気象台には、大学卒と専門学校卒の間に学歴差別が存在した可能性を指摘している（武富二二五）。これらの状況より、鎮雄は平戸瀬戸の潮流解析や長崎湾の「あびき」の解析といった際立った成果を挙げたにも関わらず、NIOに留学するまでの数年間は、その能力を正当に評価されない不遇な状態にあったと推定できる。その一方、当時の日本国内の海洋学の権威たちは、鎮雄の研究を高く評価していた。とくに宇田道隆は、平戸瀬戸の潮流解析から「あびき」の解析に至る研究成果を、多くの著作の中で積極的に紹介していた。また大坪久泰は、宮崎国際大学のサイト上に公開されていた『創始者ブログ』に、鎮雄の学位論文作成を補佐した思い出を以下のように綴っていた。

　　「もう六十五年位前のことですが、大学の研究室にいた頃に石黒鎮雄さんの学位論文作成の手伝いをしたことがあります。論文内容とは関係のない印刷準備の雑用手伝いです。当時、私が所属していたのは、東京水産大学海洋学教室で、著名な海洋学者宇田道隆先生が主任教授で、海洋地質学の新野弘教授、アメリカから帰ったばかりの海洋物理学者で数学が得意な斎藤泰一先生、フランスから潜水艇バチスカーフを招聘し、後に学長になられた佐々木忠義先生、漁場論の石野誠先生、津波研究の三好寿先生等、錚々たる方々がおられました。私を含めて数人の研究生と

呼ばれていた就職浪人がいました。宇田先生に頼まれたのは、石黒さんは近くイギリスに行くことになっているので急いでおられるのだとのことでした。長崎に自宅があった石黒さんは、JR（当時は国鉄）水道橋駅近くの神保町の小さな宿やの一室を借りて、昔の機械式英文タイプライターで謄写版印刷ができるように論文を清書されていました。数式や図表は手書きだったように記憶しています。現在のワープロやコンピュータのようにメモリが使えないので自動修正ができなかったのです。間違えるとニス状の蝋の入ったインクで修正されていました。私の仕事は英和辞典を片手に、スペルチェックや明らかに脱字と思える個所を見つけて石黒さんに知らせることや、タイプした原稿を整理することだったように記憶しています。論文は東京大学理学部で宮崎出身の海洋学者日高孝次教授が主査で理学博士が授与されたと後で聞きました。海洋の潮位の解析を電子回路によるアナログ・シミュレーションで行った研究で、長崎湾の副振（高潮に関係するのだと思います）を取り扱った研究だと宇田先生にお聞きしました」（ブログの文章を加筆・修正し、大坪久泰氏の許諾を得て引用）

　この証言は、宇田が学位論文の作成を間接的に支援していたことを示唆している。また学位論文の謝辞からも、主査は日高孝次であり、副査は宇田道隆と、気象庁気象研究所海洋研究部長（当時）の中野猿人（一九〇八〜二〇〇五）であったことが確認できる。日高はディーコンの要請を受け、留学や就職に関する調整を行った。潮汐学の権威であった中野は、有明海の水理模型の開発に際し、アドバイスを送っている。また、鎭雄が『海洋学と電子回路模型』を投稿した時の日本海洋学会誌の編集長も中野であった。これらのことを総合すると、学位の取得とNIOへの留学は、学位審査に携わった日高、宇田、中野の理解と支援に

よって実現したと考えられる。

　鎮雄は、英国を初めて訪れた時の印象を、昭和天皇が皇太子だった大正時代に英国を訪問した時の印象と重ね、「私の（昭和）天皇のイメージは、その皇太子時代にある。それは、一九二一年の第一回訪欧の写真から来たものである。当時の英国首相David Lloyd George 夫妻にかこまれて、ハイカラーをつけ、ぴったり合った大正時代の背広を着て、左足を少し前にふみ出し、手を前に組んだ若い皇太子には、かすかなほほえみが見える。それは、人が幸福な時にだけに示す真の微笑である。私の幻覚は、私自身が三十年前に、初めて英国の土をふんだ若き日の思い出と重なる」と振り返っており（石黒、『天皇へのポスター』 一三）、留学によって、いよいよ自分の行いたい研究ができる、という期待に満ちていたことが窺える。

｜ 第五章 ｜

鎮雄の研究に対する
イシグロの認識

　イシグロは、父の研究をどの程度理解していたのだろうか？一九八七年に行われた比較文学者の池田雅之との対談において、イシグロは、「私の父は、正確に言えば、海洋学の研究者（リサーチャー）で学者（アカデミック）ではありません」と答えている（池田 一三八）。また、一九九一年に発表された大江健三郎との対談においても、「父は海洋（物理）学者で、海洋科学（の全般）に通じているわけではありません。父は波のパターンを研究していました。それは潮汐や波浪に関するものでした。一九六〇年代の父の専門は、英国政府による北海の研究に関係していました。

そこは当時、石油(の発見)で大変注目を浴びていたのです」と答えている(K. Ishiguro and Oe 110)[32]。また、イシグロは二〇〇五年の新聞記事で、「基本的には、父はキャリアのほとんどをサリー州の森の中の研究所で秘密裏に過ごしていました。それはセキュリティに大きく関係していたのです」(Adams)、二〇〇八年に発表されたインタビューでは「NIOは冷戦中に設立され、秘密めいた雰囲気がありました。父は森の中にあったその研究所に通っていました。私は、一度だけそこを訪れたことがあります」(K. Ishiguro, *The Art of Fiction No. 196* 27)と、それぞれ証言していることから、父親の研究が秘匿性のあるものであったことは認識していたようである。一方、二〇〇五年のインタビューにおいて、イシグロは「父は大きな装置を開発していましたが、それが何だったのか今もって分かりません」(Adams)と証言し、二〇一三年のインタビューにおいても、「父は海洋学者でした。NIO の所長が、父が発明した高潮の動きに関する装置を仕上げるよう、父を招聘したのです。それが何なのか全く分かりませんでしたが」(K. Ishiguro, *The Art of Fiction No. 196* 27)と答えている。これらの証言からは、イシグロは父親の立場、研究の概要や仕事先であった研究所の背景は知っていたが、開発した装置については詳しくなかったことが推察される。

　一九八三年にIOSを定年退職した鎮雄は、不要になったアナログコンピュータを自宅に引き取り、二〇〇七年に亡くなるまで改良を続けていた(Adams)。鎮雄の没後、自宅の小屋に残されたアナログコンピュータは、ロンドン科学博物館に引き取られた。二〇一六年には、デジタルコンピュータの普及以前に、アナログ電子回路を用いて高潮の定量的な予測を実現した装置、という科学史的な価値が認められ、同博物館のMathematics: The Winton Galleryでの常設展示が決定した(Kennard)(図表14)。イシグロは、「十代の頃、私と父とは全く違うと考えていたものです。しかし今は、私と父のしていることは恐らく、とてもよく似ていると

図表14　ロンドン科学博物館に展示された、北海の高潮を予測・再現するアナログ
コンピュータ（Electronic storm surge modelling machine）。左のラックの
寸法は、幅六〇八ミリ、奥行五五〇ミリ、高さ一五三〇ミリ、重量六〇キログラ
ム。右のラックは幅一〇〇〇ミリ、奥行六六〇ミリ、高さ一四七〇ミリ、重
量一二八キログラム。

　実感しています」と述べている（Adams）。二〇一五年のインタ
ビューでは、イシグロは、より具体的に、「肉体的には、私たち
（父とイシグロ）はまるで異なります。しかし今は、父から受け
継いだに違いないと確信できることがいくつかあります。
父には自分の仕事に集中する能力がありました。私たちは、
誰かの指示を受けたくありませんでしたし、全くしたくない
ことに対しては抵抗の意思を示しました」(K. Ishiguro, *Kazuo
Ishiguro: 'I used to see myself as a musician. But really, I'm one of those
people with corduroy jackets and elbow patches'*) と答えている。実際、
鎭雄が長崎海洋気象台で有明海の水理実験模型を開発していた頃
に発表した、『海洋学と電子回路模型』は、まさに「全くしたくない
ことに対して示した抵抗の意志」だったと捉えることができる。

また、二〇一六年にロンドン科学博物館で受けたインタビューにおいて、イシグロは、「振り返ってみると、父の仕事に対する取り組み方は、作家としての自分のそれに酷似していることを実感します。父は研究を仕事とは全く考えておらず、何時（なんどき）も、執拗なほどに思索するものだったのです。それは私の手本でした」（Devlin）と、父親と自身の仕事への取り組み方の類似性について詳しく述べている。また、このインタビューのなかで、父親が小屋のなかで装置の改良を続けていたことについても、「全くもって、驚くことではありませんでした」と述べ、さらに、「（父は）毎晩テレビで米国の怪奇ドラマを見ながら数式のことを考えていました」（Devlin）と証言していることからも、鎭雄の研究が生活の中に溶け込んでいたことが窺える。イシグロもまた、執筆中の作品のことを日常の中で考え続けてきたのだろう。これらのインタビューからは、イシグロが、父親の研究に集中する姿勢を見習っているように読み取れる。

　イシグロの「父の仕事に対する取り組み方」という言葉には、別の意味も含まれているように思われる。イシグロは二〇一五年に放送されたテレビ番組『カズオ・イシグロ文学白熱教室』のなかで、「私は作家として、小説全体を支配するような大きなメタファー、隠喩に惹かれる。私はよく、小さなアイデアをノートに書き込み、そしてどれが力強いか見比べる。それが、アイデアが力強いかどうか決める、私なりの方法なのだ。自問することだ。これは本当に、何か重要な事の力強い比喩になりえるのかどうか。この物語は、とてつもなく大きな比喩になるのだろうか、と」と、自身の小説の中で用いるメタファーの重要性や、メタファーのアイデアを取捨選択する手法を披露している。ひょっとしたらイシグロは、父親が開発したアナログコンピュータがロンドン科学博物館に引き取られた際に、この装置の原理や目的を知り、父親が生涯にわたって取り組んだアナログコンピューティングによる高潮や潮汐の予測を実際の海洋現象のメタファーと認識

し、父親の研究の取り組み方に、大きなメタファーを物語に反映させるための自身の思考との共通点を見出したのではないだろうか。父親の仕事の取り組み方に関する、「(娘の)ナオミが作家になったのと同様、(装置の展示の決定は)自分にとって大きな誇りとなる出来事でした」というコメント(K. Ishiguro, *Kazuo Ishiguro: 'AI, gene–editing, big data … I worry we are not in control of these things any more'*)には、イシグロが父親の研究をより深く理解したことで生まれた、父親への尊敬の念が込められているように感じられる。

第六章

アナログコンピューティングの「日の名残り」

　鎮雄はNIOと、後継組織のIOSで北海の高潮を予測するアナログコンピュータを開発したが、研究の重要性は次第に失われていった。一九七七年頃に開発が完了した第二世代のアナログコンピュータは、電子回路の設計をよしとしない、ある委員会によって部品の製造を止められ、当初の計画の1/3の規模への縮小を余儀なくされた(S. Ishiguro, *Arrangement of the Main Computation Network for the Sea Around the British Isles* 3, 18)。この理由として、デジタルコンピュータによる数値計算が高潮予測の主流になりつつあり、鎮雄の研究への助成を疑問視する意見が出たことが考えられる。一九五〇年代から六〇年代、北海大洪水で大きな被害を受けた英国にとって、高潮の予測法の確立は、処理能力の高いデジタルコンピュータの出現まで待てない喫緊の課題であった。このため、鎮雄のアナログコンピューティングは

大きく注目された。しかし、高潮予測の本命は、計算によって波高や潮流を直接求められるデジタルコンピュータとプログラムによる数値計算であった。デジタルコンピュータの処理能力はムーアの法則に従って指数関数的に向上していったが[33]、鎭雄は、アナログコンピューティングにはデジタルの数値計算には無い長所があると主張した（Cartwright, *David Cartwright interviewed by Paul Merchant*）[34]。しかし、自由度の高いプログラムに基づいて動作するデジタルコンピュータの総合能力が、データの入力と結果の数値化に複雑な操作を要し、運用に電子工学の知識を要するアナログコンピュータ[35]よりも優位に立つことは明白となった。デジタルコンピュータによる数値計算は英国気象庁も採用する標準的な手法となり、鎭雄のアナログコンピューティングも、米国で行われたチェサピーク湾の潮位の研究を除くと、無味乾燥なものとなっていった（Cartwright, *David Cartwright interviewed by Paul Merchant*）。結局、英国における高潮予測は、一九八〇年までにデジタルコンピュータによる数値計算方式に置き換えられた（Cartwright, *Tides: A Scientific History* 183）。元・IOS のある研究者は、一九八一年にケンブリッジ大学で開催された学会において鎭雄の研究発表を聴いたが、時代錯誤な内容だったと証言している（Wolf）。この頃には、すでにアナログコンピューティングは過去のものになっていたのである。元・長崎海洋気象台の富山吉祐は、二〇二三年に放送されたニュース番組のインタビューのなかで、「電気で解明できないことはないというような信念だったですね。すべての自然現象を模型で再現できれば、未来というか、電気信号によっていろいろ予測ができるだろうと」と、鎭雄の思想について語っている。明治専門学校の電気工学科で電子工学を学んだ鎭雄と、自然現象やその根底をなす物理学を系統的に学んだ海洋学者との相違点は、海洋の現象を電子工学の視点で捉えていたことであり、この証言こそが、電子工学者としての鎭雄の矜持を表しているといえる。

イシグロの小説『日の名残り』は、英国のお屋敷の主人であった
ダーリントン卿に長年仕えてきた老執事スティーブンスが、
過去の出来事を振り返る物語である。彼は自分の信じる、品格
を伴った理想の執事像に偏執するあまり、人生における様々な
機会を逃してしまったことを、元の同僚であり最愛の人、ミス・
ケントンとの再会を通して気がつく。そして後悔の末、改めて
米国から来た新しい主人に仕える決意をする。イシグロは、
誰にでも持ちうるこだわりや固執、そしてそこから派生した、
取り戻すことの出来ない過ちといった普遍性を、執事という
専門職の主人公に投影することによって、この作品が読者に様々
な解釈を提供し、想像力を掻き立てる余地を与えることに成功
している。海洋学の視点からこの物語を読んでいくと、古き良き
英国から戦後までの時代の移り変わりが、鎭雄の生涯の研究
テーマであった、アナログコンピューティングのメタファーと
しても働くことに気がつく。たとえば、米国の上院議員ルイス
による、「卿はアマチュアだ。そして、今日の国際問題は、もはや
アマチュア紳士の手に負えるものではなくなっている。・・・
皆さん、大問題を手際よく処理してくれるプロこそが必要なの
です。それに早く気づかなければ、皆さんの将来は悲観的だ」
（一四七、一四八）という演説からは、デジタルコンピュータに
よる数値計算の実用化が進み、正式な海洋学の教育を受けて
いない研究者が開発した、アナログコンピューティングの時代が
終わりつつあることを暗示しているかのようでもある（デジタル
コンピュータを発展させたのは米国である）。また、物語の至る
所に見られるワーカーホリックともいえるようなスティーブンスの
仕事への執着は、より正確な結果を得るための日々の努力や、実験、
データ整理や論文の執筆が日常のものとなった、一途な研究者の
姿に重なる。そして、執事としての品格の追求に固執するスティー
ブンスには、デジタルコンピュータによる数値計算という新しい
パラダイムが出現してもなお、アナログコンピューティングに

よって高精度の高潮予測を堅持しようとする鎭雄の姿が投影されているようにも映る。

　物語の最後に、スティーブンスは、新しいお屋敷の主人である米国人ファラディの執事として、「本腰を入れて、ジョークを研究すべき時期に来ているのかもしれません。人間どうしを暖かさで結びつける鍵がジョークの中にあるとするなら、これは決して愚かしい行為とは言えますまい」(三五三)と、コミュニケーションのツールとしてのジョークを研究、練習しようとした。ここには、ジョークは周囲の人々との付き合いを通して自然に身につくものではないだろうか、という逆説的なおかしさが存在するが、英国の執事の家に育ち、おそらく父親から執事となるための教育を受けて育ったスティーブンスにとって、ジョークの研究に本腰を入るのは当然のことなのだろう。このことは、少年期から青年期に家庭用コンピュータに触れた経験を持ち、マニュアルを読まずにパソコンを操作できる世代と、コンピュータはおろか電卓すら存在しない時代に育ち、仕事で扱うパソコンに悪戦苦闘する世代との違いのようにも映る。イシグロは辛うじて前者、鎭雄は後者の世代にあたるのも興味深い。IOS を退職した鎭雄は、イシグロが英国で一九八六年に発表した『浮世の画家』(*An Artist of the Floating World*)や『日の名残り』を執筆していた時期に、王立盲人援護協会[36]の助成を受け、文字認識装置の開発を行っていた(池田 一三九)。このとき、鎭雄はデジタルコンピュータを利用した文字認識に関する論文をかなり調査した形跡が見られる[37]。また、スティーブンスの、「明日ダーリントン・ホールに帰りつきましたら、私は決意を新たにしてジョークの練習に取り組んでみることにいたしましょう」(三五三)という決心は、社会のために何かしたいという思いの強かった鎭雄が(SWITCH 一〇一)、デジタル技術やコンピュータ技術を取り入れた装置の開発を試みたことに重なるだろう[38]。イシグロは、スティーブンスの初期のモデルの

一人として、映画『盗聴』（原題：*The Conversation*）の主人公を挙げているが（K. Ishiguro, *Kazuo Ishiguro: how I wrote The Remains of the Day in four weeks*）、イシグロはこれに加え、現役時代から退職後にかけての父親の姿、父親が開発し、退職後も改良に集中していた巨大な装置、そして、年々進歩するデジタルコンピュータとその恩恵といった事柄を鋭い感性で読み取り、この作品の舞台や登場人物の中に再構築したのだろうか？興味は尽きない。

　スティーブンスと鎮雄の間には様々な類似点を見いだせるが、スティーブンスの結末と、鎮雄の晩年は全く異なることは指摘しておきたい。スティーブンスは自身の矜持を保とうとする余り、ユダヤ人女中の解雇という主人の誤った判断を指摘できず、最愛の人と共に生きる機会も失った。鎮雄のアナログコンピューティングもデジタルコンピュータの爆発的な進化によって時代遅の手法となり、研究を継ぐ者も現れず終焉した。しかし、鎮雄の研究成果は、一九七〇年代に商業生産化が進み、英国の経済を支えた北海油田の開発に不可欠な、高潮に対するプラットフォームの安全設計の指針となった。さらに、北海沿岸を襲う高潮の最大波高の予測値は、英国の公定の値となった（石黒、『北海の高潮－電子回路模型－』九）。そしてこの成果は、ロンドンを高潮から守るため、テムズ川河口に計画された可動式防潮堤（The Thames Barrier）の建設の決定に影響を与えるなど（青木 二六）、英国の防災行政に反映された。またこれは『日の名残り』の発表後の出来事になるが、一九九六年、鎮雄は、こよなく愛した母校[39]の後継機関にあたる九州工業大学から、嘉村記念賞[40]の授与という栄誉を受けた。これらの業績には、まさに、元執事の男がスティーブンスに語った「夕方が一日でいちばんいい時間なんだ」（三五〇）という言葉が当てはまるのではないだろうか。

むすび

　私が石黒鎮雄の研究成果を調べ始めた背景には、私的な事情がある。私の母方の祖父、堀尾(旧姓、今福)彌朔は、一九四三～一九四四年に召集尉官学生として陸軍気象部に所属した(中田付録六)。その後、終戦まで陸軍気象教育部を兼務し、学生教育の任務に就いていたらしい(中田 五一五)。同じ頃、鎮雄も陸軍気象教育部に配属され、祖父と知り合った。二人は敗戦後に中央気象台に異動したが、祖父は職業軍人であったため、GHQによる公職追放令を受け(總理庁官房監査課 四九)、一九四九年三月に中央気象台を去った。祖父は祖母の家に入り、みかん農家としてみかんの質の向上に一生を捧げ、一九八五年に病没した。祖父は生涯にわたり、英国の鎮雄と文通を続けていた。私が幼い頃、祖父母はしばしば、この英国の友人から届いた手紙の内容を話してくれたが、この人の名前を知ったのはずっと後になってからであった(イシグロの父であることを知ったのは、さらに後であった)。鎮雄から祖父母の家に届いた最後の手紙は、一九九〇年一月に祖母に宛てたもので、祖父からの便りが長らく届かないことを心配した手紙に対し、祖父の他界や家族の近況を伝えた返事に対する返信であった。

　祖父が没して数年後、私は地球科学を学ぶために大学に入学した。その後、海洋化学や気象学の講座をもつ大学院に進学し、縁あって海洋全般を広く扱う研究機関に就職した。この間、祖父母からの話はすっかり忘れていたが、二〇一〇年に研究の打ち合わせで初めて英国を訪れた際、半世紀前にこの国に渡った研究者のことを思い出し、研究の内容と渡英の理由に興味が湧いた。とくに後者については、鎮雄が日本を発つ直前に祖父母の家を訪れた際、別れ際に、「もう日本には戻らない」と打ち明けられたという話を、当時その場に居合わせた祖母や叔父から聞いており、そのことが心の片隅に引っかかっていたのである。その後、複数の方々から渡英に関する証言を得られたが、半世紀

以上も前の出来事ゆえ、主観的なバイアスが付加したと思われる
ものや、提供者によって内容に食い違いが見られるものも存在
した。このため、渡英の理由には複数の原因が存在したと仮定し、
証言については関係する文献や記録を照合して、信ぴょう性が
高いと認められたものを選ぶことで、客観的な検証となるよう
心がけた。

　石黒鎮雄の研究業績や渡英の理由をここまで明らかにできた
のは、多くの方々から貴重な証言や資料の提供を受けることが
できたお陰である。これまでの調査や本章の執筆にあたり、
お世話になった方々や団体に対して、ここに謝意を表したい（五十
音順、敬称略）。一般社団法人明専会、大坪久泰（前・学校法人宮
崎学園理事長、元・宮崎国際大学学長、同大学名誉教授）、大原
繁男（名古屋工業大学教授）、小栗節子、Glud Ronnie N.（南デ
ンマーク大学教授）、国立研究開発法人海洋研究開発機構図
書室、The British Library、武富利亜（近畿大学教授）、東京海
洋大学附属図書館、中野俊也（元・長崎地方気象台長、NPO法
人長崎海洋産業クラスター形成推進協議会　長崎海洋アカデ
ミー所長）、中村　弘（藤田哲也博士記念会）、長崎地方気象台、
National Oceanography Centre Southampton、Priede Imants
（アバディーン大学名誉教授）、堀尾あきゑ、堀尾政博（元・長崎
大学熱帯医学研究所特任教授）、堀尾（今福）彌朔、松本修文（九
州工業大学名誉教授）、道田　豊（東京大学大気海洋研究所教
授）、光易　恒（九州大学名誉教授）、南　正貴（一般社団法人明専会理
事）、宮田元靖（元・財団法人地球科学技術総合推進機構）、森川
滋（元・長崎海洋気象台）、森田孝明（長崎県、長崎大学）、山形
俊男（東京大学名誉教授、国立研究開発法人海洋研究開発機構）、
University of Southampton Library。

　本章の執筆にあたり、Danish National Research Foundation
による、デンマーク超深海研究センター（HADAL）への助成金
（Grant number DNRF145）を使用した。

※本章における英語文献の日本語訳については、テクストの解釈の必要上、すべて拙訳を施した。また、鎭雄による英語文献の著者名は、時代によってShizuwo、イニシアルのSのみ、Shizuoと異なるため、本文中における引用名は、S. Ishiguroに統一した（引用文献のリストにおいては、原典の表記に従った）。イシグロによるインタビューや作品の引用名については、鎭雄の著作と混同しないよう、K. Ishiguroとした。

引用文献

Adams, Tim. "The observer review'For me, England is a mythical place." *The Guardian*, 20 Apr. 2005. https://www.theguardian.com/books/2005/feb/20/fiction.kazuoishiguro.

Annual Report of the National Oceanographic Council 1960–1961, National Oceanographic Council, 1962. https://viewer.soton.ac.uk/records/240611.

Bowden, Kenneth F. "The National Institute of Oceanography, Wormley."*Nature*, vol. 195, 1962, pp. 240–241. https://doi.org/10.1038/195240b0.

Cartwright, David E.*Tides: A Scientific History*. Cambridge University Press, 2000.

---. "David Cartwright interviewed by Paul Merchant."Interviewed by Paul Merchant, *The British Library*, C1379/50, Track 5, 29 Jun 2011. https://sounds.bl.uk/sounds/david-cartwright-interviewed-by-paul-merchant-1001249010620x000002.

Deacon, Margaret. "Steps toward the Founding of NIO."*Of Seas and Ships and Scientists the Remarkable Story of the UK's National Institute of Oceanography*. edited by Anthony Laughton et al., The Lutterworth Press, 2010, pp. 24–32.

Devlin, Hannah. "Kazuo Ishiguro: 'We're coming close to the point where we can create people who are superior to others'."*The Guardian*, 2 Dec. 2016. https://www.theguardian.com/science/2016/dec/02/kazuo-ishiguro-were-coming-close-to-the-point-where-we-can-create-people-who-are-superior-to-others.

Hibiya, Toshiyuki. and Kinjiro Kajiura."Origin of the *Abiki* Phenomenon(a Kind of Seiche)in Nagasaki Bay." *Journal of the Oceanographical Society of Japan*, vol. 38, 1982, pp. 172–182. https://doi.org/10.1007/BF02110288.

Hidaka, Koji. and Kozo Yoshida."Physical Oceanography in Japan in the period 1953–1955."*Proceedings of the UNESCO Symposium on Physical Oceanography 1955, Tokyo, October 19–22, 1955*, 1957, pp. 184–196. https://unesdoc.unesco.org/ark:/48223/pf0000082465.

House of Representatives, Subcommittee on the Coast Guard, Coast and Geodetic Survey and Navigation, Committee on Merchant Marine and Fisheries. *Establishment of Geodetic and Seismic Data Centers, Hearings Before the United States House Committee on Merchant Marine and Fisheries. House of Representatives Eighty–Seventh Congress, Second Session, on H.R. 9981, Mar. 8 and 29, 1962*, 1963.

Institute of Oceanographic Sciences 1983, National Environmental Research Council, 1984. https://viewer.soton.ac.uk/records/240810.

Institute of Oceanographic Sciences 1984, National Environmental Research Council, 1985. https://viewer.soton.ac.uk/records/240811.

Ishiguro, Kazuo."The Art of Fiction No. 196."Interviewed by Susannah Hunnewell. *The Paris Review*, issue 184, 2008, pp. 23–54.

———. "Kazuo Ishiguro: how I wrote The Remains of the Day in four weeks." *The Guardian*, 6 Dec. 2014. https://www.theguardian.com/books/2014/dec/06/kazuo-ishiguro-the-remains-of-the-day-guardian-book-club.

———. "Kazuo Ishiguro: 'I used to see myself as a musician. But really, I'm one of those people with corduroy jackets and elbow patches'." Interviewed by Kate Kellaway. *The Guardian*, 15 Mar. 2015. https://www.theguardian.com/books/2015/mar/15/kazuo-ishiguro-i-used-to-see-myself-as-a-musician.

———. "Kazuo Ishiguro: 'AI, gene editing, big data … I worry we are not in control of these things any more'."Interviewed by Lisa Allardice. *The Guardian*, 20 Feb. 2020, https://www.theguardian.com/books/2021/feb/20/kazuo-ishiguro-klara-and-the-sun-interview.

Ishiguro, Kazuo, and Kenzaburo Oe."The Novelist in Today's World: A Conversation."*boundary 2 an international journal of literature and culture*, vol. 18, no. 3, 1991, pp. 109–122.

Ishiguro, S."Electronic Analogues in Oceanography."*Oceanography and Marine Biology: An Annual Review*, Edited by Harold Barnes et al., vol. 10, 1972, pp. 27–96.

———. "Arrangement of the Main Computation Network for the Sea Around the British Isles."*Institute of Oceanographic Sciences*, no. 64, 1980, pp. 1–53. https://eprints.soton.ac.uk/392271/1/1185549-1001.pdf.

Ishiguro, Shizuo. "Electronic reading aid for the blind."GB2231702B. 10.3.1993. https://patentimages.storage.googleapis.com/9a/11/65/7489b4239de5a7/GB2231702A.pdf.

Ishiguro, Shizuwo, and Akimitsu Fujiki."An Analytical Method for the Oscillations of Water in a Bay or Lake, using an Electric Network and an Electronic Analogue Computer." *Journal of the Oceanographical Society of Japan*, vol. 11, no. 4, 1955, pp. 191–197. https://doi.org/10.5928/kaiyou1942.11.191.

———. *An Electronic Method for Recording and Analyzing Ocean Waves.* 1958. The University of Tokyo, PhD dissertation.

———. "A Method of Analysis for Long–Wave Phenomena in the Ocean, Using Hydraulic Models and Electronic and Cybernetic Techniques. An Electronic System for Recording and Analysing Sea Waves Part II."*The Oceanographical Magazine*, vol. 11, no. 1, 1959, pp. 21–49.

Kennard,Clare."Understanding storm surges in the North Sea: Ishiguro's electronic modelling machine."*Science Museum Group Journal*, vol. 6, 2016. https://doi.org/10.15180/160603.

Laughton, Anthony, and Margaret Deacon."The Founding Director, Sir George Deacon"*Of Seas and Ships and Scientists the Remarkable Story of the UK's National Institute of Oceanography.* edited by Anthony Laughton et al., The Lutterworth Press, 2010, pp. 33–40.

Mackenzie, Susie."Between two worlds."*The Guardian*, 25 Mar. 2000, https://www.theguardian.com/books/2000/mar/25/fiction.bookerprize2000.

McCrum, Robert. "My friend Kazuo Ishiguro: 'an artist without ego, with deeply held beliefs'."*The Guardian*, 8 Oct. 2017, https://www.theguardian.com/books/2017/oct/08/my-friend-kazuo-ishiguro-artist-without-ego-nobel-prize-robert-mccrum.

"OCEANS WARMLEY"*Oceans Wormley website*, Sep. 2023. https://www.oceanswormley.org/.

Storm Surges in the North Sea analyzed by electronic model. Directed by Shizuo Ishiguro, National Institute of Oceanography, 1968. https://viewer.soton.ac.uk/records/102.

Tucker, Tom. "Applied Wave Research." *Of Seas and Ships and Scientists the Remarkable Story of the UK's National Institute of Oceanography*, edited by Anthony Laughton et al., The Lutterworth Press, 2010, pp. 182–190.

UNESCO. "Activities Report for the Period October 1955 to September 1956.", Oct. 1956, pp. 1-6, Annex 1-4, *UNESDOC Digital Library*, https://unesdoc.unesco.org/ark:/48223/pf0000154171.

Wachtel, Eleanor. *More Writers & Company: New Conversations with CBC Radio's Eleanor Wachtel.*, Vintage Canada, 1997.

Wolf, Judith. "From storm surges to literature. The connection between storm surges in the North Sea and the new British Nobel Laureate, Kazuo Ishiguro" *Bidston Observatory in retrospect*, 9 Oct. 2017, http://www.bidstonobservatory.org.uk/ishiguro/.

青木慎一「高潮予測の父イシグロ氏 アナログ計算機で現象解明」『日本経済新聞』二〇二一年一二月一二日。

阿川佐和子「阿川佐和子のこの人に会いたい(411) カズオ・イシグロ――世界二十七カ国を二年がかりでPRに」『週刊文春』第四十三巻第四十二号(二〇〇一)。

池田雅之(編著)『新板イギリス人の日本観－英国知日家が語る"ニッポン"』、成文堂、一九九三年。

イシグロカズオ『浮世の画家』飛田茂雄訳、ハヤカワepi文庫、早川書房、二〇〇六年。

---『日の名残り』土屋政雄訳、ハヤカワepi文庫、早川書房、二〇一一年。

---『カズオ・イシグロ文学白熱教室』NHK Eテレ、二〇一五年七月一七日放送。

石黒鎮雄「お話し　或るユートピア気象台」出典不詳(一九五三)四五-五二頁。

---「海洋学と電子回路模型」『日本海洋学会誌』第十二巻第四号(一九五六)一二九頁。

---「「音楽部」のころ」『明専会報』第三五〇号(一九五九)一〇-一〇二頁。

---「ワイト島と松本先生」『明専会報』第三八四号(一九六二)三-四頁。

---「天皇へのポスター」『明専会報』第六四七号(一九八九)一二-一三頁。

---「古い戸畑のオーケストラ」『明専会報』第六九七号(一九九四)二〇-二一頁。

---「北海の高潮－電子回路模型－」『明専会報』第七二五号(一九九六)一-九頁。

---「国際語・雑記」『明専会報』第七七五号(二〇〇一)一六-一七頁。

石黒鎮雄「サイバネティックスを応用した水理実験法とその装置 抄録」『日本気象学会大会パンフレット』(一九五五)一-一六頁。

---『日本語から始める　科学・技術英文の書き方』丸善、一九九四年。

稲掛伝三ほか「水産海洋学の黎明 宇田道隆(1905～1982)」『水産海洋研究』第七七巻(二〇一三)二-五頁。

宇田道隆『海と魚』岩波書店、一九四一年。

宇田道隆ほか「気象関係の広島原子爆弾被害調査報告」『原子爆弾災害調査報告集 第1分冊』日本学術会議原子爆弾災害調査報告書刊行委員会(編集)(一九五三)九八-一三五頁。

運輸省『運輸広報』第三八〇号、一九五六年。

大坪久泰「石黒さんのこと」『創始者ブログ』宮崎国際大学、二〇一七年一二月二十日。https://www.mic.ac.jp/founder/archives/73. 最終閲覧：二〇一八年八月十日。

小栗一将「石黒鎮雄博士の業績　－観測機器・実験装置の開発とアナログコンピューティングによる海洋現象解明のパイオニア－」『海の研究』、第二七巻第五号(二〇一八)一八九-二一六頁。

---「アナログ電子回路による潮位と高潮の予測--- 石黒鎮雄博士の業績」『日本物理学会誌』第七七巻第九号(二〇二二)六三三-六三五頁。

気象庁気象研究所(編集)『気象研究所三十年史』、一九七七年。

黒田一紀「海洋學懇談會から日本海洋学会創立への道と初期10年」『海の研究』第二九巻第二号(二〇二〇)三七-五三頁。

小宮勤一「ギルフォードの石黒鎮雄氏」『明専会報』第八六七号(二〇一三)三四頁。

週刊新潮「英国最高の文学賞受賞で作家になった「石黒一雄」」『週刊新潮』第三二巻第四二号(一九八七)三四- 三五頁。

荘中孝之『カズオ・イシグロ〈日本〉と〈イギリス〉の間から』春風社、二〇一一年。

SWITCH「Sydenham's Voice」『SWITCH：特集カズオ・イシグロ「もうひとつの丘へ」』第八巻第六号(一九九一)九九- 一〇二頁。

總理庁官房監査課(編集)『公職追放に関する覺書該当者名簿』日比谷政經會、一九四八年。

武富利亜「カズオ・イシグロと父親——石黒鎮雄のエッセイから『私たちが孤児だったころ』の「孤児」を考察して」『比較文化研究』第一五一号(二〇二三)二一九- 二三二頁。

田中幸圓「戦時中の積善会航空班」『明専会報』第五三二号(一九七七)三- 七頁。

『追憶 松本唯一先生』編集委員会(編集)『追憶 松本唯一先生』、一九九六年。

寺田一彦「中研の解体、日食など」『気象研究所三十年史』、一九七七年。

寺田一彦ほか「長崎港の副振動について」『長崎海洋気象臺報告』第四号、一九五三年。

--- 『有明海の綜合開発に関連した海洋学的研究（Ｉ）長崎海洋気象台、一九五四年。

独立行政法人防災科学技術研究所 (編集)『防災科学ニュース』第一八二号（二〇一三）。

富山吉祐「アカデミー賞ノミネート カズオ・イシグロの父 海洋学者 石黒鎮雄が長崎に残した歌『自然を翻訳し人類の福祉に役立てる』」NBC長崎放送、二〇二三年三月一〇日放送。

長崎海洋気象台「長崎海洋氣象台談話會目錄1949」『海象と気象』第四巻第一号(一九五〇)五五頁。

--- 「人事異動、動静」『ながさき』第四号(一九五八)一三頁。

--- 『長崎海洋気象台100年のあゆみ』、一九七八年。

中島平太郎「音との付き合い70年～(その１)NHKに入るまで」『JASジャーナル』第五六巻第五号(二〇一六)五- 一六頁。

中田　勇 (編著)『陸軍気象史』陸軍気象史刊行会、一九八六年。

中野俊也「石黒博士の「長崎湾電子回路モデル」を65年ぶりに再現！」『福岡管区時報』一八一号(二〇二〇)五- 八頁。

中村　勲「有明海の潮汐と潮流に関する理論的考察」『有明海の綜合開発に関連した海洋学的研究（Ｉ）長崎海洋気象台 (一九五四)四六- 七五頁。

日本科学史学会 (編集)「日本科學史學會會員名簿」『科學史研究』第四一号 (一九五七)四三- 四八頁。

農林水産省熊本農地事務局、長崎海洋気象台『有明海域綜合開発計画模型実験報告書－有明海の潮汐に関して』(一九五九)。

馬場真紀子「東京海洋大学附属図書館における「アーカイブズ宇田道隆文庫」保存の取り組み」『大学図書館研究』第一一三巻(二〇一九)二〇四八- 一- 二〇四八- 七頁。

日高孝次『海洋学との四十年』日本放送出版協会、一九六八年。

平井杏子『カズオ・イシグロを語る』長崎文献社、二〇一八年。

平井杏子『カズオ・イシグロの長崎』長崎文献社、二〇一八年。

平井　法「カズオ・イシグロ『わたしたちが孤児だったころ』論 －上海へのノスタルジーをめぐって」『学苑・文化創造学科紀要』第八〇五号(二〇〇七)二一 ・三一頁。

藤田哲也(著)『ある気象学者の一生』、藤田碩也(編集)、University of Chicago、一九九六年。

淵　秀雄「北半球周航雑記（２）－英国国立海洋研究所の紹介－」『測候時報』第三三巻第五- 七号 (一九六六)一三七- 一五九頁。

編輯委員S.I.「編輯後記」『海象と気象』第四巻第一号(一九五〇)五九頁。

松本修文『明治専門学校および九州工業大学における交響楽団のあゆみ－資料集－』フジキ印刷株式会社、二〇〇八年。

緑川　貴「長崎の気象台が変わります ～ 海洋気象台から地方気象台へ ～」『日本気象学会九州支部だより』一二〇号(二〇一三)五- 九頁。

森川　滋「カズオ・イシグロ氏の父、石黒鎮雄氏について」『福岡気象校友会ニュース』
　　第一二九号（二〇一八）二〇- 二一頁。
森川慎也「祖父と父からイシグロが受け継いだもの」『北海学園大学人文論集』、第
　　六九巻（二〇二〇）七五- 九五頁。
安井善一、石黒鎮雄「平戸瀬戸の潮流について」『長崎海洋氣象臺報告』第三号、
　　一九五〇年。
柳田邦男『空白の天気図』新潮社、一九七五年。
山本晴彦『帝国日本の気象観測ネットワークⅡ　陸軍気象部』農林統計出版、
　　二〇一五年。
和達清夫「気象研究所の設立前後の思い出」『気象研究所三十年史』気象庁気象研究所
　　（編集）、（一九七七）八六- 八八頁。

1　鎮雄が日英両国で行った研究の詳細については、拙著（小栗、『石黒鎮雄博士の
　　業績』；小栗、『アナログ電子回路による潮位と高潮の予測』）を御参照頂きたい。
2　現・九州工業大学電気電子工学科。
3　竜巻などの被災地の調査を徹底的に行い、わずかな証拠を集めて局地的な激しい
　　気象現象を三次元的に構築していく藤田の研究手法は、精緻な観察を通して複雑
　　な地質構造とその形成史を明らかにする地質学的な手法に共通する点が多く、松本の影
　　響が見受けられる。
4　老紳士の記憶にあった「ドクター・マツモト」は、一九五三年から一年間、ブリ
　　ティッシュ・カウンシルの奨学金で大英博物館に留学した古生物学者で、九州大
　　学理学部教授の松本達郎（一九一三～二〇〇九）であった。しかし、松本唯一も九州
　　帝国大学の教授職を兼務した時期があり、しかも二人共、老紳士と鎮雄のそれぞれ
　　の心に残るハードワーカーであったため、地質学を専攻していない鎮雄の人違い
　　は致し方のないことだったと言える。
5　現・気象庁気象研究所。
6　ラジオゾンデとは、水素などの軽い気体を充填した風船にセンサと送信機を取り
　　付け、上空の気温や湿度などのデータを地上に送信する観測装置で、高層気象観測
　　に不可欠なものである。
7　一九五七年頃まで、鎮雄は日本科学史学会の会員であったことが確認できる（日本
　　科学史学会　四八）。
8　「あびき」とは、外海から長崎湾に入った長周期の波が湾の地形と共振を起こし、海
　　面が三十～四十分周期で大きく上下する現象を指す長崎地方の方言であり、学術
　　的には副振動や気象津波と呼ばれる。詳細は、長崎地方気象台の解説を御参照頂き
　　たい。https://www.jma-net.go.jp/nagasaki-c/shosai/knowledge/abiki/abiki.html
9　三名の編集部員のうち、S.I. のイニシアルは鎮雄だけであったことから、この文章
　　が鎮雄によるものと断定できる。
10　現・東京海洋大学。
11　現・神戸地方気象台。
12　現・広島地方気象台。
13　現・国立研究開発法人水産研究・教育機構水産資源研究所と、同・水産技術研究所。
14　現・東京海洋大学。
15　風洞とは、航空機など機体の模型の周辺に空気を流し、模型に加わる力や模型の周
　　囲の空気の流れを計測するための試験装置である。
16　現・国立研究開発法人防災科学技術研究所。
17　NIOは、一九四九年にサリー州ウォームリーに創設された海洋研究所である。一九六五年
　　にはNatural Environment Research Council の傘下となり、一九七三年には、
　　他の海洋研究所と統合され、Institute of Oceanographic Sciences（IOS）へと

改組された。現在はサウザンプトンを本部とするNational Oceanography Centre (NOC)となっている。

18 この研究は、平戸瀬戸海難期防止成同盟会と運輸省第四港湾建設局(現・国土交通省九州地方整備局)の援助を受けて行われた。

19 この研究は、運輸省第四港湾建設局、運輸省長崎港工事事務所(現・国土交通省九州地方整備局長崎港湾・空港整備事務所)、長崎県土木部、長崎市港湾課の援助を受けて行われた。

20 『長崎海洋気象台の歌』の楽譜は、長崎地方気象台によって公開されている。
https://www.data.jma.go.jp/nagasaki-c/shosai/about_kishoudai/organization/
nagasakikaiyoukisyoudainouta.pdf

21 このエッセイは、長崎測候所の創立百三十年目にあたる二〇〇八年に、石黒静子夫人が、当時の長崎海洋気象台長の加納裕二に宛てた手紙に同封されていたものである(手紙のやりとりが行われた経緯については、平井、『カズオ・イシグロの長崎』五二に詳しい)。エッセイの掲載元は不明だが、最後の頁にスポーツ大会の話題が含まれることから、当時発行されていた所内誌で、長崎海洋気象台、『長崎海洋気象台100年のあゆみ』一九に記載のある、『長崎海洋気象台回報』(長崎地方気象台に調査を依頼したが、確認できなかった)であった可能性が高い。

22 この研究は、農林省熊本農地事務局(現・農林水産省九州農政局北部九州土地改良調査管理事務所熊本支所)の受託によるもので、有明海で大規模な干拓を実施するための基礎研究として行われた。しかし、この計画は実行に移されることはなく、一九六八年に終了した。

23 有明海の水理模型を完成させ潮汐実験を実施できたのは、平戸瀬戸の潮流解析以来、常に鎭雄と共に研究や開発を進めてきた藤木明光の努力の賜物であった。

24 現・東京大学大学院理学系研究科地球惑星科学専攻。

25 UNESCOフェローシップの留学生となるには、学位の資格を有するか取得見込みという条件が存在したと思われる。

26 日本津波研究会は、津波や高潮の調査や、過去に日本を襲った津波のデータベース化を行う研究会で、一九五六年に東京大学地震研究所教授の高橋竜太郎によって設立された。一九五八年までは、スクリップス海洋研究所と共同研究を行っていた(House of Representatives, Subcommittee on the Coast Guard, Coast and Geodetic Survey and navigation, Committee on Merchant Marine and Fisheries 22-23)。

27 IOSについては、注釈17を参照されたい。

28 ここでは淵の論文に記された通り「英国民の資格」と記したが、鎭雄は国籍の変更を行っていないため(平井『カズオ・イシグロを語る』三〇)、永住権を指していると思われる。

29 サウザンプトン大学図書館によれば、この制限は電子化された資料が公開された時点で解除されたとのことである。これらの資料は同大学の研究機関レポジトリ(https://eprints.soton.ac.uk/cgi/search/advanced)から閲覧できる。

30 実際は、研究期間の都合により実施されなかった。

31 このパンフレットは、国立国会図書館関西館に保管されている、鎭雄の学位論文の副論文集に収録されている。

32 一九六五年、英国の領海内(ノーフォーク沖)で油田が発見されたが、調査に用いた米国製のプラットフォームがわずか数日で崩壊する事故が発生した。この原因は、北海で常に生じている強い波と低水温による強度劣化であった(Tucker 185)。鎭雄も、プラットフォーム設計の基礎資料となる、北海の波高に関する研究に関わったことが示唆される(石黒、『北海の高潮 – 電子回路模型 – 』九)。

33 日高もディーコンも、デジタルコンピュータの進化の速さまでは予測できなかったと思われる。

34 デジタルの数値計算は、空間と時間の両方を区切って計算を行うため、デジタルコンピュータの処理能力が低かった時代は、時空間の区切りを荒く設定せざるを得ず、計算誤差の増大を招いた。鎭雄の装置は時間軸を連続に扱えるため、このような問題

35 データ入力から高潮予測までの一連の作業は、一九六八年に鎮雄が制作したフィルム（S.Ishiguro, *Storm Surges in the North Sea analyzed by electronic model* に詳しい。このフィルムからは、データの入出力に労力を要することを確認できる。

36 現・英国王立盲人協会（The Royal National Institute of Blind People）。

37 一九九四年に鎮雄が著した教科書『日本語から始める 科学・技術英文の書き方』に、この種の論文から引用した例文が複数存在することから推定できる。

38 一九九三年に英国で特許が確定した文字判別装置の特許明細書（S.Ishiguro, *Electronic reading aid for the blind*）からは、この装置にはデジタルの電子回路が用いられたが、中央処理装置（CPU）を使ったコンピュータは組み込まれなかったことを確認できる。

39 『明専会報』に、学生時代の思い出を含むエッセイを度々投稿していたことや、没後、静子夫人より九州工業大学創立百周年記念事業への寄付が行われた（小宮三四）ことからも、鎮雄が明治専門学校をこよなく愛していたことが分かる。

40 嘉村記念賞は、明治専門学校出身で九州工業大学の二代目学長を務めた嘉村平八（一八九〇～一九六七）の顕彰事業として創設された賞で、明治専門学校と九州工業大学の関係者から、科学技術上の業績が顕著な者、または産業社会・学術文化の発展に多大な貢献があった者が顕彰される。

執筆者プロフィール

小栗　一将（おぐり　かずまさ）
南デンマーク大学　自然科学部生物学科　デンマーク超深海研究センター（HADAL）・准教授／国立研究開発法人海洋研究開発機構　地球環境部門　海洋生物環境影響研究センター・招聘主任研究員。博士（理学）
主要な文献、論文：
Oguri, Kazumasa. et al. "Sediment Accumulation and Carbon Burial in Four Hadal Trench Systems." *Journal of Geophysical Research: Biogeosciences*, vol. 127, 2022, e2022JG006814. https://doi.org/10.1029/2022JG006814.
小栗一将「石黒鎮雄博士の業績 ―観測機器・実験装置の開発とアナログコンピューティングによる海洋現象解明のパイオニア―」『海の研究』、第二七巻第五号（二〇一八）一八九-二一六頁。https://doi.org/10.5928/kaiyou.27.5_189.
静岡大学理学部地球科学科卒、名古屋大学大学院理学研究科大気水圏科学専攻修了。公益財団法人日本海洋科学振興財団、国立研究開発法人海洋研究開発機構を経て現に至る。幼少の頃、祖父より聞いた、戦中からの友人であった石黒鎮雄の話を、英国に初めて出張した際に思い出し、鎮雄の研究の調査を始めました。コンピュータの無い時代に、電子回路で複雑な海洋現象を再現するというアイデアには感服！また、最初の就職先の母団体である日高海洋科学振興財団の設立者、日高孝次が、鎮雄への学位授与と留学の実現に尽力したこと、さらに、海洋研究開発機構で研究した鹿児島県甑島の湖沼群は、日高と安井善一が、戦前の海洋気象台で詳細な調査を行っていたことを知り、鎮雄の関係者と自分との関連性にも驚いた次第です。現在はデンマークで、超深海（六〇〇〇m以深）に位置する海溝の環境を研究しています。超深海での観測や試料採取を行うための、装置の開発も手掛けています。

IV 幼少期の カズオ・イシグロと長崎

― 「気泡につつまれたような幼少期の記憶」についての考察 ―

武富 利亜（近畿大学教授）

はじめに

　カズオ・イシグロは、日本を舞台にした小説を今までに短編を含めると五編書いている。長編の『遠い山なみの光』（*A Pale View of Hills*、一九八二）と『浮世の画家』（*An Artist of the Floating World*、一九八六）、そして短編の「奇妙な折々の悲しみ」（"A Strange and Sometimes Sadness"、一九八〇）、「戦争のすんだ夏」（"The Summer After the War"、一九八三）、「ある家族の夕餉」（"A Family Supper"、一九八七）である。これらの作品を書いた一九八〇年代、イシグロにとって、日本はすでに「外国」となってしまっていた[1]。それにもかかわらず、日本を舞台にした長編小説を書くことは、イシグロにとって挑戦であったに違いない。そして、この五作品を連続して読むとある興味深いことに気がつく。それは、主人公が記憶を思い起こすときに描かれる日本の風景や場面に類似点があるということである。それはときに音をともなって鮮明に描かれている。イシグロは山川美千枝との対談で、小津安二郎の映画を観て、「小さな男の子たちが畳の上を歩き回り、女性たちが古風なしぐさで話すシーンをみるや否や、大きな衝撃を受け」（八）た、と述べている。おそらく、画面を

通して自身のなかに留まる長崎の生家での記憶がそのまま再現されているようで「衝撃」を受けたのだろう。また、イシグロは作品を創作するにあたり、「イギリスにやってくる五歳までの長崎の家の情景、そして小津や成瀬巳喜男など五十年代の映画監督の作品からのインパクト——この二つの要素が渾然一体となって、私の内なる日本が作り上げられている」（池田 一三七）とも語っている。つまり、戦後の日本映画、特に小津安二郎の映画は、イシグロの創作意欲をかきたてると同時に、自身の記憶の再現・再生・想像をするうえで重要な補完材料だったことがわかる。イシグロは、こうして断片的な幼少期の記憶をベースに、日本映画から刺激を受けた部分で肉付けし、内なる「日本」を構築していったのだろう。イシグロが、時代設定、流行した事物、登場人物の名前、家族関係など、小津映画から参考にしたと思われるものは数多く確認される[2]。そしてもう一つ興味深いのは、イシグロが日本を訪れて以降に描かれた、『充たされざる者』（*The Unconsoled*、一九九五）と『わたしたちが孤児だったころ』（*When We Were Orphans*、二〇〇〇）には、幼少期への強迫観念と時の無常性が繰り返し描かれるようになるということである。そこで気になるのが、イシグロの「幼少期の記憶」とはいったいどのようなものなのか、ということである。

　本論考では、イシグロが日本を舞台にした作品のなかで繰り返し描く日本の風景や場面などを抽出する。繰り返し描くという行為には必ず理由があるはずである。それを解明することで、カズオ・イシグロという作家の本質部分に触れることができると考えている。よりリアルに記憶を再現するために前半では、昭和三十年前後のイシグロが在住した長崎市を中心に考察し、後半ではイシグロの個人的な記憶に焦点をあてる。また、長崎県庁や県立図書館などに保管されている当時の資料と比較することで、より明確にしたい。

第一章

日本（長崎）とイシグロ

　イシグロの処女作である『遠い山なみの光』のなかで、印象的に描かれるももの一つに「路面電車」があげられるだろう。DVD『カズオ・イシグロ白熱教室』のなかでイシグロは、日本を舞台にした作品について、次のようなことを述べている。「自分が覚えている世界をつくることに重点をおいた。みんながどんな会話をして、どんな行動をとっていたのか、そのときの雰囲気などだ。視覚的に感覚として覚えている子どものころの記憶を描きたかった。空の色や路面電車の音、路面電車がレールの上を走るときに立てるコトコトとなる音だとか」。路面電車を説明するときにイシグロは、"tram"と言ったあとにわざわざ"densha"と日本語で言いなおし、レールから聞こえる音を交えて言いあらわしている。そこに「路面電車」に対する彼なりのこだわりが感じられる。主人公の悦子は物語の冒頭で次のように述べる。「わたしは夫と、市の中心部から市電ですこし行った、市の東部にあたる地区に住んでいた。家のそばに川があって、戦前にはこの川岸ぞいに小さな村があったと聞いたことがある。だがそのうちに原爆が落ちて、あとは完全な焦土と化したのだった。すでに復興が始まっていて、やがて、それぞれが四十世帯くらいを収容できるコンクリート住宅が、四つ建った」（一一）。また、別の場面で悦子は、「中川へ行く市電に乗ったのは正午ごろだったろう。電車は息もつけないほど混んでいて、外に見える街にお昼食時の人があふれていた。それでも市街の中心部を出るころには乗客も疎らになってきて、中川についたときにはひとにぎりの客しかいなかった」（一九九-二〇〇）や、「電車を降りると、緒方さんはちょっと立ちどまって顎を撫でた。(中略)わたしたちが立っていたのはコンクリートの広場で、周囲に空_{から}の市電が何台も

とまっていた。頭上では黒い電線がごちゃごちゃと交錯している。照りつける陽射しはかなりつよく、車体のペンキがぎらぎらと光っていた」(二〇〇)と述べている。このように「路面電車」は、物語に長崎の情緒をあたえるものとして要所に挿入されているのである。『浮世の画家』のなかで路面電車は、「三十年間も利用者をひどくいらだたせた半端な市電系統に代わって、現在の市電各線は一九三一年から順次開設されたと記憶している」(九二)や、「荒川は市を南下する電車の終点である。市電がそんな遠い郊外まで通じていることを知って驚く人は少なくない。実際、きれいに掃き清められた道路や、歩道に沿った楓(かえで)の並木、一軒ずつゆったりと独立した風格のある家々、全体的に田園の雰囲気などを持つ荒川の住宅地区を、同じ市の一部と見なすことは困難である。それにしても、電車を荒川まで走らせることにした市当局者の判断は賢明であった」(九二)、や「当時はだれもその辺りを、特徴を持ったひとつの地区とは見なしておらず、ただ『古川の東』と呼ぶだけであった。それまで、遠くに住んでいた人々は、市の中心部に出るのに電車で大回りをしなければならなかったが、新しい市電が通じたおかげで、古川の終点で降りさえすれば、あとは徒歩でいままでよりも早く繁華街に出られるようになった」(九三)、「新しい市電系統がサービスを開始して二年半ばかりののちに＜みぎひだり＞は店を開いた」(九六)など、庶民の生活の重要なアクセスツールとしてだけでなく、復興の証のように描かれている。

　長崎電気軌道が発行した小冊子の『車両』には、昭和二九(一九三一)年の長崎市内の公共交通機関の整備は、ほぼ終っており、路面電車や長崎バスが道路を行き交っていたことが記載されている。また、「昭和二四(一九四九)年に製造された親番号二〇〇番」(一三六)を契機に路面電車車両が次々に製造されたということである。イシグロは、小説のなかに「現在の市電各線は一九三一年から順次開設されたと記憶している」(九二)と

127

書いていて、史実と製造年に齟齬がみられるが、これはもしか
したら、イシグロは当時を振り返り、二歳のころにはもう路面
電車が走っていたと記憶していて、「一九三一年」という年を
挟み込んだのかもしれない。また、長崎電気軌道のウェブサイト
には、「長崎の路面電車は1915（大正4）年11月16日、病院下
（現在の大学病院前近く）～築町（今よりも西浜町電停に近い）
区間で運転が始まったのが最初。その後、路線を拡大し、車両は
何と自社で生産。戦時中は社員の多くが出征したため、学徒動員
で学生（女子も含む）が路面電車を運転し、もちろん8月9日の
原爆では大きな被害を被ったといった歴史を持つ」という記載
があり、路面電車は、古くから長崎の庶民の足として親しまれて
いたことが分かる。また、原爆から立ち直ったという経緯もあり、
イシグロが復興の象徴のように描いているのもうなずけるだろう。

図表1　路面電車　長崎電気軌道提供による

路面電車（図表1）は、イシグロが新中川町在住の頃に走っていたものと同タイプのものである。長崎電気軌道にメールで問い合わせると、「300系301号車は（中略）製造年月は昭和28年（1953年）11月で現在も走っている」という回答を得た。イシグロが生まれる前年に製造された車両ということになる。行き先をみると「蛍茶屋」とあり、イシグロの最寄り駅であった「新中川町」は蛍茶屋の手前にあるため、幼いイシグロがこの電車車両を目にしていたことは間違いないだろう。

　ほかにも長崎県営バスから提供された資料によると、バスは「昭和二三年度まだ木炭車両が大いに活躍していた。当時にあって日野のトレーラー4両（別にトラクター1台）は異彩を放ち、いすゞTX61型トラックシャシーのディーゼル車が8両、同じくいすゞBX91型10両も初の低床式バスシャシーでスマートなディーゼル車として、また観光バスの名称で広く親しまれた車が購入された時代であった」ということである。『充たされざる者』の主人公ライダーがボリスを連れてバスに乗り、小旅行へ出かける場面がある。このときバスの運転手もバスの乗客も皆、ライダーとボリスに親切に話しかけている。ある中年の女性などは、ボリスに紙ナプキンに包んだケーキを差しだす。それを受け取ると、乗客の間から、二人を本物の親子と間違えたのだろう、次のような会話が聞こえてくる。「『いいものだね、近ごろめっきり見かけなくなった光景じゃないか』」（三六五）。ライダーは、その言葉に誇らしい気持ちになり、ボリスを見ると、ボリスもほほ笑みかけてくる。「その笑みには二人でこっそり示し合わせる以上のものがあった」（三六五）と、ライダーは嬉しそうに述べるのである。このバス旅行については、物語の終盤でライダーがボリスと別れるときにも「楽しい思い出」として語られる。昭和二八年には、（図表2）のようなリヤーエンジン箱型バス（三菱ふそう）第一号が誕生し、高度経済成長とともに公共交通機関も整備されていた。当時は、現在のバスとは違い、

リヤーエンジンの箱型バス第1号車
（三菱ふそう）昭和28年型

図表2　長崎県営バス提供による

　乗り合いバスのような雰囲気で人々が会話を交わすことも珍しく
なかっただろう。バスは、ライダーとボリスにとって重要な思い出
作りの手段として用いられている。イシグロにとってもバス
は、幼いころに小旅行へでかけた思い出深い乗りものとして記憶
に残っているのかもしれない。
　自家用自動車はというと、『遠い山なみの光』には、「そろそろ
夏になる頃だった——そのころわたしは妊娠三カ月か四カ月
だった——わたしはあの白塗りで傷だらけの大きなアメリカ車が
大きく揺れながら、川に向かって空き地を走ってゆくのをはじめて
見たのだった」（一二）と、沼地を進む外国車が描かれている。
海外では、「明治一八、九年ごろに、ドイツ、フランスでは既に
自動車が誕生していた」（木本　一〇八）が、日本の国産車はまだ
皆無に等しかった。『遠い山なみの光』は、戦後の日本を描いて
いるので、イシグロは意図的に外車を挿入させたのかもしれ
ない。イギリスでは、ロールス・ロイス社が一九〇四年に設立
され、「第一次大戦後まもなく『ル・マン24時間耐久レース（1926年

- 現在)』が始まり、すでに量産体制がとられていた」(英国ニュース
ダイジェスト)ということであるから、日本は大幅に遅れていた
ことになる。日本が独自の自動車開発に向けて本格的に動き出す
ことになるきっかけは、関東大震災であった。震災が起きた大正
一二(一九二三)年に、線路などの崩壊により切断されると、
「東京市電気局は、アメリカ製のトラックと乗用車T型フォードの
シャシー一千台(後に八百台に変更)を発注した。これにあわせ
て、運転手志望者千人を募集し、陸軍自動車隊、日本自動車学校
など五か所で訓練を受けさせ」(木本 一一一)たことが、軌道を
必要としない自動車への意識を加速的に高めたという。外国の
車製造技術が本格的に導入され、いわゆる「第二期・外国技術導入期
(一九五三年 {日野、日産、いすゞの外国メーカーとの技術提携{〜)」
(日本における自動車年表)からその後の自動車メーカーの乱戦期
(一九五九年)の間は、各国産自動車メーカーは躍起になって開
発に取り組んでいる。これは、「まえがき」のなかで述べた、『第四
版長崎県統計年鑑』と『第八版長崎県統計年鑑』の「輸送用機械器
具製造業」が当時の最も高い月給産業であった事実とも合致
する。昭和三六(一九六一)年の「春季交通安全運動」(図表３)
から推測するに、日本の道路には「バタバタ」と呼ばれた、三菱、
日野やマツダ三輪自動車(図表４)や外国産エンジンを積んだ
国産自動車が徐々に道路を走るようになっていたと思われる。
　イギリスへ渡った石黒家にもマイカーは存在した。イシグロ
の父、石黒鎮雄(以下、鎮雄)は、「ギルフォードと小泉八雲」と
いうエッセイを一九八八年に、明治専門学校(現・九州工業
大学)の同窓会組織の会報誌『明専会報』(六三九号)に寄稿して
いる。そのなかで、「私は研究所への出勤時に毎朝[娘を]車で
送ったものであった。そして、桜の木のある印刷所をちらと見る
たびに、小泉八雲を連想した。日本から客があると、私はわざわざ
この前を通り、八雲のことを言及した」(二二)と書いている。
鎮雄が運転する車で、家族旅行に出かけることもあっただろう。

図表 3　ぎふ清流里山公園(旧昭和村)において著者が撮影

図表 4　ぎふ清流里山公園(旧昭和村)において著者が撮影

『充たされざる者』には、ライダーが壊れた車を前にして、「かつて父が何年も乗っていたわが家の愛車の残骸だと分かった」（四六〇）と回想する場面がある。ファミリーカーは、イシグロの幼少期の記憶の最も大切なものの一つであることを本論考の後半で述べることにしたい。

　イシグロの小説に描かれる日本の季節は主に夏で、沼や川あたりには蚊や害虫が飛び交っている。また、戦火や災害を逃れた家を修復するさまもありありと描かれている。人々の生活を如実にあらわすこれらの風景は、おそらく、イシグロの幼少期の原風景なのだろう。短編「戦争のすんだ夏」そして長編『遠い山なみの光』と『浮世の画家』には、戦火や災害を逃れたが、家の一部が破損し、そこを修復する祖父の様子が描かれている。「戦争のすんだ夏」では、次のように描かれている。

　　　初めは家に被害を与えたのは台風だろうと思っていたが、そのほとんどは戦争によるものだということが間もなくして分かった。祖父が損壊した部分の修復に取りかかっている最中に、足場やここ数年かけて修復した大部分の功績を台風が破壊してしまったのだ。起きたことに対して祖父は少しの不満も見せなかった。私が到着してからの数週間は、おそらく日に二、三時間くらいだろうか、家の修復作業を黙々と続けた。ときおり、大工がやってきて手伝うこともあったが、大抵は、金槌をうったり、鋸で切ったり、と作業は一人で行っていた。（訳は著者による）

　『浮世の画家』のなかでは次のように描かれている。「爆撃の被害は主としてこの東棟に集中しており、庭からそのありさまを眺めている杉村明の娘の目にはうっすらと涙がにじんでいた。わたしもこの老婦人に対するいらだちをすっかり忘れ、ここはなんとかして早いうちに修理し、お父上が建てられた元の姿に

133

戻しますと、ありったけの誠意を込めて約束した」(一五-一六)、「物資のひどい欠乏がどれほどつづくのかよくわかっていなかった。敗戦後何年ものあいだ、たった一枚の板やひと握りの釘を手に入れるために何週間も待たされるような状態がつづいた。そんな状況でいくらか大工仕事ができるとしても、まず(戦災を無事に免れたわけではない)母屋から手をつけるしかなく、庭に面した長廊下と東棟をふたたび使用できるのはまだまだ先の話だ」(一六)や、「庭に張り出した部分の片側は爆風によってあおられていたので、大きく波打ち、床板は至るところひび割れていた。縁側にかけられていた屋根もやられており、雨の降る日には床のあちこちに洗面器を置いて雨漏りを受けなければならなかった。それでも、ここ一年のあいだに作業はかなりはかどり、先月あらためて節子がやってきたときには、縁側の修理はほぼ完成していた」(一七)などである。いずれも戦火や災害を逃れた家屋が詳細に述べられ、少しずつ手を加えて修理する祖父の姿が描かれている。幼いイシグロは、実際に祖父が傷んだ家屋の修復をする作業を眺めていたのかもしれない。また、町のいたるところで修復作業は行われていたと思われ、板や釘などの物資を手に入れるのも困難だっただろう。そんな祖父の不安気な様子を感じ取りながらも、傷んだ箇所を修復すれば、美しさを取り戻すことへのよろこびも覚えたのではないだろうか。

　ほかにもイシグロは、鉄筋コンクリート四階建ての団地を繰り返し作品のなかに描いている。たとえば、『遠い山なみの光』のなかでは、若い世代のステータスのように描かれ、主人公悦子も団地に住んでいることが冒頭で語られる。「アパートの住人たちはみんなわたしたちと似たりよったりの若夫婦で、夫たちは拡張をつづける会社に勤めていて景気がよかった。たいていのアパートはこういう会社の社宅で、社員たちを安い家賃で住まわせていたのである。どのアパートの部屋もそっくりだった。

床は畳で、風呂場と台所は洋式。狭いものだから、夏の数か月は暑くてやや苦労したけれども、住人たちはだいたい満足しているようだった」（一一–一二）。似たような団地は、『浮世の画家』にも描かれている。

　　　太郎と紀子が住んでいる団地の一室は、四階の小さな二間の間取りで、天井は低く、隣近所の物音が入ってくる。おまけに、窓からは向かいのブロックとその窓ぐらいしか見えない。ほんのしばらくそこにいるだけで閉所恐怖症に陥ってしまうのは、単にわたしが広い、伝統的な家に住み慣れているからではないと明言できる。ところが、紀子はこの新居を大いに自慢しており、絶えずそのモダンさをひけらかす。たしかに見たところ、掃除はとても簡単そうだし、通風も非常に能率的である。紀子は、特にこの団地はすべてキッチン、バス、トイレが様式だから、実際の設備とは比べものにならぬくらい便利で使いやすい、と言い張っている。（二三一）

　建築に関する史料をみると、イシグロの小説の舞台となっている昭和三十年代前半ごろの日本は、新たに出現した「団地」が実際に脚光を浴びていた。その当時団地に住むということは、社会的なステータス確立の象徴のようなものだったことが分かる。たとえば、団地に住むための「応募倍率は一〇倍を超えており、その人気の一因として、水洗トイレ、ガス風呂に代表される先進的設備が設けられていたことがあげられ」（新田　四一）、畳の上に絨毯をひいて洋室として使うことも流行した。日本の住宅史『公営住宅二十年史』によると、昭和二二（一九四七）年に「戦後初の壁式構法による四階建鉄筋コンクリート造共同住宅の建設が、東京の高輪で二棟四八戸で試験的に行われ」（二〇〇–二〇一）、その後、昭和三十（一九五五）年に日本住宅公団が設立

され、翌年に一般公募が始まったという。長崎県の資料[3]によると、長崎ではじめて鉄筋コンクリート四階建ての団地が建設されたのは、昭和二三（一九四八）年のことで、酒屋町団地（現魚の町団地）と中川町団地ということである[4]。二つとも全二四戸、八畳、六畳に小さな台所という間取りである。イシグロの生家があった路面電車の最寄り駅である新中川町駅から乗車して、長崎駅方面へ向かうとすぐ右手に中川町団地が建っていたことがわかっている（図表５）。昭和二三（一九四八）年の国土地理院の地図を確認すると、そこは、まだ更地であることがわかるだろう（図表６）。しかし、国土地理院の航空写真、昭和三七（一九六二）年版を確認すると、はっきりと中川町団地が確認できる（図表７）[5]。つまり、はじめて東京で団地が建立されたその翌年の昭和二三（一九四八）年には、着工の構想がはじまり、年内には、長崎市内に二棟の鉄筋コンクリートの県営団地が建立されていたことになる。当時の鉄筋コンクリート造りの団地は、センセーショナルであったことを考えると、いかに長崎市が復興に力を入れていたかがうかがえる。そしてその団地は、木造建築物の多いなか、復興の象徴のようにそびえたっていただろう。幼いイシグロが大人と一緒に乗ることもあったと考えられる蛍茶屋支線[6]の路面電車からも一目瞭然だったと思われる。したがって、この中川町団地が幼いイシグロの目に印象深く映り、スナップ写真のように戦後復興の象徴として、誇らしい気持ちと相まって記憶に留まった可能性は大いにあるだろう。

　そしてイシグロの記憶に脚色を与えたと思われるのが、小津安二郎監督の映画である。イシグロは、小津映画を観ると「そこで私が見て育ったらしき日本の家具、調度品を再発見する。すると私は、強い懐郷の念に駆り立てられるのです。これが私の日本といってよいかもしれませんね」（池田　一三七）と語っている。また、五歳まで住んでいた長崎の生家にも長崎ふうに、ポルトガルの家具をおいた様式の部屋が一室あったと述懐しているが、

図表5　中川町団地跡地
　　　　長崎県県庁土木建築部森泉氏提供による

図表6　航空写真 県営中川町団地の建立予定地　一九四八年
　　　　国土地理院資料

図表7　航空写真県営中川団地　一九六二年
　　　　国土地理院資料

住居や室内の風景の記憶は幼少期の記憶のなかでとくに重要で敏感な部分を占めていたと考えられる。これらの映像の刺激によって、イシグロの記憶は、活性化されるのを待っていたのだろう。また、戦後の小津映画には、小津ならではの特徴があり、その一つとされるのが挿入画である。『東京物語』のなかでは、場面と場面の切り替えに工場の煙突からモクモクと煙が上がる場面が三回ほど、大規模なビルを建築する工事現場が一回ほど挿入される。『早春』にも同じように工場の煙突から煙があがる様子が挿入されている。『秋刀魚の味』では、「団地のベランダに干された洗濯物」が映し出されている。特に場面が大きく変わるときに挿入されることが多いようである。たとえば、『東京物語』は、尾道（広島県）で老夫婦が居間でのご近所さんと会話を交わしたあと、工場の煙突六本から煙が出ているシーンが挿入され、東京で内科医院を営む長男の家に場面は移る。貴田圧によると、小津は単に場面の切り替えにこういったショットを利用しているだけではなく、これらにはある情緒的な意味あいが込められているという。

　　いくら登場人物が悲しみに打ちひしがれていようとも、外の世界は陽光が溢れ、風が吹いていることはいくらでもありうることである。私たちを取り巻く現実の世界は、個人的な思いを越えて、傷つくことなく確固として存在しているのである。部屋のなかから煙突を見る学生たちの気持ちが失恋や落第でがっかりしていようとも、部屋のなかから洗濯ものをみる岡島[7]の気持ちが失業で落ち込んでいようとも、煙突は煙をはき、風向計はくるくる回り、洗濯ものは翻り、ポプラの葉はそよいでいる。戸外は快風快晴なのだ。（二二九-二三〇）

実は、笠智衆演じる父親は、上京するまえに想像していたこと

とは異なり、息子が町はずれの小さな医院の医者となっていることに失望していた。小津は、そんな父親の感情をよそに、こういったショットを挟み込むことで、日常は絶えずそこにあるということを提示したのだろう。これは、小津流の「もののあはれ」の解釈ともとれる。そして、小津監督を敬愛するイシグロが、小津を深く知るうちにこのような手法を学び、自らの小説に取り入れた可能性は十分に考えられる。たとえば、『遠い山なみの光』では、緒方が教員だったころに行っていた教育法を非難した元教え子に会いに行くときに描かれている。「狭い道筋は、上ったり下ったりしながらくねくねとつづいていた。今でもよくおぼえている家々が、坂道ぞいでも建てられるところはどこにでも建っている。傾斜地にあぶなっかしくつかまっているような家もあれば、まさかと思うほど狭い場所に割りこんで建っている家もあった。たいていの家には、二階の手すりから布団や洗濯物がぶらさがっている」（二〇〇）。『浮世の画家』では、松田が貧民街を小野に紹介するときに描かれている。「われわれは太い網に干してある毛布や洗濯物をよけながら歩きつづけた。聞こえてくるのは、泣いている赤ん坊、ほえる犬、そして路地越しに――どうやら閉めたカーテンの陰から――愛想よく話しているお向かいさんどうしの声。そのうちに、狭い道の両側に掘られているふたのないドブがやたら気になりだした」（二四八）などである。団地のベランダにカラフルな布団や毛布、洗濯ものがところ狭しと干されている小津映画を目にしたイシグロは、十歳か十一歳くらいのときだったという。復興が始まっていたとはいえ、当時の長崎には様々な戦争の傷を抱えている人はたくさんいたと思われる。緒方がこれから非難されることを承知で松田に対峙しに行く不安や戦争プロパガンダに加担した小野が、戦後貧しい人々の生活を目の当たりにする辛い気持ちをよそにイシグロは、日常の情景をうまくはさみ込んでいるといえるだろう。このように、作品のなかに繰り返し描くほど、イシグロの内に留まる

「長崎の情景」を異国のテレビでみつけたときの「衝撃」は、よほど大きなものだったに違いない。

　日本を舞台にした作品には、路面電車、バス、車、近隣どうしの話し声、ほえる犬、家の修復作業音など、さまざまな生活音が挟み込まれているのを確認した。そして、身近な生活音の向こう側に響く、長崎全体が復興する音を挿入することもイシグロは忘れていない。それは、港から聞こえる汽笛や工事の音などで暗喩されている。『遠い山なみの光』のなかでは、「わたしたちは午後の日ざかりに、フェリーで稲佐へ渡った。ガンガンいうハンマーの音、機械の唸り、ときどき鳴りひびく船の太い汽笛――港のさまざまな騒音が、海面を追いかけてきた。けれどもそのころの長崎では、こうした騒音もやかましい感じはしなかった」（一四四-四五）や、「港の音は、ケーブルカーの駅がある広場のベンチに座っていても、まだ風にのって聞こえてきた」（一四五）などのように描かれている。『浮世の画家』では、「ある朝、通りすがりにこの区域を見ると、ブルドーザーがすでにあらゆるものを押し倒していた」（三八）、「広場の奥には数台のトラックが止まっており、その先の金網フェンスの向こうでは一台のブルドーザーが土を掘り返していた。しばらく立ち止まってそのブルドーザーを眺めているうちに、頭上の大きな新しい建物こそ黒田が住んでいる共同住宅であることに気づいた。（中略）さっきのブルドーザーの音が聞こえた」（一六二-六三）、「外ではまだ工事がつづいていた。一時間ほど前から、どこかのハンマーの音が響いてきたし、発射するダンプやリベットを打ち込むドリルの轟音がしょっちゅう店全体を揺り動かしていた」（一八九）、あるいは「道は、いま広いコンクリート道路になっており、一日じゅう大型トラックが走っている」（三〇五）などのように、大きな工事の音で描かれている。

　ほかにも、空き地や瓦礫の山が撤去され開発が進み、街並みが変化していく様子などが『遠い山なみの光』と『浮世の画家』の

なかには、重複するように描かれている。『遠い山なみの光』では、次のような会話であらわされている。

　「長崎もずいぶん変わりましたね」と女は言った。「今日でかけてきましても、道に迷いそうでした」
　「ええ、とても変わったようですね、でも、長崎にお住まいではないのですか」
　「長崎はもうずいぶん長いのですが、ほんとうにすっかり変わりましたわ。新しいビルは建つし、道路まで新しくなって。このまえ町まで出てきましたのは、春だったと思います。でもそのあとでもまた新しいビルが建って。春にはまだなかったと思うんです」（二二六–二二七）

あるいは、悦子と佐知子のつぎのような会話である。

　「まるで何事もなかったみたいね。どこもかしこも生き生きと活気があって。でも下に見えるあの辺はみんな」――とわたしは下の景色のほうを手で指した――「あの辺はみんな原爆でめちゃめちゃになったのよ。それが今はどう」
　佐知子はうなずいて、笑顔を向けた。「今日はとても元気ね、悦子さん」
　「だって、ここへ来られてほんとうに嬉しいんですもの。今日は楽天家でいようと決心していたの。ぜったい幸せになろうと思うのよ。藤原さんはいつでも、将来に希望を持たなくちゃいけないって言ってるけど、そのとおりよ。みんながそうしなかったら、こういうところも」――とわたしはまた景色を指さした――「こういうところだって、いまだにみんな焼跡なんですもの」（一五五）

『浮世の画家』では、「いま下りてきた丘のふもとあたりには、

新しい家が続々と建っている。この先の川べり一帯は、一年前には草と泥土ばかりだったのに、いまは市内のある会社が、増員を見越して幾棟もの社員寮を建設している。しかし、完成からはまだほど遠いので、太陽が川面に低く傾くと、建築現場は、まだ市内のあちこちに見られる焼け跡そっくりに見えることがある」（一四七-一四八）や、終盤の爆撃の焼跡に新しくオフィス・ビルが建設されることを予期する益次の独白のなかに描かれている。

　　そういう焼け跡も週を追うごとに少しずつ姿を消している。爆撃の名残りがまだ目立つところと言えば、はるか北の若宮町か、まる焼けになった本町（ほんちょう）と春日町くらいのものか。だがわずか一年前には、市内の至るところに焼け跡が残っていたはずだ。例えば、＜ためらい橋＞のすぐ先、かつてわれわれの歓楽街があった地区では、一年前のいまごろ、まだ瓦礫ばかりで、足の踏み場もなかった。しかし、いまは毎日休みなく建設作業が進められている。マダム川上のバーの外は、昔大勢の酔客が肩をぶつけ合うようにして歩いていたものだが、いまは広いコンクリート道路を敷設しているところで、その両側にはずらりと大きなオフィス・ビルの基礎が据えられている。（一四八）

　こうしたハンマーの音が響いて、発進するダンプカーやリベットを打ち込むドリルの轟音は、ものが取り壊されると同時に、新たな建物が修復、あるいは建立される、前向きな音としてあらわされている。イシグロにとって、港から聞こえる汽笛やさまざまな機械やブルドーザーを含む車両や金槌、鋸などの音は、原爆から復興する「ふるさと（長崎）の音」として記憶されているのだろう。

第二章

イシグロの個人的な記憶

　ここからはよりプライベートなイシグロの幼少期の記憶に踏み込んでいきたい。イシグロが作家となってはじめて日本を訪れたのは、『日の名残り』(*The Remains of the Day*、一九八九)でブッカー賞を受賞したあとである。それ以来、頻繁に口にするようになる言葉が、「気泡につつまれたような幼少期の記憶」(a childhood bubble)[8]である。ブライアン・シャファー(Brian Shaffer)とのインタビューでイシグロは、『わたしたちが孤児だったころ』のバンクスの幼少期を「エデンの園のような楽園のような記憶」(166、訳は著者による)と喩えているが、イシグロ自身の幼少期の喩えと同質のものと言っていいだろう。この言葉のなかに浮かび上がるのは、「あたたかい空間」である。それは、陽だまりのなかで幼い子どもが遊んでいるような、傍らであたたかい眼差しを向けて見守ってくれる大人がいるような空間イメージではないだろうか。

　『日の名残り』でブッカー賞を受賞し、三十年ぶりに来日したとき、イシグロは三五歳であった。少し陰りが見えてきたとはいえ、バブル後期を享受していた日本は、彼が長崎に在住していた昭和三十年ころとはすっかり様変わりしており、愕然としたことだろう。おそらく、このときにイシグロは、時の無常さや「決して取り戻せない」という喪失感を味わったのではないだろうか。たとえばそれは、日本を訪れて以降に出版された、『充たされざる者』のライダーや、『わたしたちが孤児だったころ』の主人公バンクスやバンクスの養女のジェニファーを通して描かれている。

　『充たされざる者』の冒頭には、主人公のライダーが滞在したホテルの一室の天井を見ながら、そこはむかし自分が住んでいた

家の子ども部屋であると思いながらうとうとする場面が描かれ
ている。

　　天井をじっと見上げているあいだに、そんな記憶がどっと
　よみがえってきた。もちろん、部屋のなかのどこがどう改造
　され、どう取りのぞかれたかは、はっきりと分かっていた。
　なのにこれほど長い年月をへたいま、また自分の少年時代の
　聖域に舞い戻ってきたのだと思うと、深い安堵感を覚えた。
　わたしは目を閉じて、しばらくまたあの懐かしい家具や
　調度品に囲まれている気分にひたった。(三四)

　この小説は、夢のなかで起きている出来事と解釈できるとイシ
グロは認めている。ではなぜ、イシグロはライダーに「子ども部屋」
を懐かしみ、そこを「聖域("sanctuary")」と呼ばせたのだろうか。
物語の中盤で、ライダーは昔の自分の部屋(子ども部屋)に
決して戻ることはできないと悟り、「なぜかわたしの胸に――
たぶん自分の幼いころの部屋と、もう永久にそこには戻れない
という思いに関係があったのだろう――強烈な喪失感が込み
上げてきて、しばし口をつぐまずにはいられなかった」(二七七)
と嘆いている。もしこのセリフのなかの「部屋」を「日本」に置き
換えるとどうだろう。イシグロが成人して日本を訪れたときの
心情をそのままを言いあらわしているといえないだろうか。
そして「子ども部屋」は、神の領域をあらわす「聖域」と喩えられてい
るが、それほどイシグロにとって「子ども部屋」は、大切な場所と
いうことになるのだろうか。ホテルの一室以外にも、幼少期に一人
で遊んだ家族所有の車の後部座席(四六六)をライダーは「聖
域」と喩えている。「その日わたしが外に出て、この車の、この後
部座席という聖域に座ったとき、家のなかでは大喧嘩が始まって
いた。あの日の午後、わたしは座席に仰向けに寝そべって、頭を
ひじかけの下にもぐりこませていた。その角度から窓ごしに

見えるのは、窓ガラスを伝い落ちる雨だけだった」(四六六)。これは、ファミリーカーの後部座席(聖域)でライダーがおもちゃと遊びながら空想にふけることで両親の夫婦喧嘩を忘れようとする場面である。しばらくして父親が家から出てくると、ライダーは、おもちゃごっこのなかで「落としたピストルを奪おうと猛烈な取っ組み合いをしている場面をまねて、この遊びに夢中なあまり何[父親に]も気づかなかった振り」(四六七)をする。しかしライダーの真意は逆で、父親に気づいてもらえるようにわざと大きな演技をしたつもりだったが、父親はライダーに目もくれず、そのまま立ち去るのである。

『わたしたちが孤児だったころ』では、家のなかの「図書室」という本がたくさんある部屋でバンクスが算数の宿題をしているときに、やはり両親の夫婦喧嘩の声が漏れ聞こえてきて、「わたしは、このまま聞きつづけたいという欲求と、おもちゃの兵隊がまっている自分の遊び部屋という聖域に逃げていきたいという思いの板ばさみになっていた」(一二二)と、ここでもイシグロは、子どもが逃げ込む場所(子ども部屋)を「聖域」と喩えているのが分かるだろう。このほかにも、イシグロは、バンクスの養女であるジェニファーがおもちゃの馬を手にもってさまよう庭を「居心地のいい聖域」(二二一)と喩えている。これは、ジェニファーがバンクスの養女になったばかりのころで、大切なものが詰まったトランクが船会社のミスで紛失してしまったことをバンクスがジェニファーに告げた直後の場面である。ジェニファーは、悲しみを忘れるように「聖域」へと逃げ込むのである。『充たされざる者』と『わたしたちが孤児だったころ』の小説ともに「聖域」で共通するのは、いずれも、登場人物が子ども時代の(あまり良い記憶ではないが)忘れ難い記憶を語るときに挿入されており、一種の「避難所」(safe haven)のように描かれているということである。つまり、ライダーやバンクスは、両親の夫婦喧嘩に心を悩ませたときに、ジェニファーは両親を事故で亡くし、

思い出の詰まったトランクが紛失したと聞かされたときに、
「聖域」のなかでおもちゃと遊び、空想世界に入り込むことで
自己防衛をするように描かれているのである。イシグロが
「子ども部屋」に執着するのは、恐らく、日本の、さらに細かくいうと
「長崎の生家にあったイシグロ自身の子ども部屋」と密接な
かかわりがあるからではないだろうか。その「聖域」のなかで
遊ぶ子どもにイシグロは自分の姿を重ねているように思える。
DVD『カズオ・イシグロ白熱教室』のなかでイシグロは、日本の
記憶についてきかれたとき、「遊んだおもちゃも全部」(訳は著
者による)[9]記憶していると述べていた。そして、その長崎の
「子ども部屋」のなかで自分を護ってくれる存在は、留守がちの
父親に代わり、父親役を担ってくれた祖父だと思われる。祖父と
の思い出は、イシグロの小説でも重要な位置を占めている。

　祖父と孫の友好的な関係は小説のなかでたびたび描かれて
いる。たとえば、短編「戦争がすんだ夏」では、孫の一郎の水彩画
を助ける祖父が描かれる。上手く描けない一郎は、絵を途中で
破こうとするが、祖父はそれを静かに咎める。

　　「そこら中が絵具だらけになったじゃないか。ノリコが
　見たらお前をこっぴどく叱るだろうね」
　　「気にしないよ」
　　祖父は、笑い声をあげると私の絵を見ようと、もう一度
　身体を傾けた。私はまた絵を隠そうとしたが、腕を掴んでしり
　ぞけられた。
　　「そんなに悪くないぞ。どうしてそんなに怒っているのかい？」
　　「かえして。ビリビリにするから」
　　祖父は、私の手の届かない高さに絵を持ち上げて、眺めて
　いた。
　　「ぜんぜん悪くないぞ」と、考え深くいった。
　　「そんなに簡単にあきらめるもんじゃない。おじいが少し

手直ししてあげよう。そしたら自分で仕上げるんだ」(訳は
著者による)

　『浮世の画家』では、小野益次と孫の一郎がクレヨンで怪獣の
絵を描く場面が描かれている。益次は、孫の一郎に「スケッチ
ブックとクレヨンをプレゼント」(四二)している。一郎が絵を
描くのを途中で放棄しているので、益次は「そこのクレヨンを
持っといで。さ、こっちへ。そしたら、いっしょになにか描こう」
(四五)と促し、「トカゲのようなもの」(四八)に一緒に彩色し
はじめる。一郎の様子を見ながら益次は、「いやはや、うまいもんだ」
(四九)や「ごほうびとして、あしたその映画に連れていってやれる
かもしれない」(四九)と励ましている。両作品とも祖父は、きちんと
孫をなだめ、そして褒めることを忘れていない。祖父は、いつも
優しく、無条件の愛情を示してくれるのである。イシグロが祖父
とお絵描きをして過ごした時間は、まさに「気泡につつまれた
ような幼少期の記憶」としてとどまっているに違いない。そして、
『わたしたちが孤児だったころ』のバンクスのように、その気泡
の外へ突然、放り出されるような出来事がイシグロにとっては、
イギリスへの「移住」だったのではないだろうか。
　『わたしたちが孤児だったころ』は、イシグロ自身が体験した
移住の困難な状況や心理状態、両親に対する様々な思いが織
り込まれた作品のように思える。イシグロは、長崎からイギリス
という、言語も文化もまったく違うところへ移住したのだ。しかし、
イシグロ本人は、さまざまなインタビューで、英語の言語習得を
している時期のことははっきりと覚えていないと言い、阿川
佐和子との対談では、「私はアイデンティティ・クライシス、
つまり、自分はいったい誰なのかという問題で悩んだことは
なかった」(一四六)と述べている。クリストファー・ビグスビー
(Christopher Bigsby)とのインタビューでは、「イギリスに
わたって一年後の、六歳のときには私は両親よりも上手に英語が

話せた」(15、訳は著者による)とさえ言っている。

　また、シャファーとのインタビューでは、『わたしたちが孤児だったころ』のバンクスが孤児になったことについて「護られていた世界から突然、過酷な世界に独りぼっちでいることに気がつく。この状態を、比喩的に、孤児の状態と呼べるのかもしれない」(168、訳は著者による)と、述べている。大江健三郎との対談では、「わたしはイギリス人らしいイギリス人でも、日本人らしい日本人作家でもない。特定の国や社会について、語ったり書いたりする明らかな社会的役割もない。どの国の歴史ともつながっているようには思えない」(Oe "The Novelist in Today's World: A Conversation" 58、訳は著者による)と自身のことを形容している。アラン・ボルダーとキム・ヘルジンガー(Allan Vorda and Kim Herzinger)とのインタビューのなかでは、日本人から見た自身のことを次のように述べている。「民族的に日本人で、見た目もまったく日本人である人間が英国に行き日本人性を失ってしまった、という考えは興味の尽きないことでありますが、わたしはむしろ脅威に思われるのではないかと思うのです」(67、訳は著者による)。実際の日本を目の当たりしたイシグロは、自分のアイデンティティについて深く考えるようになったのではないだろうか。特に、『日の名残り』以降に描かれた『充たされざる者』から『わたしたちが孤児だったころ』にかけて捕らわれていた個人的な過去(幼少期)からの脱却を作品のなかに自身を投影させることで試みたようにも感じられる。

　イシグロは繰り返し子どもの「視点」からみた祖父や両親(特に父親)の姿をある作品まで描き続けている。そのある作品とは、『わたしたちが孤児だったころ』である[10]。それまでのイシグロの作品には、幼い子は、言葉よりも絵を介して心を通わせており、その小さな心の良き理解者として描かれるのが祖父であった。それに対し、父親は「理解を示さない」、あるいは「立ち去る者」として描かれていることが多い。あくまでも想像の域を

逸さないが、これはまさに父親の代役である優しい実の祖父と、留学や出張で家を留守することが多かった実の父親に置き換えられる構図ではないだろうか。しかし、見方を変えると、父親とより親しくなりたいのに、それができない子どものもどかしさのようなものも伝わってくる。

　また、イシグロは否定しているが、一九六〇年代のイギリスは、白人至上主義がまだ横行していた時代で、イシグロがアイデンティティ・クライシス、差別や偏見にあったことがないというのは考えにくい。実際、イシグロはDVD『カズオ・イシグロ文学白熱教室』に収められた、ノーベル文学賞受賞式直前NHK単独インタビューの冊子のなかで、自身が社会から向けられていた眼差しについて、「西欧社会で生きてきた私は、『第2次世界大戦の敵国から来た人』から『テレビやカメラ、車を作る国から来た人』、そして（中略）『村上春樹や芸術的・禁欲的な美しさ、アニメなどのポップカルチャーや任天堂ゲームなどの国から来た人』へと変遷した」（一四）と振り返っている。つまり、移住した当初は、「敵国から来た人」とみなされていたことを認める発言をしているのである。幼い彼が民族的差異からくる、何らかのプレッシャーを感じていただろうというのは、想像に容易い。

　イシグロの友人にミチヨ・Y・カッスートという映像プロデューサーがいる。『カズオ・イシグロ読本――その深淵を暴く』のなかでイシグロについて彼女は、「10代の頃に学校でいじめに遭ったと聞いている」（二四）と証言している。ほかにも、イシグロの学生時代の友人の証言として、「イシグロはプレテンシャス（自惚れた）というあだ名を付けられていた」（二四）という記載がある。これらの証言からもイシグロ自身の体験が色濃く『わたしたちが孤児だったころ』のなかに反映されていると思われる。この小説のなかでバンクスの友人である日本人のアキラは、長崎に一時帰国し、はじめて同民族のなかで生活をして、自分の「異質性」に気づかされる。日本に滞在中のアキラは、ずっと仲間

外れにされて、「みじめな」("miserable")（九四）思いをし、孤立していたとバンクスは考える。ここでバンクスは、「みじめな」という単語を使用しているが、のちにそれを認めないものの、級友から自分自身が「みじめな孤独野郎」("miserable loner")（一九五）と呼ばれていたことが指摘される。これだけではない。バンクスの旧友であるジェームス・オズボーンからは、「君は、ほんとうに学校で変わり者だったからな」（五）と言われ、別の場面でも古い友人のアンソニー・モーガンと再会したときに、「あのさ、俺ら、チームを組むべきだったよな。一人ぼっちなもの同士の二人組に」（一九五）と言われている。バンクスは常に「一人ぼっち」だったことが級友たちによって次々と明かされるのである。バンクスは、重ねていうが自分が「変わっていた」とも「一人ぼっち」だったことも認めようとはしない。しかし、まわりがそれを指摘し、読者にそれがわかるように提示されるのである。これはまさしく、語らずして語るイシグロの手法だろう。

また、両親が口論し、互いに口をきかなくなったということをバンクスがアキラに打ち明ける場面がある。アキラは、自分の両親が互いに口を利かなくなるときは、自分が日本人らしくない、あるいは、日本人として恥ずかしいことをしたときだ、と説明する。つまり、ここでアキラはバンクスに対し、イギリス人らしさが足りない、あるいは、イギリス人の血を貶めるようなことをしたから両親は互いに口を利かなくなったのではないか、と遠回しにバンクスに言って聞かせているのである。そして、窓の日よけの木製のブラインドを指さし、バンクスに次のように語る。「ぼくたち子供は、あの木製の羽根板を留めつけている撚り糸のようなものなんだ、（中略）ぼくたちは気がつかないことが多いけれど、家族だけではなく、全世界をしっかりとつなぎとめているのは、ぼくたち子供なんだ（中略）もしぼくたちが自分の役割をきちんと果たさなかったら、羽根板ははずれて床の上に散らばってしまう」（一二七-一二八）。子どもらは、小さな胸を痛めて自分

たちがしっかりしなければ世界が壊れると感じているさまが描かれている。バンクスは、両親の失踪という形で孤児となり、イギリス在住の叔母に引き取られることになるが、その付添人としてチェンバレン大佐が一緒に乗船する。大佐は、むせび泣くバンクスに次のようなことを言っている。「あなたがどんな気持ちでいるかよくわかりますよ。全世界が目の前で壊れてしまったんだ。でも、強くならねばなりません」（二七）。イシグロは移住してすぐのころを振り返り、日本とイギリスの文化や考え方などの違いで戸惑ったことを口にしている。「私の小さな世界の中で、とても大きな違いが生じました。私は常に、２つの完全に異なる社会規範があることを理解していました。私はそのようにして育ったのです」（ノーベル文学賞授賞式直前のNHK単独インタビュー冊子 一三）。

　こうしたイシグロの言葉と小説にあらわれる登場人物を照合し、総合的に考えると、『わたしたちが孤児だったころ』の「孤児だったころ」が指すものは、「子どもだったころ」なのかもしれない。子どもは、ある意味小さな「探偵」であり、親の愛情を模索する生きものである。親と一緒に住んでいても、子どもは常に親の愛情の所在を確かめたくなるものである。それが幼少期に、何の前触れもなく親（イシグロの場合は祖父母と日本）と引き離されると、バンクスのように心に傷を負い、それがトラウマとなってしまうこともあるのだ。また、六十年代イギリスの学校生活のなかでイシグロは、少なからず差別など厭な思いを経験したと思われる。そういうときに「イギリス人でも日本人でもない」というアイデンティティの模索も、生まれ故郷を失くした子ども（孤児）と、とらえることができるだろう。

　さらに考察を深めていわせてもらえば、両親、とくに父親の子どもに対する理解不足は、『充たされざる者』と『わたしたちが孤児だったころ』の裏テーマのように思われるのである。鎮雄が幼いイシグロが移住したあとに抱えていた苦悩について

気づいている様子がないことは、一九六五年五月『明専会報』
（四一一号）に寄稿していた「郷愁」というエッセイからも明らか
である。

　そのエッセイのなかで鎮雄は、幼いイシグロについて、次の
ように書いている。「日本人の海外生活の歴史は浅いが、これも
二代三代と重なるにつれて、かっての典型から例外とされる
場合が少しずつ増してくるであろう。私の二人の子供はすでに
日本を忘れているし、あとの一人は全く知らない。それでも、私
は、郷愁を感ずる故郷を持つ人々を、時にはうらやましく思う」
（二六）。「二人の子供」とは、イシグロとイシグロの姉のことである。
つまり、移住した五年後（イシグロが十歳のころ）には、父親の目
にはイシグロはすでに「日本を忘れている」とうつっていたこと
になる。また、同じエッセイのなかにイシグロのピアノの先生を
紹介している。ピアノの先生は、ウェールズ出身の婦人だった
そうで、あるときその教師から鎮雄は「この町にきたころは、
郷愁にたえられなかった」（二五）と、うちあけられたという。
つまり、彼女は、鎮雄の子どもたちもきっと、自分の子どもたちと
同じように“異郷”でくるしみを感じているに違いないと同情を
示したのである。しかし、鎮雄は「私の子供たちは平気なのだが、
彼女はやはり深い同情を示す」（二五）と、ここでも「子供たちは
平気」だったと思っていることが示されている。実際はどうだっ
たかというと、イシグロは真逆の状態にあったのである。

　イシグロは、阿川佐和子との対談で、「毎年、来年には、またお
じいちゃんやおばあちゃんに会える、僕は日本で大きくなるん
だ」（一四六）と思っていたことを打ち明けている。また、「父が
ハッキリずっとイギリスに住むと決断を下したので、私も覚悟
をしたわけです。大人の父にしてみればわずか十年ですけど、子
どもの私にしてみれば、五歳から十五歳の十年はとても多感な
時期で、全然違う重みがあります」（一四六）とも述べている。
これは、まさしく『充たされざる者』のシュテファンがピアノの

稽古を止めた十才から十二才の二年間のことを、「私は、十歳から十二歳の間の非常に重要な二年間を失ったのです。(中略)私の両親は、その二年間がどれほどの損失をもたらすかなど考えたこともないでしょう」(七四)を想起させるものである。さらに、シュテファンは、自分がピアノの稽古を止めたせいで両親は口をきかなくなったと思っている。カルロス・ヴィラ―・フロル(Carlos Villar Flor)は、「ライダーは、シュテファンやボリス同様、常に両親が喧嘩をしているのを目撃し、まともに面倒をみてもらえなかった幼少期に深く傷ついたに違いない」(166、訳は著者による)との見解を示す。この「面倒をみてもらえない」には、親が子どもの才能を認めようとしない、あるいは、子どもが才能を認めてもらいたいとサインを送っていることに気づかない親の看過も含まれるだろう。鎮雄もイシグロと同じように、幼少期に海外に移住した経験があるはずだが、鎮雄は、イシグロの「郷愁」感情や苦悩までは理解できていなかったように思われる。海外に移住した二世や三世の家庭内では、言語の違いや文化の違いなどにより、なにかと問題が発生することはよく耳にする。

　イシグロの作品でたびたび挿入される「いじめ」や夫婦喧嘩などに対応する子どもの不安気な様子は、少なからず自身の体験が投影されているのだろう。そして、作品のなかの子どもらのように、厭なことが起きるたびに幼いイシグロは空想にふけり、逃れるように子ども部屋に逃げ込んだのかもしれない。「おもちゃの兵隊」や「馬のフィギュア」などは、イシグロが幼少期をともにした仲間であり、それらは彼を退屈にさせなかっただろう。イシグロにとって、「子ども部屋」は「気泡につつまれた幼少期の記憶」のなかみなのだ。その「記憶」は色あせることなく、誰からも奪われることなく、イシグロの頭のなかに「安全」に留まっているのである[11]。

むすび

　本論考では、さまざまな資料と照らし合わせ、イシグロの記憶の本質にせまることを試みた。イシグロの記憶と長崎に現存する公共交通機関や都市開発資料を比較すると、路面電車の製造年のほかは、ほぼ合致していることが明らかとなった。そしてそれをベースに小津安二郎らの戦後の日本映画により、イシグロの「日本」は、肉付けされていったことも確認できただろう。そしてなによりも、作家の核となる個人的な「気泡につつまれたような幼少期の記憶」のなかみに迫ることができたのではないかと思っている。出張で家をあけることが多かった父親に代わり、祖父と過ごした楽しい思い出は、イシグロの作品のなかでスナップ写真のように保存されており、読み進めると、まるで動画を見るように詳細に再現されている。そして、内なる「日本」を舞台にした作品から離れ、現実の日本を訪れて以降に描かれた、『充たされざる者』と『わたしたちが孤児だったころ』には、イシグロの「気泡につつまれたような幼少期」への郷愁が一層、色濃く描かれるようになったことを確認できたのではないだろうか。それは、「決して取り戻すことができない」という強迫観念のようなものでもある。

　ライダーがどんなに心に「傷」を抱えていようと、両親との和解の「機会」はもはやないと分かっていようと、音楽家としての旅を止めることなどできないのは、ライダーが、ピアノを弾くことでしか、慰みを得ることができないことを知ったからである。これはまさに、小説を描くことで慰みを得ようとするイシグロにもあてはめることができるだろう[12]。『わたしたちが孤児だったころ』に描かれる、突然世界が崩れ落ちるような体験は、イシグロにとっては「移住」だったと思われる。そして、そのような過酷な状況下におかれたときに重要になるのが「記憶」であると、イシグロはわれわれに示してくれているのだ。「故郷」と呼べる幼少期の記憶は、常にバンクスを支えるように描かれている。

これはまさしく、舞台が変わっても主人公の声の調子は変わらないという「作家の声」同様、「作家の記憶」だからだろう。一般的に、日本人は、西洋人にくらべると「ふるさと」に対して特別な思いを抱いているといわれる。イシグロが、『わたしたちが孤児だったころ』のバンクスに生誕地である「国際租界」を「生誕地」ではなく、「ふるさと」（home village）と呼ばせているのは、まさにそれに通じるものである。「幼少期の記憶（長崎）」は、カズオ・イシグロという作家に書く動機を与え、常に勇気づけてきたのだ。だからイシグロは、小説のなかの主人公がもっとも大切にしている記憶の在りかを「聖域」と名付けたのである。

※本章の中川町団地跡の地図や国土地理院の航空写真、「長崎ビンテージビルヂング」や「第72回 海洋教育フォーラム―長崎から世界へ、海でつながる長崎と世界―石黒鎮雄博士がつなぐ英国と長崎」の情報をご提供いただいた、長崎県土木部住宅課の森泉氏と牧田悠依氏に感謝を申し上げたい。

引用文献

Beedham, Mathew. *The Novels of Kazuo Ishiguro*. London: Palgrave Macmillan, 2010.

Bigsby, Christopher. *Writers in Conversation: Volume One*. London: Pen & Inc. Press, 2001.

Flor, Carlos Villar, "Unreliable Selves in an Unreliable World: The Multiple Projections of the Hero in Kazuo Ishiguro's *The Unconsoled*", *Journal of English Studies 2*, Spain: Universidad de La Rioja, pp. 159-169, 2000.

Ishiguro, Kazuo, "The Summer After the War", *Granta 7*, 2019, May 20, 2023. <https://granta.com/summer-after-the-war/>

Lewis, Barry. *Kazuo Ishiguro*. Manchester: Manchester UP, 2000.

Oe, Kenzaburo. "The Novelist in Today's World: A Conversation", *Conversations with Kazuo Ishiguro*, Mississippi: UP of Mississippi, 2008, pp. 52-65.

Shaffer, Brian W. *Understanding Kazuo Ishiguro*, South Carolina: U of South Carolina Press, 1998.

Shaffer, Brian W. and Wong, Cynthia F., eds., *Conversations with Kazuo Ishiguro*, Mississippi: UP of Mississippi, 2008.

Vorda, Allan and Herzinger, Kim, "An Interview with Kazuo Ishiguro," *Mississippi Review* No. 20, Mississippi: UP of Southern Mississippi, 1990, pp. 131-154.

池田雅之（編著）『新版イギリス人の日本観』、成文堂、一九九三年。

石井香江『電話交換手はなぜ「女の仕事」になったのか：技術とジェンダーの日独比較社会史』ミネルヴァ書房、2018 年。

イシグロ、カズオ『遠い山なみの光』小野寺健訳、早川書房、二〇〇一年。

---『浮世の画家』飛田茂雄訳、中公文庫、一九九二年。

---『日の名残り』土屋政雄訳、中公文庫、一九九四年。

---『わたしたちが孤児だったころ』入江真佐子訳、早川書房、二〇〇一年。

---『充たされざる者』古賀林幸訳、早川書房、二〇〇七年。

---『特急二十世紀の夜と、いくつかの小さなブレークスルー』土屋政雄訳、早川書房、
　　二〇一八年。

石黒鎭雄「郷愁」、『明専会報』(四一一)、一九六五年。

---「ギルフォードと小泉八雲」、『明専会報』(六三九)、一九八八年。

英国ニュースダイジェスト、一〇七八号、一月一一日、二〇〇七年、<https://www.
　　news-digest.co.uk/news/features/1471-british-cars.html>

大江健三郎「大江健三郎;特集カズオ・イシグロ[もうひとつの丘へ]」、『Switch』、
　　一九九一年、六六-七五頁。

小津安二郎『東京物語』野田高悟、小津安二郎脚本、笠智衆、原節子出演、小学館、
　　一九五三年、二〇〇七年。DVD。

---『早春』野田高悟、小津安二郎脚本、池辺良、淡島千景出演、小学館、一九五六年、
　　二〇〇五年。DVD。

---『秋刀魚の味』野田高悟、小津安二郎脚本、笠智衆、岩下志麻出演、小学館、一九六三年、
　　二〇〇五年。DVD。

『カズオ・イシグロ文学白熱教室』NHKエンタープライズ、二〇一八年。DVD。

貴田庄『小津安二郎のまなざし』、晶文社、一九九九年。

木本正次『トヨタの経営精神豊田佐吉から昭和の歴代経営者まで、「挑戦の軌跡」に
　　学ぶ』、PHP研究所、二〇一四年。

『公営住宅二十年史』、公営住宅二十年史刊行委員会、昭和四八年。

武富利亜「カズオ・イシグロにおける記憶を持つことの意味―"Childhood bubble"と
　　いう比喩をめぐって―」、比較文化研究(一〇四)、二〇一三年、二八七―二九八頁。

---「カズオ・イシグロと小津安二郎」、比較文化研究(一一四)、二〇一四年、一四三-
　　一五四頁。

---「カズオ・イシグロのThe Unconsoledにあらわれる『誤解』と『切断』の考察」、『英語と
　　英文学、教育の視座』、DTP出版、二〇一五年。

---「カズオ・イシグロと父親――石黒鎭雄のエッセイから『わたしたちが孤児だったころ』
　　の「孤児」を考察して」、比較文化研究(一五一)、二〇二三年、二一九-二三二頁。

長崎電気軌道株式会社、<http://www.naga-den.com>

新田太郎『ビジュアルNIPPON昭和の時代』伊藤正直編集、小学館、二〇〇五年。

日本における自動車年表、<ja.wikipedia.org/wiki/>

別冊宝島編集部(編集)『カズオ・イシグロ読本――その深淵を暴く』宝島社、二〇一七年。

山川美千枝「Kazuo Ishiguro日本に対してずっと深い愛情を持ちつづけてきた」、
　　『CAT』、一九九〇年一月、四-九頁。

1 一九九一年に行われた、大江健三郎との対談のなかでイシグロは日本を「他国」と呼んでいる。

2 小津安二郎監督作品の影響がイシグロの小説に色濃くみられるのは、二〇一四年に発表した「カズオ・イシグロと小津安二郎」という拙著の論文で述べているので参照されたい。

3 長崎県庁に保管されている資料。

4 長崎県の団地については、本書の I 復興する長崎で見た新しい住様式「鉄筋コンクリート造のアパート」を参照されたい。

5 国土地理院に保管されていた写真の多くは、火事などにより焼失されており、この二つの写真しか確認できなかった。

6 蛍茶屋と長崎駅前(現在は蛍茶屋支線と桜町支線に分かれている)を結ぶ路面電車。

7 小津映画『東京の合唱』(一九三一年)の主人公のこと。

8 これについては、拙論「カズオ・イシグロにおける記憶を持つことの意味—"Childhood bubble"という比喩をめぐって—」を参照されたい。

9 DVD『カズオ・イシグロ白熱教室』のなかの邦訳にこの部分は抜けていたので拙訳している。

10 イシグロと祖父や父親鎮雄の関係についての考察は、二〇二三年に発表した「カズオ・イシグロと父親——石黒鎮雄のエッセイから『わたしたちが孤児だったころ』の「孤児」を考察して」」という論文で詳しく述べているので参照されたい。

11 『わたしを離さないで』で主人公のキャシーは物語の終盤で「ヘールシャムはわたしの頭の中に安全にとどまり、誰にも奪われることはありません」(四三八)にも通じるだろう。

12 これについては、拙論「カズオ・イシグロの *The Unconsoled* にあらわれる『誤解』と『切断』の考察」を参照されたい。

執筆者プロフィール

武富　利亜(たけとみ　りあ)

近畿大学教授

主要論文・著書：「カズオ・イシグロと父親—石黒鎮雄のエッセイから『わたしたちが孤児だったころ』の「孤児」を考察して」比較文化研究151号、二〇二三年、Outburst of Emotions in Kazuo Ishiguro's *The Remains of the Day* and *Never Let Me Go, Comparatio* No. 24, 2020, The Image of the River in Kazuo Ishiguro's *A Pale View of Hills*, East-West Cultural Passage No. 20 (2), 2020, 牛尾日修『良き人生のために』翻訳、みずすまし舎、二〇二〇年など。

カズオ・イシグロとの出会いは偶然でした。当時私は修士課程の学生で研究対象を絞り切れずにいました。そんなある日、指導教官にケンブリッジ大学からマーク・ウォーモルト博士(Dr. Mark Wormald)を招聘して講演を開くので手伝ってほしいと言われました。講演のタイトルは、Kazuo Ishiguro and English Literature(カズオ・イシグロと英文学)。講演の後で博士に質問ができるように準備しなさいと教官に言われたので、イシグロの小説を熟読したのを記憶しています。講演当日、イシグロが五歳で渡英したことや小学校では唯一の日本人だったことで注目を浴びたこと等を知り、益々興味がわきました。実は私も、五歳で渡米し、小学校時代は似たような環境でした。小説を読みながら、幼少期に過ごした日本の残像をトレースしていくような不思議な体験をしました。博士が来日していなければ、今日の私はいません。講演後、生涯の友(研究対象)というギフトを得たという感覚が探究心の礎となっています。

第2部

写真／◎ロイター／アフロ

作家イシグロ
の素顔を求めて

I アダプテーションが広げるイシグロ・ワールド

―アウト・オブ・ジョイントによる『日の名残り』の舞台化をめぐって ―

菅野 素子(鶴見大学准教授)

はじめに

二〇一九年二月から三月にかけて、英国で『日の名残り』(*The Remains of the Day*、一九八九)の舞台へのアダプテーション作品が上演された。原作の発表から三十年目の節目の年に、英国の劇団アウト・オブ・ジョイント(Out of Joint)が二つの地方劇場と共同で手掛けたものである。『日の名残り』は一九九三年にマーチャント・アイヴォリー・プロダクションによる映画が公開されており、米国アカデミー賞の七部門にノミネートされるなど高い評価を受けた。また、二〇一〇年にはロンドンでミュージカルへのアダプテーションが上演された。今回はストレート・プレイへの翻案である。本論考はこの舞台版の『日の名残り』を取り上げ、イシグロの原作がどのように演劇という形式に翻案されたのかを紹介し、その意味合いについても考えてみたい。[1]

本論に入る前に、まず「アダプテーション」という用語について確認する。アダプテーションとは文学作品を原作とする映画やテレビドラマを指して近年広く使われるようになった言葉である。アダプテーション研究は、原作とその二次製作と言ったようなテクストの優劣関係を疑問視する。なぜなら、動植物が与えられた環境に「適応」(アダプト)するように、文学作品も

映画やテレビなど異なるメディアに適応し、新たな環境で生き
延びようとするためだ。アダプテーションを理論化したリンダ・
ハッチオン（Linda Hutcheon）はアダプテーションを「プロセス
でありプロダクト」の両方を指すとし（二〇）、原作テクストとの
関係を「副次的ではない派生物、二次的にならずに二番目に製作
された作品」（一一）であるとする。さらに、ハッチオンは「語る、
見える、参加する」(xi)という物語への三つの関わり方をあげる
とともに、形式、翻案者、受容者、コンテクストについて議論を
展開している。このように、アダプテーション研究は文学作品
が適応する先の異なるメディアや環境の分析に関心を寄せる
分野でもある。アダプテーションは、原作の解釈を示すと同時に、
翻案する側の文化や問題意識を浮き彫りにする。

　イシグロとアダプテーションとの関係についても、二点ほど
述べておきたい。まず、イシグロは自分の作品を原作としたアダ
プテーションに対して非常に寛容で前向きな作家である。
二〇〇八年に行われたインタビューでイシグロは、映画関係者
など、異業種の人たちと協力して仕事をするのが気に入っている、
と答えている（Matthews 122）。『わたしを離さないで』の映画化
にあたっては自ら製作者として名を連ねた。また、同小説がTBS
によってテレビドラマ化された際にも、脚本家の質問に答え
（森下 一二六－一二八）、主演女優との対談に応じ、番組の宣伝
にも協力していた。劇場公開に至らなかった吉田喜重監督による
『女たちの遠い夏』（*A Pale View of Hills*、一九八二）の映画化に関
しても、脚本を執筆した吉田とロンドンで二度会って話をしただけ
ではなく、ファクスでのやり取りを重ね、時には自分から解決策
を提案することもあった。[2]気前よく提案するイシグロに対して、
吉田は脚本の共同執筆者として名を連ねるよう依頼したことも
あったほどである。[3]イシグロと吉田のやり取りを見ていると、
自作のその後の身の振り方を親身に世話するような熱心さが
うかがえる。

そうした協力関係が、いかに映画版『日の名残り』のユダヤ人表象に結実したかの過程を、秦邦生は鮮やかに解き明かしている。映画『日の名残り』は、一九八〇～九〇年代に製作された大英帝国の遺産を美化するノスタルジックな遺跡映画の代表格と位置付けられるが、このような画一的な批評の傾向に秦は異議を唱え、一九三〇年代にヨーロッパから英国に向かったユダヤ人難民の歴史を描いているという点で歴史の現実を盛り込んだ作品でもあると再評価している。秦によれば、小説執筆当時のイシグロは知らなかったであろうユダヤ人難民のエピソードを盛り込んだのは最初に『日の名残り』の映画化権を手に入れて自ら脚本も執筆したハロルド・ピンター（Harold Pinter）であり、それを自らもユダヤ系の血を引くルース・プラワー・ジャブヴァーラ（Ruth Prawer Jhabvala）が多少の改変を加えた上で残したのだ（二一二-二一八）。原作者の提示した物語が「異なる歴史を知る翻案者たちによって増幅され、映像化され」、「忘却の淵に沈んだ難民たちの姿に光を当て」た（秦 二一九）。本論考では、舞台へのアダプテーションを通じて、そのような協力の具体例を検討する。
　まず舞台版『日の名残り』の概要や主な改変を記述する。その上で、舞台へのアダプテーションが原作小説だけではなく映画のアダプテーションでもあることを示す。つまり、原作とアダプテーションは一対一の対応関係にはなく、舞台は複数の原作を持つ。アダプテーションはテクストが原作との間に垂直な上下関係ではなく、水平な横のつながりを生むとハッチオンは述べる。そのようなテクストのつながりが、イシグロの世界を広げていることを検討したい。

第一章

小説、映画そして舞台へ

　『日の名残り』の舞台アダプテーションは、ロンドンに本拠地を置くツアー劇団アウト・オブ・ジョイントと二つの地方劇場との共同制作により生まれた。アウト・オブ・ジョイントは一九九三年に設立された劇団で、新作の上演と劇作家の育成に積極的に取り組むことで知られている。劇団創設者のマックス・スタフォード・クラーク（Max Stafford-Clark）は戦後のイギリスで新しい演劇の中心地となったロンドンのロイヤル・コート劇場で長く演出家を務めた人物であった。二つの地方劇場とは、英国中部ノーザンプトンにあるロイヤル・アンド・ダーンゲイト劇場とオックスフォード・プレイハウス劇場である。ロイヤル・アンド・ダーンゲイトは十九世紀初頭に開設された歴史ある劇場で、オックスフォード・プレイハウス劇場は一九三八年に開設された。両劇場とも、イングランド各地にある地方の劇場の一つであり、アーツ・カウンシルの助成を受け、シェイクスピアからクリスマスのパントマイムまで様々な演目を上演する一方、新作の上演と劇作家の育成にも取り組んでいる。なお、地方劇場というとロンドンに比べて二流の劇場という印象があるかもしれないが、もっとも大きな違いは質ではなくて観客であろう。ロンドンの劇場が観光客を含めた幅広い観客層を集めるのに対して、地方劇場はもっぱら地域住民を観客としている。

　公演はロイヤル・アンド・ダーンゲイト劇場での本公演（二〇一九年二月二三日から三月一九日までの約三週間）を皮切りに九箇所、二ヶ月間に渡るツアー公演を行った。ツアーの最終公演はブリストルのオールド・ヴィック劇場で行われた。[4]公演のDVDなどは発売されていないが、舞台写真や稽古風景はアウト・オブ・ジョイントのホームページで見ることができる。[5]

舞台版『日の名残り』はおおむね高い評価を受けた。全国紙では『ザ・タイムズ』紙や『ガーディアン』紙をはじめとする五紙、タブロイド紙の『デイリー・ミラー』紙などが劇評を掲載し、その多くが四つ星、少々辛口の劇評でも三つ星の全体評価を与えた。その他、地元のメディアに劇評が掲載された。ロンドンでの公演はなく、地方都市を回るツアー公演のみであったが、全国紙も劇評を掲載するなど、注目された作品であったことが分かる。

　本アダプテーションは演出のクリストファー・ヘイドン(Christopher Haydon)がロイヤル・アンド・ダーゲイト劇場の芸術監督に企画を持ち込んだことに始まる。その芸術監督のつてで劇作家・小説家のバーニー・ノリス(Barney Norris)に脚本が依頼された。自分に白羽の矢が当たった理由をノリスは、家族がノーザンプトン出身で土地勘があると期待されたためではないかと述べる(Norris "Seeing")。ノリスのコメントは、ダーリントン・ホールがあったとされるオックスフォードシャーや英国中部の背景を持つ作品という理由で制作側が『日の名残り』を選んだ可能性を示唆する。ノリスは、ノーベル文学賞発表の前日に初めてイシグロと会って話をし、以降、脚本を執筆する過程では、何度も原作者に相談したという(ibid)から、二〇一七年一〇月から上演まで二年ほどの準備期間があったようだ。

　十代の時に原作を読んだというノリスがこの仕事を引き受けたのは、政治的な理由ではなく「個人的な理由」だったという(Norris "Seeing")。ノリスの祖父母のうち三人がお屋敷の使用人として働いた経験があった。そのうちの一人で裕福な農家の運転手をしていた祖父は、休日ともなれば、映画のスティーブンスが現主人であるミスター・ルイス所有の英国車デイムラーを借りて旅するように、主人のデイムラーで出かけることを許されていたのだという。[6]このため、舞台化の仕事は小説の舞台となった頃の祖父母の暮らしに想いを馳せ、「共に時間を過ごす」機会であった(ibid)。つまり、『日の名残り』の脚本執筆は、使用人

という職業の面でも、戦前の暮らしという面でも、自らは直接経験したことのない祖父母の暮らしぶりを想像し、記憶を継承する機会でもあったようだ。また、ノリスはイシグロの作品群には自らが心酔するアイルランドの詩人で劇作家でもあったW. B. イエイツ的な世界観が見て取れると言う（Norris "Built on"）。淡々と進んでいく表面的には平板で何も起こらない日常でも、その土台となる文明は暴力によって築かれたものだ、という世界観である（ibid）。

　さらに、ノリスの脚本はイシグロの小説を原作としているが、マーチャント・アイヴォリー・プロダクションが製作した映画も参照しており、実際のところ小説と映画の両方を原作としているとも言える。例えば、小説のスティーブンスはミスター・ファラディのフォードに乗ってイングランド西部地方へと旅立つが、舞台は映画の設定を採用しており、スティーブンスはミスター・ルイスのデイムラーを借りる。ここには、映画のみを見た観客への配慮はもちろんだが、ノリスの個人的な記憶と思い入れが込められてもいる。

　小説を舞台もしくは映画に翻案する際の最大の課題は、内容を大幅に圧縮しなければならない点であろう。小説を音読した場合、例えばオーディオブック版を見てみると、十時間程度かかる。この時間を、実際の上演では休憩を含めて三時間以内に収めることになるため、原作のエピソードや登場人物などをかなり縮約しなければならない。内容を縮約するに当たってノリスが原作としたのは映画版である。映画は原作をほぼ忠実になぞっているが、それでも映画独自の改変を加えている。例えば、ダーリントン・ホールを購入した米国人資産家をミスター・ファラディではなく非公式国際会議に出席した元下院議員のミスター・ルイスとした。また、スティーブンスの自動車旅行は大幅にカットされた。そのため、自動車旅行初日に小高い丘に登り、そこから見えるイングランドの田園風景に触発されたかのように、執事

としての「品格」(dignity)と「偉大さ」(greatness)を熱く語る場面はない。最後のウェイマス海岸のベンチに腰掛けて海を見つめる場面も描かれてはいない。その他、細かいエピソードはいくつも省かれている。例えば、映画『日の名残り』を再評価した秦は、マースデンを本拠地とする銀器磨き製造会社のギフェン社への言及と、ピカピカに磨かれた銀器がお屋敷で秘密裏に行われていた重要な会談————英国外相ハリファクス卿と駐英ドイツ大使リッペントロップとの会談——を前にした英国外相の緊張を緩めたという苦い自画自賛をスティーブンスが口にすることはない点を指摘する。その意味では、舞台はレベッカ・ウォルコウィッツ(Rebecca L. Walkowitz)が世界文学としてのイシグロの小説の特徴としてあげる「想像できないほどの大きさ」(the unimaginable largeness)を手放している。これは、「スケール的思考」、すなわち銀器磨きのような一見些細な仕事であっても、その仕事が想像もできないような広い世界につながっていることを明らかにしようとする世界文学的な解釈戦略を比喩的に示す手法である(ウォルコウィッツ『生まれつき』一五〇－一五二)。この「スケールの大きさ」が映画では失われたと秦は述べる。

　ここからは、舞台版が原作のどのような点を改変したのか、いくつか例をあげて紹介したい。

　まず、舞台版では登場人物の人数を圧縮するだけでなく、登場人物によってはその人物造形を若干変更している。非公式の国際会議に出席するフランスの代表は女性のマダム・デュポンに、モスクム村住民のハリー・スミスとトレバー・モーガンを合わせて一人の人物とし、ハリー・モーガンとして登場する。また、スティーブンス役のスティーヴン・ボクサー(Stephen Boxer)、ケントン役のニーヴ・キューザック(Niamh Cusack)を除く出演者は六名で、この六名は一人で複数の役を演じ、あるいはアンサンブルとして舞台に登場する。[7]例えば、ダーリントン卿を

166

演ずる役者がカーライル医師を、ハリー・モーガンを演ずる役者が
サー・デイヴィッドを、モスクム村でパブを経営するミセス・
テイラー役を演ずる役者がマダム・デュポンを、といった具合で
ある。スティーブンスの過去の物語に登場する人物と語りの現
在に登場する人物との両方を一人の役者が演ずるだけではな
く、階級や政治的信条が対局にあるような人物を一人の役者
が演ずる。レジナルド役およびルイス役の役者は役柄の重複
がないが、この二人もアンサンブルには参加して、異なる役柄
をこなす。あるいは、前半で出番がなくなるスティーブンスの父親
は、後半にはスティーブンスとケントンが再会するティールー
ムのウエイターとして、二人の様子を見守るなど、全ての役者
が舞台の進行に関与する。このように舞台版はリアリズムではな
くモダニズム的な手法で展開する。

　舞台の大筋をまとめると、次のようになる。時計が時を刻む
音と雨音に汽車の汽笛の音が混じって幕が上がる。ダーリントン・
ホールを購入した米国人のルイス氏が、客人に自分の屋敷を
偽物だと酷評されたとスティーブンスにこぼしている。そして、
しばらく屋敷を不在にするので、その間デイムラーで旅行でも
すると良いと提案する。続くシーンでは、舞台が二つの時間と
場所に分かれ、ケントンがダーリントン・ホールに赴任した
一九二〇年代とモスクム村での一九五六年が平行して進む。
原作でもスティーブンスはミス・ケントンが花を生けた花瓶を
持って執事部屋を訪ねてきたエピソードをモスクム村で過ごした
夜に再び思い出しているため、原作に沿った場面設定と言える。
舞台上のスティーブンスは、ケントンから切り花の件や放置された
ままの箒と塵取りの件の他に、何の本を読んでいるのかなど矢
継ぎ早に話しかけられる。その一方で、パブの女主人のミセス・
テイラーやハリーからも話しかけられる。スティーブンスの父
が屋敷に赴任し、インドでトラを仕留めた執事の逸話を披露する
ものの、仕事の上では様々なミスが重なっているとケントンが報告

する。そしてとうとう、お茶のトレイを運ぼうとして倒れてしまう。宿屋の音楽が聞こえている中で、一九二三年三月の最終週に開催された非公式の国際会議に向けた準備が進む。この会議を前にして、ダーリントン卿はスティーブンスに向かって、結婚間近のレジナルド・カーディナルに「生命の不思議」を伝授して欲しいという奇妙な頼み事をする。モスクム村のパブで、ハリー・モーガンが「品格」に関して自論を披歴した後、国際会議での白熱した議論の場があり、ミセス・テイラーの「チャーチルに会ったことはあるか」という問いをきっかけにスティーブンスは自分の正体を誤魔化す。次いでスティーブンスが父親の枕辺に行き、カーライル先生がパブを訪れると、スティーブンスはようやく客室に引き上げる。ここからはダーリントン・ホールでの非公式国際会議での出来事のみが進行する。舞台は、父親が他界したことを告げるケントンと、足の不調を訴えるマダム・デュポンの訴えとの板挟みになるスティーブンスを提示し、ダーリントン卿がユダヤ人の使用人二人を解雇すると告げる場面で前半が終わる。

　後半のステージが開くと、舞台上にはスティーブンスの他にカーライル医師とケントンが立っている。まず、カーライル医師とスティーブンスの場面から始まる。使用人であることを見破られたスティーブンスは、ここで初めて自分はダーリントン・ホールの執事であることを打ち明ける。一方、カーライル医師も自身の政治的信条の夢と挫折について打ち明け、モスクム村に赴任した当初は社会主義者として社会の変革を信じていたが、いまではその信条を捨てたと述べる。次に、一九三〇年代中頃のケントンとスティーブンスのココア会議の場面に移る。「今の自分に満足しているか」というケントンの問いかけに、お屋敷が滞りなく運営されていくことが望みだと答える。ケントンに今度の木曜日の夜も外出するかと確認した後、スティーブンスはユダヤ人女中が解雇されることに触れ、ケントンはその判断が「まったく間違っている」と断言する。カーライル医師とスティーブンスの

ダイアローグに戻り、スティーブンスはモスクム村の人々の政治信条や品格の考え方に困惑したと述べる。「行政の機能不全」(administrative death) や「国民は自分たちの意志が分かっていない」(People do not know their will.) といったカーライル医師のセリフの後で、場面はサー・デイヴィッドがスティーブンスに政治や外交に関わる三つの質問をする場面に切り替わる。

　原作では、ミスター・スペンサーが発するそのいずれにもスティーブンスが「お役に立つことはかなわぬかと存じます」(イシグロ 二八三-二八七) と答える。メイドのリサの駆け落ちやケントンの辞意の表明に次いで、ダーリントン卿が私邸でドイツ外相とイギリス首相の秘密裏の会合を設け、ケントンがミスター・ベンからの求婚を受け入れた晩の一連の出来事が展開する。この辺りは、小説の四日目午後の流れと大差がない。舞台上には常にレジナルドとケントンが控えている。レジナルドが予告なくダーリントン・ホールを訪れ一晩泊めてくれと言う。ケントンが結婚の申し込みを受けていると告げて外出する。レジナルドとスティーブンスの場面が続く。秘密会談を阻止しようと「卿は今深みにはまろうとしておられる」(イシグロ 三二二) とスティーブンスに圧力をかけるレジナルドに対して「私はそうしたことに好奇心を抱く立場にはございません」(イシグロ 三二三) と一掃する。ようやくレジナルドから解放されると、今度はケントンから結婚の申し込みを受け入れたと聞かされ、スティーブンスは祝いの言葉を述べて早々にその場を立ち去る。舞台装置が変わり、ケントンとスティーブンスの再会の場面へと移る。近況報告に続いて、スティーブンスがミセス・ベンにダーリントン・ホールに戻る気はないかと尋ねる。舞台版はここでスティーブンスが、ユダヤ人女中のルースとサラの解雇に乗り気ではなかったと告げる。すると、ケントンが「なぜ、あなたはいつもそんなに取り澄ましていなければならないのです？」(イシグロ　二一七) と応答する。

続くバス停の場面では、スティーブンスがようやく夫婦関係について尋ねる。ケントンが夫を愛していること、孫が生まれるこれからの人生が「虚無となって広がっている」（イシグロ　二九四）ことはないときっぱり否定する。冒頭でミスター・ルイスがスティーブンスに述べる「人生は引退してからが最上だ」というセリフを今度はスティーブンスがケントンに伝える。この場面は海岸を思わせるような波の音が聞こえている。スティーブンスが一人で舞台に残され、劇中でスティーブンスに向けられた様々な質問や台詞が重なって聞こえてくる中で、舞台後方に斜めにしつらえられた鏡に帽子を取って一礼すると、幕となる。

　プロットのまとめからも察せられるように、舞台版の特徴は場面転換が切れ目なく進み、舞台上で文字通り複数の場所と時間が交差する展開にある。特に、前半は一九二〇年代のダーリントン・ホールと一九五六年夏のモスクム村のパブの場面、すなわち戦前と戦後が頻繁にかつスピーディに切り替わるため、舞台上に過去と現在が共鳴し合う複雑な空間が出現する。過去と現在は一直線につながっているのではなく複雑に絡み合っているのだ。早い場面転換を可能にしているのが、舞台照明と舞台装置である。照明の動きで、観客は物語の展開を追うことができる。舞台装置としては六枚の可動式パネル（そのうち四枚は窓付き）が使用されているだけなのだが、このパネルの組み合わせを変えることで異なる空間が生み出される。異なる時間が、そして異なる場所がお互いに介入しあう展開により、劇場には新たな時空間が生起する。

　また、スティーブンスという人物像に関しても、一方では執事としての職務上のあり方が、他方では仕事を離れた家族や一個人としてのあり方が同じ舞台上で問われる。このような瞬時の「演じ分け」は小説でも映画でも試みられなかった舞台の特徴である。また、そもそも芝居はダイアローグで進むものだが、舞台版は特にこの傾向が強い。この作品ではスティーブンスが

ほぼ全ての場面で舞台上におり、全ての登場人物から頻繁に質問され、あるいは話しかけられる。舞台上のスティーブンスは受け身で消極的である。自分から話しかけることはほぼなく、常に他の登場人物からのきっかけを待っている。そして、過去の自分と現在の自分、職務上のあり方と個人としてのあり方が、頻繁にお互いに介入する。そのような形式のため、舞台のスティーブンスは常にスーツ姿で、映画のスティーブンスのように礼服を身に着けることはなく、過剰な執事らしさを排した衣装や所作を通した。抑揚や感情を抑えたセリフ回しと、顎を少し上げ気味にして左手を後ろに回した基本のポーズには、一部の劇評では執事というよりは兵士と評するものもあった（Waugh）が、観客は常に職業的なあり方を優先するスティーブンスの生き方が舞台上で挑戦を受ける様を目撃することになる。

　つまり、舞台は原作のナラティブを解体し、スティーブンスの視点から綴られるモノローグから登場人物同士へのダイアローグへと形式を大きく変更した。舞台のスティーブンスは、語り手としての視点と特権を手放して常に一登場人物として他の登場人物との関係の中に位置づけられている。このため、舞台上のスティーブンスは小説とは違って「思い出にわれを忘れ」（イシグロ　二五八）て語ること——ノスタルジア——は許されていない。また、このような形式ではスティーブンスに共感が集まることは難しい。小説ではスティーブンスの視点を通して物事を見ることになるため、語り手の弁解にも共感してしまいがちだ。映画の場合も、クローズアップを用いてスティーブンスの本心が推測できる場面もある。しかし、アウト・オブ・ジョイント製作の舞台のスティーブンスは、独白さえも許されておらず、観客に内心を吐露することもない。

　このように、舞台版は、映画でさえもヴォイス・オーヴァーやクローズアップによって維持していた小説の視点、すなわちスティーブンスに視点を据えた一人称の信頼できない語りを解体

している。そして、ダイアローグへと作品を開いた。アンサンブルが生み出すこのような効果は、小説や映画にはない舞台独自の醍醐味である。舞台版のセットは簡素で、映画のようにセリフの隙間をカントリー・ハウスが埋めることもない。もっぱら、セリフと所作によって芝居が進展していく。

　舞台版の特徴をもう一つあげるとすれば、前半と後半に分かれていることである。小説と映画では西部地方への旅の成果に向けてプロットが展開するが、ノリスの脚本はもう一つの論点を設けた。ダーリントン卿の反ユダヤ主義に対するスティーブンス自身の考えである。

　小説ではミス・ケントンとの再会前夜の回想に出てくる出来事だが、舞台版はこれをケントンと再会してから話の流れで判明するように後にずらしている。その伏線として、前半の最後でユダヤ人の使用人を解雇するよう主人に申しつけられた後、両者は袂を分かつかのように別々の舞台袖に退場する。スティーブンスの考えを暗示した退場だが、ケントンはこれを見ていない。このような劇的アイロニーのため、元同僚の差別意識に関して、再会の時まで疑いは晴れないという設定に変更された。ケントンの立場に立ってみると、懐かしい元同僚との再会は、昔に戻る気はないことを直接伝える機会であると同時に、同僚の政治的立場に関する誤解が解ける機会でもあった。しかし、すべてが遅すぎた。

第二章

共鳴する時と場所

　一九八九年に小説が出版された際、イシグロの関心事は遺跡産業であったという (Groes 250)。ダーリントン・ホール内の使用人の職務計画にしか関心がなく、そこで「居ながらにして最良のイギリスを見てきた」(イシグロ 九)と新主人を看破できたスティーブンスが自動車旅行を通じて外の世界に触れ、それが「最良のイギリス」と誇れるものではなかったことが見えてくるプロット展開には、戦前の英国を美化して提示する遺跡産業の肯定ではなく、むしろそれが作り物であることを暴く批判精神がのぞく。イシグロの原作が示したのは、イングリッシュネスというものが、もはや自己規定だけでは成り立たず、外からどのように見られるかという在外的な要因によっても決められる、という点である (ウォルコウィッツ「イシグロの背信」 四〇)。

　戦前のイギリスに対するノスタルジアは、文化の遺跡化だけではなく、米国ならびにグローバルな観客を当て込んだ「遺跡映画」や「遺跡観光」を生み出した。マーチャント・アイヴォリー・プロダクション『日の名残り』は、まさにこのような映画として製作された。イングランドのカントリー・ハウスでロケ撮影を行った映画版は、伝統と格式のあるマナーハウスとその文化的な遺産をきらびやかに映し出した。映画の見どころは、俳優の演技だけではなく、こうした「イギリスらしい」風景、すなわち米国の観客が期待する「本物の由緒あるイギリスの大邸宅」(イシグロ 一七九)と「昔ながらの本物のイギリスの執事」(イシグロ 一七八)であった。だからこそ、映画の最後でスティーブンスはダーリントン・ホールに戻り、職務計画に必要なスタッフを雇い入れて、米国人の主人と共に遺跡屋敷の執事を続ける日常が映し出される。

しかし、米国人が本物と信じる大邸宅が、実は「偽物」だと難癖をつけられるととから、舞台は始まっている。由緒ある大邸宅が代表するイングリッシュネスが問われているのである。舞台では、他の登場人物からスティーブンスに投げかけられたいくつもの質問が反響する中で観客に背を向け、舞台後方に設置された鏡に向かい、帽子を取って自分を見る。そして、暗転となる。帽子を取る挨拶は原作にはなく、映画のスティーブンスがミセス・ベンを乗せたバスが走り去る際に見せる別れの挨拶である。舞台版はこれを、芝居終了の合図として、執事が自分自身に戻る合図として、あるいは役者が役割を終える合図として提示する。明確な結末のないエンディングは、芝居の内容について観客自身が考えるよう促す。

　本アダプテーションの特徴は、アウト・オブ・ジョイント劇団が率いるツアー公演という点である。たしかに、どのような演目であっても、演劇は政治性と切り離して考えることが難しい。英国で劇場検閲が廃止されたのは一九六八年である。また、劇場に集まり、同じ芝居を見て一定の時間を共に過ごし、何等かの反応を舞台に返すという意味で、劇場は娯楽の場であると同時に、コミュニケーションの場でもある。とはいえ、アウト・オブ・ジョイントのような「ポリティカル・シアター」は、演劇がもともと持っている劇場でのコミュニケーションとはまた違った方向を志向する。同劇団の理念は、そのホームページにも書かれているように、「人間性」(basic humanity)とは何か」という基本的な問いの探究である。人間性を尊重しない支配的な政治的経済的イデオロギーを再検討するような芝居を制作してツアー公演を行うのがこの劇団のミッションである。そういった意味で、ウエスト・エンドの商業的な劇場とは一線を画す。

　イギリスのポリティカル・シアターはもともと、左翼系の演劇集団や演劇人を指して使われた(Chambers and Prior 60)。これは、ドイツ人劇作家・演出家ベルトルト・ブレヒト(Bertolt

Brecht）のドラマツルギーに影響を受けた演劇の流れで、社会
状況や政治的な出来事への言及にとどまることなく、本来的には
社会変革を目指す演劇だと言える（Patterson 3-4）。社会変革へ
の第一歩は、観客がその問題に目を向け、自ら考えるよう促す
ことである。芝居そのものが劇場の外の現実を変えることはな
く、劇場で社会問題への解決策が提示されることもないが、
芝居を見る前と見た後で、観客には現実に目を向ける何等かの
変化があることが期待されている。このため、ブレヒトは観客が
舞台との間に批判的な距離を保てるよう、登場人物への過度な
共感を排した舞台づくりを唱えた。

　ポリティカル・シアターをめぐる特に大きな変化は、一九八〇
年代以降進んだ新自由主義による変化だ。自己責任主義を原則
として小さな政府へとシフトが進む中で社会の分断が進み、
人々はますます社会からの孤立を深めている。過度の情報化社
会が、この傾向をさらに加速させる。二十一世紀の演劇を「危機」
の舞台化の観点から分析したヴィッキー・アンゲラキ（Vicky
Angelaki）は、演劇という手段や劇場という場は、政治、経済、
環境など我々の生命や人間性を脅かす様々な「危機」を集団で
見つめる場として、あるいは議論を遡上に乗せる場として、あるい
は社会と人々をつなぐ場として機能すると指摘する（Angelaki 3）。
『日の名残り』の舞台化も、この文脈に位置づけられる。

　さて、いくつもの劇評が指摘するように、本アダプテーションは
原作の政治的な要素を掘り下げている。『タイムズ』紙の劇評を
書いたアン・トレネマン（Ann Treneman）が述べるように、舞台
版の『日の名残り』では「個人の失敗と政治の失敗」とを重ね、
「反ユダヤ主義、対独融和策、民主主義への不信」といったテーマ
を「驚くほど今日的な問題として」提示している（Treneman）。
トレネマンは明言を避けるが、「今日的な問題」とはおそらく
ブレグジットにまつわる政治の混乱のことだろう。『ガーディ
アン』紙に劇評を寄せたアリファ・アクバール（Arifa Akbar）は、

この芝居ではスティーブンスがダーリントン卿に「盲目的に奉仕」した過去とその功罪が問われており、その中で戦後の英国がとった「間違った方向転換」について、映画よりもより明確な形で「集団の罪悪感と恥辱」を提示すると述べる（Akbar）。「間違った方向転換」の中には、二〇一六年六月に実施された欧州連合からの離脱を決めた国民投票も含まれるのだろう。一般国民が決めたヨーロッパの命運に自分も従わねばならないと懸念を表明するダーリントン卿のセリフは、「ブレグジットの形をしたうめき声」にも聞こえる（Hayes）。ただし、劇中で「ブレグジット」に直接言及されることはない。

　もちろん、原作の『日の名残り』は、いわゆるブレグジット小説ではない。ブレグジットをテーマにした小説でないことは明らかであり、さらに欧州連合からの離脱の可否を問う国民投票よりも三〇年あまりも前に出版された小説である。とはいえ、この小説にはブレグジットが図らずも明るみに出してしまった英国社会の現実を先取りする部分がないわけではない。例えば、サラ・アップストーン（Sara Upstone）は国民投票の結果は一九八〇年代から続く新自由主義的なイデオロギーの帰結であるとし、『日の名残り』にその端緒を見る。アップストーンは、ダーリントン・ホールの家政一般を取り仕切る執事の職務上の役割と役目は、イギリスを第一と考える二〇一六年の選挙民の政治的な責任意識を比喩的に表していると述べる（Upstone 87-88）。従って、投票結果は異常事態ではなく、過去三〇年の間に進んだ政治と有権者の責任意識の変化を反映している。その意味で、『日の名残り』はブレグジットの英国を反映した小説と読める。二〇〇八年のリーマンショック以降の緊縮財政の中で、スティーブンスのような人物は「落ち着いてそのまま続けよ（KEEP CALM AND CARRY ON）」に表現された戦中の耐乏生活を美化するメンタリティを体現する人物のようでもある。[8]

　脚本を執筆したバーニー・ノリスは『日の名残り』の舞台版を

ブレグジットへの当てつけと捉える見方に異議を唱える（Norris "Built on"）。とはいえ、この芝居をブレグジットと関係なく見ることは難しい。アップストーンが指摘し、アクバールが劇評で指摘するように、舞台版はポスト・ブレグジットの英国から原作を読み直した際の解釈を提示している。しかも、劇中には原作にはなかった政治状況への言及がある。舞台のカーライル医師が述べる「行政の機能不全」や「国民は自分たちの意志が分かっていない」というセリフは、そこで、思わず反応を露わにした観客が多かったように、ブレグジットへの言及であろう。劇場の外の現実の世界では離脱に向けた諸手続き法案が審議されており、その審議は混迷を極めていた。

　ユダヤ人女中のエピソードも、ブレグジットと関連が指摘できるテーマである。ブレグジットを決めた国民投票にあたっては、移民問題が大きな争点となっていたことを考えると、舞台上で展開するユダヤ人女中のエピソードは、現代の観客にとってはブレグジットへの言及とも受け取れるだろう。イシグロの小説では、対独融和政策を熱心に進めるダーリントン卿が屋敷を訪れる「客人の安全と幸せを第一に考え」（イシグロ　二〇六）て、ユダヤ人女中の二人を解雇し、その後で「間違っていた。できるものなら二人に償いをしたい」（イシグロ　二一三）と非を認める。しかし、なぜ間違えていたのかは明らかにしない。

　映画では、前述した秦論文が明らかにしたように、ユダヤ人問題に関してもう少し詳しいセリフがある。ミス・ケントンがユダヤ人女中の解雇に反対なのは、難民として英国に渡ってきた彼女たちが仕事を失えば、ヨーロッパに送還されてしまう可能性があるためだ。後日、ダーリントン卿が二人の居場所を尋ねる場面でスティーブンスは二人の再就職先を世話しようとしたが二人一緒に雇ってくれるところがなかったと伝えている。ミス・ケントンに抗議され、二人を見捨てる意味合いを理解したため、ダーリントン卿の思惑の外で動いたのであろう。そもそも、映画は

原作と比べてもユダヤ人女中を詳しく描いており、屋敷に到着した二人にダーリントン卿がドイツ語で話しかける様子や、その二人がだんだんと仕事に慣れていく様子をカメラが捉えている。一方、舞台版はダーリントン卿が解雇の決定を後悔することはなく、スティーブンスもこのユダヤ人女中の解雇問題に対する自分の考えを戦後の再会の時まで明らかにしない。舞台版がブレグジットへの抗議として製作されているのであれば、原作の一つである映画の設定を取り込む選択肢もあったのではないだろうか。[9]ところが、舞台版はそれを避けた。

　映画版が書き込みによって歴史を刻んだのに対して、舞台版はユダヤ人女中の解雇をケントンとスティーブンスの親密な関係を直接に左右する出来事として今を照らし出しているように見える。つまり、ユダヤ人女中の解雇——レイシズム——こそが、二人の仲を決定的なものにしたのだ。仕事ぶりによる評価よりも排他的な政治イデオロギーを優先させた価値観が、二人の仕事上の関係に亀裂を生むことになり、さらにはケントンにスティーブンスを諦めさせる一因となって、木曜日の外出へとつながってゆく。ユダヤ人女中をめぐる舞台版の改変は、移民政策は英国のみで決めたいという離脱派の主張と、その主張の是非を十分に検討することなく投票した有権者、あるいは投票を強行させた与党保守党の政局運営への言及とも受け取れる。同時に、二十年の時を経て解雇が本心ではなかったと打ち明けるスティーブンスは、自分の仕事と立場を守るという事情があったという可能性も否定できないながら、ダーリントン卿の側に立って決定の実行役に徹した自己欺瞞の意味を知ることになる。現在の人手不足の解消に、ケントンは協力できない。なぜなら、彼女は自分の家族に求められているからだ。舞台上に残された孤立無援のスティーブンスは為す術もなく立ち尽くす。

　ところで、舞台を何度か劇場で見ていると、観客が反応をあらわにする箇所がいくつかあるのに気づく。結婚間近のレジナルドに

「生命の不思議」を伝授せよという場面、スティーブンスとケントンの関係が親密なものへと変化しそうな場面、そして控えめながらも昨今の政治状況への言及がなされる場面、である。「生命の不思議」については、その婉曲な物言いが客席からの反応を生むのだろうが、観客がもっとも頻繁に反応を示すのはケントンとスティーブンスの関係であった。ケントンがさりげなくアプローチするにもかかわらずスティーブンスがそっけなくかわすたびに、観客の期待もはぐらかされる。もちろん、小説や映画で結末を知って見ている観客も少なくないだろう。それでも、二人の関係を追いながら観客は芝居を見ている。観客が待っているのは、ブレグジットへの言及ではなく、スティーブンスが自分から周囲の登場人物との「人間的あたたかさ」（イシグロ　三五七）を結ぼうとする瞬間なのではないだろうか。したがって、ユダヤ人女中をめぐる意見の相違は、メロドラマを期待する観客の期待に大きく作用する。それだけに、最後の場面は、その期待を実現させないまま観客を現実へと連れ戻す役割を果たしているものと考えられる。

　欧州連合からの離脱法案が審議されている中で上演された舞台版の『日の名残り』はこうした政治的な論点を盛り込んでいた。しかし、演劇関係者は残留派が多かったけれども、この芝居は残留派のイデオロギーを押し付けるものではない。投票前ではなく投票後に上演された芝居であるためだ。それよりも、ブレグジットが危機感を抱かせるような、ネイションの分断、人種差別、反ユダヤ主義を「見つめ」、劇場内でのコミュニケーションにつなげる機会であったと理解される。劇場の外の現実の政治では、離脱法案の審議が混迷を極めているからこそ、こうしたアダプテーションに存在意義が認められたのであろう。舞台では観客の目の前で過去と物語上の現在が横並びで共存し、共鳴しあう。このような劇の構成は、過去の政治的問題が芝居の現在時間にも、そしてその芝居が上演される観客の現在にも無関係なものでない

ことを暗示する。それは観客にとっての新たな空間、劇場という議論の空間を生み出している。

むすび

　本論考はアウト・オブ・ジョイントによる『日の名残り』の舞台へのアダプテーションを検討してきた。原作小説が構築し、映画もその権威を維持したスティーブンスの視点と語りの構造を演劇版は解体し、登場人物どうしのやり取りが芝居を進める形式に変更した。そうした形式の変更は、スティーブンスの消極性や寡黙さ、主従関係への盲目的な依存を明らかにすると同時に、同僚や同じ階級の人々と横のつながり——人間らしさ——の構築に苦労する様を描き出した。さらに、原作とも映画とも異なる演劇作品へのアダプテーションによって、『日の名残り』は英国を舞台とした作品として上演された。イシグロ本人は『日の名残り』に描かれているのは本当のイギリスではなく「神話的な過去のイギリス」であると言う。しかし観客の多くは、これを現在の英国の話であると受け止めた。スティーブンスが体現する「過去のイギリス」あるいは自分の政治的立場を他人任せにする様が登場人物たちによって揺さぶられる様を通して、現在の混乱を照射した内容であると受け取っていた。

　ウォルコウィッツの言う「スケール的思考」を手放した本アダプテーションは、ローカルな状況から原作を矮小化したアダプテーションであるとも言えよう。しかし、イシグロがBBCに出演して「ネイションがばっさり二分されてしまった」(Ishiguro "Kazuo Ishiguro on Brexit")と述べた分断の危機にあって、舞台版の『日の名残り』が「今晩、何が自分たちを待ち受けているだろうかという、その期待感」(イシグロ　三五七)で観客を結び合わせたこともまた確かなことだ。普段はほとんど政治的発言をしないイシグロが、国民投票の一週間後『フィナンシャル・タイムズ』紙に自分の意見を寄稿し二度目の投票を訴えて私たちを

驚かせた。(Ishiguro "Kazuo Ishiguro on Brexit") しかし、新作の『クララとお日さま』(*Klara and the Sun*、二〇二一年)には五年前のネイションの危機を思わせる記述はなかった。そう考えてみると、『日の名残り』の舞台アダプテーションは、創作活動とは別の、演劇関係者との協力関係を通じた個人の政治的な発言とその実践としての選択肢であったのかもしれない。

引用文献

Akbar, Arifa. "The Remains of the Day review—Ishiguro tale of shame resonates today." *Guardian*, 28 February 2019.

Angelaki, Vicky. *Social and Political Theatre in 21st-Century Britain; Staging the Crisis.* Bloomsbury, 2017.

Chambers, Colin and Prior, Mike. *Playwrights' Progress: Patterns of Postwar British Drama.* Amber Lane Press, 1987.

Hayes, Clare. *The Remains of the Day.* British Theatre Guide. https://www.britishtheatreguide.info/reviews/the-remains-of-bristol-old-vic-17604. 2023年10月30日アクセス。

Groes, Sebastian. "The new seriousness: Kazuo Ishiguro in conversation with Sebastian Groes." Edited by Sebastian Groes and Barry Lewis, *Kazuo Ishiguro: New Critical Visions of the Novels*, Palgrave Macmillan, 2011, 247-264.

Ishiguro, Kazuo. *The Remains of the Day.* Faber and Faber. 1989.

⋯ . "Kazuo Ishiguro on Brexit: 'The nation is very bitterly divided'" – BBC Newsnight. https://www.youtube.com/watch?v=pxU1U2JHzqo. 2023年10月30日アクセス。

⋯ . "Kazuo Ishiguro on his fears for Britain after Brexit." *Financial Times*, 1 July 2016, https://www.ft.com/content/7877a0a6-3e11-11e6-9f2c-36b487ebd80a. 2023年10月30日アクセス。

Norris, Barney. "Seeing the Day." *In The Remains of the Day* Programme, Royal & Derngate Theatre, 2019. No page numbers.

⋯ . "Built on Violence: Adapting *The Remains of the Day* stage." *Guardian*, March 14, 2019. https://www.theguardian.com/books/2019/mar/14/plays-the-thing-barney-norris-adapting-remains-of-the-day-kazuo-ishiguro. 2023年10月30日アクセス。

Out of Joint Theatre Company. https://www.outofjoint.co.uk/.2023年10月30日アクセス。*The Remains of the Day*. Out of Joint, Past Productions. https://www.outofjoint.co.uk/productions/the-remains-of-the-day/. 2023年10月30日アクセス。

Patterson, Michael. *Strategies of Political Theatre: Post-war British Playwrights.* Cambridge UP, 2003.

Matthews, Sean. "'I'm Sorry I Can't Say More':An Interview with Kazuo Ishiguro." Edited by Sean Matthews and Sebastian Groes, *Kazuo Ishiguro: Contemporary Critical Perspectives*, Cintinuum, 2009, 114-25.

Treneman, Ann. "The Remains of the Day." The Times, 28 February 2019. In
　　Theatre Record, Vol. XXXIX, Issue 4.

Upstone, Sara. " 'An invisible course'; Political responsibility in *The Remains of the Day*."
　　Edited by Kristian Shaw and Peter Slone, *Kazuo Ishiguro*, Manchester UP, 2023,
　　84-106.

Waugh, Rosemary. "The Remains of the Day." *The Stage* 28 February 2019. In *Theatre
　　Record*, Vol. XXXIX, Issue 4.

イシグロ、カズオ『日の名残り』土屋雅雄訳、中公文庫、一九九四年。

ウォルコウィッツ、レベッカ・L『生まれつき翻訳：世界文学時代の現代小説』佐藤
　　元状、吉田恭子(監訳)、田尻芳樹、秦邦生(訳)、松籟社、二〇二一年。

…「イシグロの背信」井上博之訳、田尻芳樹、秦邦生(編)『カズオ・イシグロと日本：幽
　　霊から戦争責任まで』水声社、二〇二〇年、二三-七三頁。

秦邦生「カズオ・イシグロ『日の名残り』とマーチャント・アイヴォリー映画再考：コラ
　　ボレーションとしての翻案」小川公代・吉村和明 (編)『文学とアダプテーション
　　Ⅱ』春風社、二〇二〇年、一九九- 二二三。

ハッチオン、リンダ『アダプテーションの理論』片渕悦久、鴨川啓信、武田雅史訳、晃洋
　　書房、二〇一二年。

森下佳子「作家の手」『ユリイカ』第四九巻第二一号 (二〇一七年一二月)、一二四-
　　一二八頁。

1　日本では二〇二〇年に朗読劇が上演され、池袋のあうるすぽっとでの公演の後、兵
　　庫県、岩手県への地方公演が行われた。

2　現在、日本語翻訳は『遠い山なみの光』のタイトルで出版されているが、吉田は筑摩
　　書房から出版された翻訳書を映画の原作とした。

3　イシグロと吉田喜重とのファクス記録は米国テキサス大学のハリー・ランサム・セン
　　ターのアーカイブ「カズオ・イシグロ・ペーパーズ」に収蔵されている。コンテイナー
　　番号は一五。

4　ツアー公演の劇場と期間は以下の通り。ヨーク・シアター・ロイヤル(三月一九日〜
　　二三日)、シアターロイヤル・バリー・セントエドモンズ(三月二六日〜三〇日)、ナ
　　フフィールド・サウザンプトン(四月二日〜六日)、イヴォンヌ・アルノー・シアター
　　(四月九日〜一三日)、オックスフォード・プレイハウス(四月一六日〜二〇日)、ダー
　　ビー・シアター(四月二三日〜二七日)、ソールズベリー・プレイハウス(四月三〇日〜
　　五月一一日)、ケンブリッジ・アーツシアター(五月一四日〜一九日)、ブリストル・
　　オールドヴィック(五月二一日〜二五日)。

5　アウト・オブ・ジョイント劇団による『日の名残り』のウェブページは以下の通り。
　　https://www.outofjoint.co.uk/productions/the-remains-of-the-day/。キャスト
　　やスタッフのクレジットの他、Gallery ページでは舞台写真や稽古写真を見る
　　ことができる。2023年10月30日アクセス。また、公演のプロモーションビデオは
　　シアターロイヤル・バリー・セントエドモンズのユーチューブチャンネル上で
　　視聴可能である。https://www.youtube.com/watch?v=BuW0nTpn-ao. 2023年
　　10月30日アクセス。

6　ドイツのダイムラー社と区別するため、英国車をデイムラーと記述する。英国のデイム
　　ラー社はドイツのダイムラー社が開発したガソリンエンジンをイギリスで製造
　　販売するために設立されたもので、ドイツのダイムラー社とは別会社であった。

7　舞台版の役名は「ケントン」(Kenton)となっている。このため、舞台の登場人物に
　　言及する際には役名のケントンを使用する。

8 第二次世界大戦中の空爆や耐久生活にあって、時局に一喜一憂せずに落ち着いて毎日を過ごす美徳を説いたスローガン。二〇一〇年以降の緊縮財政下で、再び国民のあるべき姿として復活した。また、このスローガンを印刷したポスターの他、トートバックやマグカップなどの製品が製造されて、英国だけではなく世界中に広まった。詳しくは、オーウェン・ハサリー『緊縮ノスタルジア』星野真志・田尻歩訳、城之内出版、二〇二一年を参照のこと。

9 これはあくまでも映画版を踏まえた上での議論となるのだが、舞台のケントンも説明不足ではなかっただろうか。解雇されれば強制送還となる可能性を、はっきりと口にするべきではなかっただろうか。映画のような国際的な観客を前提にした場合には必要とさえ見なされるこうした時代背景が、舞台版では省かれた。ここには、ブレグジットについての芝居としてしか解釈されない可能性を回避しようとする制作側の判断があったのかもしれない。舞台版がイシグロの小説と映画との両方を「原作」としているのであれば、このような邪推をしてみたくもなるのである。

執筆者プロフィール

菅野　素子(すがの　もとこ)
鶴見大学准教授　主要な文献、論文:「英語で読んでも翻訳で読んでもイシグロはイシグロだ(特集 カズオ・イシグロの世界)」『ユリイカ』第49巻第21号(2017年12月)。「『わたしを離さないで』を語り継ぐ——翻案作品(アダプテーション)をめぐって」田尻芳樹、三村尚央編『カズオ・イシグロ 『わたしを離さないで』を読む: ケアからホロコーストまで』水声社, 2018年。など。
はじめて読んだイシグロは『日の名残り』でした。イギリスに留学する直前の夏休みのことです。その時の正直な感想は「難しい。でも今まで読んだどの小説とも違う。特に英語が」というものでした。その時読んだペーパーバックはページが背表紙から外れてしまったのですが、今でも大事にしています。今回の論文でも使いました。
もともと、音楽でいう「変奏曲」が好きです。研究でも、翻訳やアダプテーションに目が行ってしまうのは、このためかもしれません。

II 長崎のゴーストたちの「声」に耳をすます

―『遠い山なみの光』における「道徳的負傷」―

加藤 めぐみ(都留文科大学文学部教授)

はじめに

カズオ・イシグロのデビュー作『遠い山なみの光(*A Pale View of Hills*、一九八二)』で、語り手の悦子は、復興しつつあった一九五〇年代はじめの夏の長崎での出来事を、一九八〇年代のイギリスで次女ニキの五日間の帰省を機に振り返るが、実はその直前に長女の景子を自殺で失っている。彼女は娘の死について、自責の念を抱いており、その喪失感、罪悪感こそが物語が生じた起点となっているともいえるだろう。そして悦子は幼い景子と過ごした長崎での記憶を、二人の代理表象である佐知子と万里子という母娘の物語として語り直すことで反芻し、離婚、再婚、渡英といった自分の選択に想いを馳せる。その物語は部分的には長崎の思い出話として、ニキに語られたとされているが、読者である我々は、三〇年封印されてきた悦子の「声」が複数の「声」の形をとって語られていることからも、注意深く耳をすますことが求められる。また長崎で過ごした悦子の過去の記憶のなかに登場する女性たち、少女が、幽霊の姿で立ち現れていることにも注目したい。なぜならカズオ・イシグロは、被爆者である母、石黒静子が長崎で経験したこと、その心の痛みを記録することを、自らの作家活動のひとつの動機としているだけでなく、

被爆者たちが苦しめられた長崎のゴーストたち、ひいては日本文化に深く根づいている「幽霊」のあり方、伝統に深く関心を寄せているからである。[1]

　その人の生命、存在を脅かすような強烈なストレスを感じた出来事、長い間とらわれてしまう心の傷、経験の記憶は一般に「トラウマ」と呼ばれ、事後に生じる精神障害は「心的外傷後ストレス障害（PTSD）」としてすでに人口に膾炙している。悦子にとって長崎での被爆体験、さらに三〇年後に娘を失うという経験は大きな衝撃であり、明らかにトラウマ体験といえるだろう。そしてこれまでも『遠い山なみの光』だけでなくイシグロ文学において、戦争、突然の別離、異文化との衝突、事故、裏切りなどの記憶とトラウマは大きなテーマとして論じられ、研究されてきた。[2]

　しかし本論では、「娘の死」によって得た母の心の傷を、単なる「トラウマ」としてではなく「道徳的負傷（モラルインジャリー）」として捉えたい。「トラウマ」と「道徳的負傷」はどう違うのか。どのようなトラウマ体験が道徳的負傷を生むのか。まず両者の違いを確認した上で、『遠い山なみの光』において、悦子が経験した心の痛み、すなわち長崎の原爆を生き延びたことによる罪悪感、長女の誕生前から自殺に至るまで、さらには自殺後も苦しみ続けている「道徳的負傷」のあり様を詳らかにする。そして最終的には作品に描かれた母娘間の葛藤劇を、イシグロの伝記的な背景に潜む母と二人の姉妹との関係性のなかに見出していく可能性も探っていきたい。

| 第一章 |

トラウマと道徳的負傷——
帰還兵、医療従事者、沈黙の「声」を聴く

トラウマ研究史

　「トラウマ」という概念の起源は一九世紀の後半に遡る。ヒステリーと神経衰弱の身体的な症状に対して「トラウマ的神経症」という言葉を生み出したのはドイツの神経学者ハーマン・オッペンハイム（Hermann Oppenheim）だが（Holdorff）、世紀転換期には心理的な傷の結果という認識が徐々に広まり、J・Mシャルコー（Jean-Martin Charcot）やジークムント・フロイト（Sigmund Freud）はトラウマ症状を、ヒステリーや感情的なショックで引き起こされる「精神への受傷」によるものと考え、「催眠」こそが、最も効果的な治療法と信じていた。その後、第一次世界大戦の勃発にともなって、心身ともに健康だったはずの大量の兵士たちが「シェル・ショック」と呼ばれる戦争神経症を発症し、精神の病は遺伝性が強いとするそれまでの精神医学の常識を覆す症例であったにもかかわらず、当時、その症状の心因的性質に気づいていたのはW・H・Rリヴァーズ（William Halse Rivers Rivers）らごくわずかの心理学者のみだった。さらに第二次世界大戦後に「強制収容所症候群」「生存者症候群」として症状は確認されたが、「トラウマ」としての注目を集めることはなかった。（ドゥロンク　三〇八-〇九）アメリカ心理学会が「トラウマ」という概念を「心的外傷後ストレス障害（PTSD）」として分類して、やっと認められるようになったのは一九八〇年のことであった。（ドゥロンク　一四〇）

　その後、トラウマ研究は隆盛を極めることとなる。現在、トラウマは、苦痛や有害な一連の出来事に対する心理的・感情的

反応として広く認知されている。ナンシー・K・ミラー（Nancy K. Miller）は二〇〇二年の著書の序文で「我々の時代はトラウマの時代」（一）と宣言し、ホロコーストの過去を大衆文化のなかで映画、TVのドキュメンタリー番組などで商品化する状況、文化現象を「トラウマ産業」と呼ぶ動きも出ている。日本でも世界的にも学術的関心が高まり、心理学、社会学、歴史、文学研究においても「トラウマ」は一つの重要なテーマとなっている。[3]

　トラウマ体験といわれる出来事は感情的に脅威となり、重大な心理的苦痛を与えるだけでなく身体的症状も引き起こす。トラウマの原因は、事故、自然災害、身体的暴力、性的暴行、戦闘、パワハラ、アカハラ、あるいは自分の命が危険にさらされていると感じたり、他者への深刻な危害を目撃したりするような状況など、さまざまな経験が引き金となる可能性を秘める。症状としては、フラッシュバック、悪夢、過警戒、不安、抑うつ、ストレス反応の亢進などがみられる。多くの場合、個人的安全や身体的幸福が脅かされたことに対する個人の感情的・心理的反応が関与している。また、フロイトは『モーゼと一神教』（一九三九）で、ストレスとなる出来事の発生と最初のトラウマ症状が現れる間に時差、「潜伏期間」があることを指摘した。この時差によってトラウマが精神に及ぼす影響が増幅されるのである。（ドゥロンク一四二）

「道徳的負傷」──ベトナム帰還兵のトラウマ研究から

　アメリカのベトナム帰還兵のPTSD研究に従事した精神科医ジョナサン・シェイ（Jonathan Shay）は、著書『ベトナムのアキレス（*Achilles in Vietnam: Combat Trauma and the Undoing of Character*、一九九四）』で、「生涯にわたる心理的傷害につながる戦闘トラウマの本質的な部分」を説明するために「道徳的負傷（モラル・インジャリー）」という概念を導入した。（Shay 20）シェイは、退役軍人の心のケアをするなかで、彼らの多くが、戦闘において自分に

とっての「正しいこと」、それまで抱いてきた道徳的または倫理的信念、価値観、善悪の感覚に反する行為を強いられたり、目撃したりしたことで、市民生活に戻っても、恐怖、悲しみからなかなか立ち直ることができない状況にあることに気づいた。そこから生じる罪悪感、羞恥心、良心の呵責を伴う心理的苦痛を「道徳的負傷」と呼んだのである。

　道徳的負傷は、軍務（民間人の殺害やその目撃）だけでなく、医療（困難な治療方針の決定）、または個人が道徳的原則に反する行動をとらざるを得ないと感じるその他の職務においてとられた行動、また、日常生活においても、自分の価値観が損なわれたと感じるような状況に陥ったときなど、さまざまな経験から生じる可能性がある。人を殺害することを使命とする兵士と人の命を救う医療従事者の職務は真逆のように思われるが、コロナ禍において逼迫した医療体制で患者の受け入れを拒否する、国家の政策の不備で苦しむ人を救えないという状況下で、本来の自身の道徳観に基づいた「正しいこと」が出来ずに罪悪感を抱いた多くの医療従事者が「道徳的負傷」を負ったことが報告されている。(Bayerle 103-05)道徳的傷害の症状には、罪悪感、羞恥心、裏切られたという感情（自己の裏切りまたは他者の裏切り）、怒り、精神的または実存的苦痛、道徳的混乱感などが含まれる。個人は自分の行動の倫理的意味合いと格闘し、自分の行動を自分の価値観と調和させるのに苦労することになるのである。

　要約すると、トラウマと道徳的負傷の両方が重大な心理的苦痛につながる可能性があるが、トラウマは一般的に身体的または感情的に脅威となる出来事に対する感情的反応と関連しているのに対し、道徳的傷害は個人が深く抱いている道徳的または倫理的信念と対立する行動や状況から生じる苦痛と関連しているといえるだろう。

「道徳的負傷」とギリガンの「ケアの倫理」

　アメリカのフェミニストで倫理学者、心理学者のキャロル・ギリガン（Carol Gilligan）は『もう一つの声で——心理学の理論とケアの倫理（*In a Different Voice: Psychological Theory and Women's Development*、一九八二）』で、個人の自立や権利を重視する「正義の倫理」に対し、人間関係のなかで他者の感情、ニーズに応える「ケアの倫理」、共感力の重要性を説き、家父長制社会で抑圧されてきた女性たちの「声」に着目したことで人文社会研究に新たな視座を提供した。その三〇年後に書かれた『抵抗への参加——フェミニストのケアの倫理（*Joining the Resistance*、二〇一一）』では、沈黙の「声」を聞く過程で、人々が自分自身について偽りの物語を語ることに気づいたギリガンが、本当の「声」を発するのを阻む圧力に「抵抗」しようとする彼らに寄り添い、その圧力の背後にある「家父長制」を解体することを提唱する。家父長制が解体された民主主義社会でこそ「ケアの倫理」の真価が発揮されるというのである。

　ギリガンはさらにその三年後に発表した「道徳的負傷とケアの倫理——差異についての会話のリフレーミング（"Moral Injury and the Ethic of Care: Reframing the Conversation about Differences"、2014）」のなかで、女性たちの「声」に潜む「道徳的負傷」に光を当てる。まずは先述のシェイが『ベトナムのアキレス』で帰還兵の「道徳的負傷」の治療、すなわち人殺しを称賛されるという戦争において正当化された行動が、人間としての持っている倫理観に反していたために、苦しむ罪悪感のケアにおいて、傾聴により、内なるモラルの羅針盤に焦点を当てることが重要であると説いていることを確認し、その方法に倣い、ギリガンも少女たちの声に耳を傾けるのである。（Gilligan "Moral Injury"、91-93）

　ギリガンはシェイの道徳的負傷についての視座をケアの倫理の問題に広げたが、アンドリュー・コーエンは『道徳的負傷と

人文学——学際的な視点から(*Moray Injury and the Humanities: Interdisciplinary Perspectives*、二〇二三)』で「道徳的負傷」の研究領域がこれまで、退役軍人の心の問題が中心になっていたことに疑問を呈し、もっと別のコンテクストで生じる「道徳的負傷」の問題、人文学全体——文学、哲学、美術、言語、宗教、また人類学・歴史・社会学といった人文社会科学——に研究領域を広げていく必要性を説く。(三)これら「道徳的負傷」研究の流れを汲みつつ、次節では、カズオ・イシグロが『遠い山なみの光』で描く、娘を亡くした母親の本当の「声」＝語りに耳を傾けていきたい。そこには「道徳的負傷」を負った者に特有の自責の念、罪悪感、責任転嫁、自己正当化、置き換えなどの葛藤が確認されるはずである。

第二章

「道徳的負傷」を語る

記憶の抑圧と置き換え

　『遠い山なみの光』における悦子の語りは、まず次女の命名の際、日本名をつけたくなかった理由として「過去を思い出したくないという身勝手な気持ち」(七)があったことを認めるところからはじまっている。その「思い出したくない」という気持ちで抑圧された記憶が、過去の亡霊として、現実と空想、期待と諦念、肯定と否定との間を揺れ、さまざまに形を変えながらテクストに立ち現れてくる。全編をとおして、長崎での被曝から、家族や恋人との別れ、不幸な結婚、出産、孤独な子育て、離婚、再婚、渡英にいたるまで、日本での「記憶」は、悦子にとって、すべてが受け入れ難い「トラウマ」となっていることがわかる。

　原爆のショック、および家族を亡くした戦争トラウマで、悦子が

かなり精神不安定になっていたことは、彼女を戦後引き取り、後に義父となる緒方や彼女の母の友人である藤原さんの言葉からも確認できる。「あのころのわたしはどんな娘でした? 頭が変に見えまして?」と問う悦子に対して緒方は「あんたはひどいショックを受けていたよ、あたりまえのことだがな。生きのこった人間はみんなショックを受けていたんだ」(八〇)となぐさめ、悦子が戦争で恋人の中村を失ったことも知る母の友人の藤原さんは「一時は立ち上がれないほどだったわ。でも、切り抜けたでしょ」(一〇七－八)と励ます。そして悦子自身、戦争というトラウマ体験により受けた心的外傷については「あのとき緒方さんが親切にしてくださったから。そうでなかったら、どうなったかわかりませんわ」と言っているように緒方に引き取られたことで救われたことを認めている。[4]

　原爆で受けたトラウマについては、[5]前述の会話を字義通りに受けとれば、緒方のおかげで癒され、切り抜けられたと考えることもできるだろう。しかし戦争体験以上に悦子を生涯苦しめることになるのは、自分自身の心の問題のせいで長女の幸せ、伸びやかな成長を阻んでしまったという罪悪感からくる「道徳的負傷」である。悦子は命の恩人、心の拠り所として以上に敬愛する緒方とずっと一緒にいられるとの期待もあってか、彼の息子である二郎と結婚するが、[6]「たくましい男のエネルギーにあふれていて、健康そのもの」(三六)という緒方とは真逆のずんぐりとして高圧的な二郎との関係、生活では満たされず、そのために妊娠中も精神的に不安定な状態に陥ってしまう。子どもを持つことに大きな不安を抱きながらも長女・景子を出産し、育てるが、一九五八年ごろには離婚を決心し、遠縁の親戚の家に身を寄せたり、母娘二人での暮らしを経験したりするなど紆余曲折を経て、イギリス人のジャーナリストと再婚して渡英したと考えられる。イギリスで次女のニキを授かったのは一九六〇年以降であろう。そしてニキは二〇歳を過ぎて、ロンドンでの自由な

暮らしを楽しんでいる。いっぽうの景子は二、三年、自宅で引きこもり状態になったのち、マンチェスターで一人暮らしをはじめて六年後に自死を選んだ。年齢は三〇歳前後にはなっていたと考えられる。

　悦子は戦後の心の傷に加えて、自分に精神的余裕のないまま長女と接した結果、その時々には自分なりに「正しい」と判断し、子どものためにもよいと思って行ってきたはずのことが、結果的に彼女の人格形成に負の影響を与えることになってしまったのではと悔いている。しかし、自分が犯した過ち、子育ての失敗の責任を認め、正面から受け入れることが出来ていない。だからこそ悦子はその抑圧した記憶の痕跡を「道徳的負傷」として抱え続けているのである。自らの語りの起点が、景子の自殺にあり、その後、悦子の様子を見にきた次女・ニキの帰省が、あたらめて景子と過ごした長崎での日々を思い出すきっかけとなっているにもかかわらず、このタイミングで敢えて悦子は「景子のことは書こうとは思わない」（一〇）とつぶやく。しかし同時に、ニキの滞在中、「景子の死についてはくどい話は一度もしなかったのに、話しているときのわたしたちはたえずそれが気になって、忘れることは出来なかった」（九）とも認めている。そのようなアンヴィヴァレントな感情を抱きながらも、ニキがきた事情を明らかにするためとして、悦子は「まもなく占領が終わる」（一四〇）一九五一年の夏、景子を妊娠している時期に長崎で出会った母娘「佐知子と万里子」との思い出を語りはじめるのである。

　ここでは、フロイトが「抑圧」とともに見いだした「自我の防衛の最も基本的な機制」であり、「抑圧に不可分の本質的な機制」とする「置き換え（displacement）」（小此木　四九）が起きているといえるだろう。フロイトは「願望」や「葛藤」が無意識に抑圧されるに際して、それが「意識可能な表象」に置き換えられることで、「代理の願望充足」が可能になると論じているが、悦子はまさに自身と景子との母娘関係にあった耐えがたい感情を抑圧しながら、

その感情を佐知子と万里子という他者の物語に置き換える
ことで、自身の無意識の葛藤の記憶の意識化、語りたいという
願望の充足を実現しているのである。悦子と景子の代理表象と
して語られていることは、物語の最後の場面で、悦子が長崎の
思い出として語った、佐知子と万里子と出かけたはずの稲佐山へ
日帰りでの小旅行について「あの時は景子も幸せだったのよ。
みんなでケーブルカーに乗ったの」(二五九、傍点筆者)とニキに
言ったことで明らかにされる。いい間違えに無意識が表出した
することも可能だが、ここはイシグロの意図的な種明かしと
考えるのが妥当であろう。本節では、長崎の記憶の中の悦子を
「景子を妊娠中の悦子」、二郎と離婚した後の悦子を「佐知子」、
景子を「万里子」として語っているとみなし、「佐知子と万里子」
の物語をとおして語られる、悦子の心の傷、景子の子育ての間、
常に抱きつづけ、ついには自死という衝撃的な結末を迎えたこと
で対峙しなくてはならなくなった「道徳的負傷」のあり方について
詳らかにしていきたい。

悦子の選択と後悔

　前節でまとめたように「道徳的負傷」とは、個人の倫理的価値観
や信念と自分が経験した出来事との間に衝突や不一致が生じた
ときに発生するもので、自分の行動に対して「後悔」や「自責の念」、
「罪悪感」を感じることで、心理的な苦痛が引き起こされる。悦子
が景子の子育てにおいて自らの倫理観に反して行なってしまった
選択とは、まずは景子を父親である二郎から引き離したこと、
次に日本という母国から景子を連れ出してイギリスに移住した
うえ、愛情を全く注ぐことのなかったイギリス人の継父と暮ら
させたことであろう。

　悦子自身、自分の生まれ育った環境について直接的には触れて
いないが、代理表象である佐知子が、戦前、欧米を飛び回って
忙しく働いていた父の励ましで英語を学び、小さいときには、

いつかアメリカに行って仕事を持つ女になることを夢みていた
が、戦死した夫が、名門の出だったものの、厳格で愛国主義者、
思いやりもなく、英語の勉強を禁じられた（一五三-五四）と語って
いることから、悦子も同様に英語力も野心も抑圧した状況で、
二郎との結婚生活を送っていたと察せられる。とはいえ、悦子
の夫であり、景子の実父である二郎については、イギリス人の夫
が全面的に批判するのに対して「二郎はけっして夫が考えて
いるような愚かな人間ではなかった。彼は家族のために一生
懸命働き、わたしにも同じことを期待していた。彼は彼なりに
誠実な夫だったのだ」と擁護し、景子との関係については「彼と
暮らした七年間は、娘にとってもいい父親だった」と評価する。
「長崎時代の最後のころには、わたしも他のことについては納得
していたにせよ、景子が父親との別れを悲しまないとは、さすが
に考えられなかったのだ」と二郎が景子にとって、かけがえの
ない存在であったことも認めている。その上で「わたしが日本
を捨てたのはまちがってはいなかった」と自己正当化をしながら
も「だが同時に、いつも景子の幸せが心配だったこともたしか
なのだ」（一二九）と自分の自己実現のために、景子の心が犠牲
になっていることも認識しているのである。

　景子とイギリス人の新しい父親との関係については、悦子と
ニキとの会話のなかで語られるだけでなく、佐知子のアメリカ人
の恋人フランクに対する万里子の言葉、態度によりリアルに描か
れている。イギリス人の父親の葬式に景子がマンチェスターから
帰ることなく欠席したことについて、ニキはそもそも父の葬式に
景子が「来るはずなんかない」と思っていたという。なぜなら
景子はイギリスでの暮らしのなかで、ニキの生活にも、父の生活
にも「入ってこようとしなかった」（七二）から。「景子は、ニキとは
ちがって純粋の日本人」（九）であり、姉妹でありながら、イギリス
生まれ、イギリス育ちの妹に心を閉ざし、ニキも「今じゃ姉さん
の顔さえはっきりおぼえていない」「おぼえているのはただ姉さん

に会うとかならずみじめな思いをした(miserable)ということ
だけ」(八)とまでいっている。しかし一方でニキは「パパは、もう
少し姉さんのことを考えてあげるべきだったんじゃないかしら。
ほとんど相手にしなかったでしょう。あれはひどいわよ」と父を
批判するが、[7]悦子が「何て言っても自分の子じゃない」から仕方
がなかったと夫の弁護をする。(二四九)続けて父が「イギリスに
来れば景子が幸せになれる」と本気で信じていたのに対して
「こっちへ来ても景子は幸せにはなれない」と自分は「初めから
わかっていた・・・それでも私は連れてくる決心をしたのよ」
(二五〇)と景子をイギリスに連れてくるのは景子にとって
「正しくない選択」であったことを承知のうえで、自分の願望を
優先し、景子を犠牲にしてしまったことを告白する。母のみを
頼りに異国に来て、周囲にも馴染めず、家庭のなかでは義父が
同居する娘を無視していたとしたら、ある種のネグレクト、児童
虐待のような環境にあったといえるだろう。しかし、テクストは
悦子が自分の責任を認める言葉の直後に、まるで自身を自己
正当化するための内なる声であるかのように、悦子の責任を
否定するニキの励ましの言葉を重ねる。「お母様は景子のために
できるだけのことをしたわ。お母様を責められる人なんかいない
わよ」「とにかく、時にはかけなくちゃならない場合があるわ。
お母さまのしたことは正しかったのよ。ただ漠然と生きている
わけにはいかないもの」(二五〇)と。

　日本を離れたくない、と切実に訴え、イギリス人の父を拒絶した
であろう景子の様子、さらにはその景子をイギリスに連れて行く
ことについての悦子自身の心の葛藤は、万里子と佐知子との
やりとりに克明に描かれている。フランクを頼りに佐知子が
渡米の準備をすすめ、引越しのために万里子が大切にしていた
猫を処分しなくてはいけないと告げたとき、万里子は「どうして
フランクさんのとこへばかり行くの」「フランクさんなんか
豚のおしっこだ。泥んこの豚だ」「自分のおしっこ飲んで、ふとんに

うんこしちゃうんだ」(一二一)と罵って、家を飛び出していく。
さらに物語最後のシーンで万里子は「あたし、行きたくない。
そしてあの男も嫌い。あんな男なんか豚みたい。」(二四五)と言い
放つ。「あの男はあなたが大好きなんだから、新しいお父さんの
ようなものよ。きっとみんなうまくいくわ」(二四五)との佐知子
の慰めの言葉も万里子には届かない。万里子が日本を離れた
くない、フランクを受け入れる余地がないことを佐知子は知り
ながら、「子供のほうがよほど楽に新しい環境に慣れるものよ」
(五九)「娘の幸せは、わたしにとっていちばん大事なことなのよ。
娘の将来を不幸にしかねない決心なんか、するはずがないわ。
何もかもよく考えてみたし、フランクとも話し合ったのよ。
万里子はぜったいに大丈夫。」(六〇)「万里子はアメリカへ行って
も大丈夫なのに、どうしてそれを信じてくれないの。子供を
育てるには向こうのほうがいいわ。向こうのほうがずっといろ
いろなチャンスもあるわ。女にとっては、アメリカの生活の方が
ずっといいのよ」「万里子は勤めることだってできるわ。映画
女優にだってなれるかもしれないわ。アメリカっていうのは
そういうところなのよ、何だってできる国なの。」(六二)
「わたしにとっていちばん大切なのは、娘の幸せなのよ。それが
第一なの。何と言っても、わたしは母親なんだから」(一二二)
などと主張する佐知子は「娘の幸せを第一に考えて」と繰り返し
ながらも、聞き手である悦子が、自分の選択に批判の目を向けて
いることを知っている。この二人の間に展開する葛藤劇にも、
悦子自身の景子に対する心の葛藤にある相反する二つの「声」
が表象されているといえるだろう。

　悦子はこの佐知子と渡米を拒否する万里子との対立の場面を
描いた直後、自身の後悔を率直に語る。しかしそこで悦子は嫌がる
景子をイギリスに連れて行ったことを悔いるわけではなく、
六年前に景子が自宅を離れて、マンチェスターで一人暮らしをしよ
うとしたときとった「自分の態度についての後悔」を語るのである。

今となっては、自分が景子にとった態度がただ悔やまれて
ならない。何しろこの国では、あの年齢の若い女が家を出た
がるのは意外でも何でもないのだ。かれこれ六年前に景子
がついに家を出たときにわたしにできたのは、ただ、そんな
ことをすればわたしとのつながりはみんな切れてしまうと
断言することだけだった。しかし、そのころのわたしは、
まさか景子がそれほど早くわたしの手の届かないところへ
行ってしまおうとは考えてもいなかったのだ。わたしには
ただ、家にいるのがいくら嫌でも、世の中で一人ではやって
いけまいとしか考えられなかった。あれほど激しく反対した
のも、景子を守ってやりたかったからにすぎないのである。
（一二四）

　家にも居場所がなく自室に引きこもっていた景子が、家を
出ようとしたときに、悦子が激しく反対した結果、景子への経済
支援の約束も十分に出来ないまま、おそらく「勘当」同然で別れる
ことになったに違いない。生活力もないから弱音をあげてすぐ
に戻るだろうとの淡い期待が「世の中で一人ではやっていけまい」
との一言に表れているが、その期待も虚しく、結果的にただで
さえ薄かった自分と景子との繋がりが完全に切れて、景子は
社会とも家族ともつながりも持てないまま孤独のうちに死を
選んでしまったのだろう。激しく反対せずに自立を好意的に支
援していれば、断絶、孤立、自死が避けられたのに、という景子
とのかかわりにおける最後の後悔がここに吐露されている。
「景子を守ってやりたかった」という「正しい」はずの判断が、悲劇
的結末を迎える決定打となった。ここでもあらためて悦子の
道徳的負傷の根深さが確認される。

トラウマ的図像──幼女、ブランコ、ロープ、景子の部屋

　最後の後悔を自覚した直後、悦子は、景子の下宿である「マンチェスターの部屋のドアを、そこの女主人がついに開けたときの様子」（一二五）を再びイメージする。悦子は景子が死んだマンチェスターの部屋は、ついに訪れたことはなかったが、彼女の自殺の報を受けて、ショックより先に「死体が発見されるまではどのくらい経っていたのだろう」（七五）と考え、孤独だった「娘が自分の部屋でいく日もぶらさがっている光景」をくりかえし思いうかべたという。「その恐怖感はいまだに薄れていなかったが、病的な異常感はとうに消えていた。どんなに恐ろしい心の傷でも、肉体の傷と同じようにつきあえるようになるものだ」（七五）とトラウマ的体験との付き合い方を語っているものの、景子の喪失の道徳的負傷は悦子を捉え続け、下宿の部屋のイメージが自宅の景子の部屋に置換され、景子の亡霊に悩まされ続ける。景子は自宅の部屋に引きこもっていたときから、家族が「みんな寝たあとで家の中を動き回っている音が聞こえることはあったが、出てくることはめったになかった」（七四）というが、亡くなった後でも悦子は「かすかな音が、何かが動く音」（一二五）から景子の気配を感じる。[8]そしてその気配のする扉を開け、悦子が彼女の部屋に入ると、夜明けの光に照らされたその部屋は寒々として「シーツ一枚」「白い鏡台」に加え、窓の外には「ほの白い空」（一二六）が広がり、常にすでにそこが死後の世界であったかのような霊気に包まれている。そもそも景子の部屋はニキも、向かいにその部屋があると考えるだけで「妙な気持ち（odd, strange）」（53, 七三）になるといい、悦子も「景子が長いあいだ狂気のように人を寄せつけなかった領域で、彼女がそこを出て六年たった今でも不可解な妖気（spell）がただよっている感じがして、その妖気は、景子が死んだ今ではむしろ強くなっていた」（53, 七四）という。景子は家族と同じ家で暮らしていた頃から幽霊のような存在だったのである。

悦子の心に深く刻まれたトラウマ的図像である「下宿部屋で首を吊る景子」のイメージは「公園で遊んでいた小さな女の子」がブランコに乗る姿のイメージへと横滑りしていく。悦子はニキと訪れた二階にあるティールームの窓からこの「小さな女の子」（六四）の姿を見かけるが、夢のなかにその子が出てきたとき、悦子自身、「二日前に思い出していた佐知子に関係があるのではないか」（七六）とはじめから疑っていたという。そして最終的にその女の子は万里子であって「のっているはブランコではない」（一三六）と気づく。さらにロープに繋がれて揺れる女の子のイメージは一九五一年当時、長崎を震撼させたという連続幼児殺害事件の話に接続されていく。最初に男の子の、つづいて小さな女の子の撲殺死体が発見され、三番目に、「幼女が木から吊るされているのが発見されると、この辺の母親はほとんどパニック状態に陥った」（一四〇）という。そもそもその事件は現実か空想か、その事件が掻き立てる恐怖、「木からぶらさげられていた小さな女の子の悲劇」（二二二）のイメージに、景子が実際に自殺を遂げる三〇年前の夏から悦子が悩まされていたかどうかは定かではない。あくまでも現在、悦子を囚えている娘の自殺現場のイメージが、過去の恐怖の記憶の断片に投影され、現在に立ち返ってきているだけに過ぎないのかもしれない。[9]

　さらに景子の首に最終的にロープをかけて殺したのは自分ではないか、つまり景子をそこまで追い詰めたのは自分ではないか、という悦子の自責の念、あるいは二郎との間に授かった景子に対して十分な愛情が感じられず、いっそいなくなればいいと密やかに抱いていた「殺害願望」が、万里子との思い出の語りのなかで、「足首にからまる縄」として繰り返し表出している可能性も検討する必要があるだろう。

　渡米の話し合いのために佐知子がフランクに会いに出かけた留守を預かり、悦子が万里子と提灯の明かりだけが灯る家で二人きりで過ごした晩、子猫やフランク、蜘蛛のことで厳しく注意を

したこともあって万里子が家を飛び出してしまう。身重の身体で時間をかけて万里子を探す際に、土手のとても丈の高い草が生えているところで足首に古い縄がからまり、悦子は草のあいだを引きずっていたことに気づく。それをたんねんに外し「指でつまんで月の光にかざしてみた縄は、濡れていて泥だらけ」（一一七）であることを確認した次の瞬間、草の中に、膝をかかえこんで座っている万里子を見つける。縄を持った悦子の姿をみた万里子は「それ、なあに？」（一一八）「どうして、縄持っているの」と問い、悦子は「何でもないわよ、歩いていたら足にからまっただけ」と答えたものの、万里子の「顔には恐怖の表情が浮かんでいた」という。その直後、怯えた万里子が「闇の中に駆け出していく足音が聞こえた」（一一九）といっているが、なぜ悦子は駆け出す万里子の姿を見ることなく、足音で彼女の動きを確認したのだろうか。ここで悦子は万里子を縄で捕え、殺害することに失敗し、自分の行動に対する自己嫌悪で、地面に打ち伏せていたのかもしれない。

　佐知子のアメリカ行きの計画は、一度は頓挫したものの、フランクから待っているように言われたからと、彼女は神戸に行くことを決心する。翌日の引っ越し向けて荷造りをしていた夕暮れどき、佐知子は連れて行けないからと万里子が大切に育てていた猫たちを川辺で締め上げて、箱ごと川に流してしまう。五〇メートル先で川を見つめ続ける万里子を佐知子は放置したが、しばらくして悦子は提灯を持って万里子を探しに出かけ、橋の上の手すりの下にうずくまる万里子を見つける。そこで「あたし、あした行きたくない」「あの男も嫌い。あの男なんか豚みたい」という万里子に対して「そんなことを言うものじゃないわ」と声を荒げてしまう。万里子が恐怖におののくのを察知し、「とにかく、行ってみて嫌だったら、すぐに帰ってくればいいのよ」（二四五）とおだやかに言いなおす。ここではすっかり悦子が佐知子に成り代わって万里子に語りかけていることからも、

かつて渡英前に悦子が景子を諭したときの記憶がここに蘇っていることが確認できる。その後、万里子は悦子をまじまじと見て「なぜ、そんなものを持ってるの？」と問う。「これ？サンダルに引っかかっただけよ」「足にからまっただけ」と悦子が答えていることから、ここでもまた悦子が縄を持っていたことが示唆される。そして万里子に対する「どうしてそんな顔でわたしを見るの。わたしが怖いことなんかないでしょ」（二四五）との質問では、再び縄を持った悦子に万里子が殺気を感じ取って怯えている様子が窺える。そして走り去る途中で、万里子は立ちどまって「うさんくさそうに（suspiciously）」悦子を見る。(173、二四六)悦子は縄で二回、万里子の殺害を企図したのかもしれない。少なくとも心のどこかのレベルで。イギリス人との再婚、渡英を決意した悦子には、新しい父を嫌悪し、出国を拒絶する前夫との子を煩わしく感じ、いっそいなければいいのにと願った無／意識の記憶が、罪悪感とともに「道徳的負傷」として心に残り続けているのである。

| 第三章 |

長崎のゴーストたち──
悦子、佐知子、あの女の人、川田靖子

万里子が怯える「彼女を連れ出そうとする女」

　万里子は神戸行きの前夜、縄を持った悦子のもとから走り去った前節の場面でも、悦子に疑いの目を投げかけているが、実は万里子は、悦子とはじめての出会った場面から、悦子に「猜疑の目（with suspicion）」を向けている。「この子にすればわたしははじめて見る相手で・・・当然だったのだ。」(16、一七)と悦子は受け止めようとしているが、万里子はその後も、たびたび悦子

を訝しんでいる様子が描かれる。アメリカに行きたくないと家を逃げ出し、暗闇で身を丸めた姿勢で膝を曲げ、こちらに背中を向けて横に倒れ、死んでいるかのような状態で発見されたとき、「まるで人形のような、こわれやすいが感覚がないもの」(五六)のようにして佐知子の両腕に抱きかかえられた万里子に悦子が「とても心配してたのよ、万里子さん」と声をかけたとき「女の子はちらりと疑いぶかい目を向け(The little girl gave me a suspicious look)」(42, 五六)、すぐに立ち去ってしまう。

　万里子は、川向こうの子猫を欲しいと言っている「よそのおばさん」(二一)の気配を感じ、提灯を持った「おばさんの家に誘われた」(二六)、「また、あの女の人がきたよ。・・・あたしを家へ連れてくって」(三五)などといつも怯えている。その女性について佐知子は「あれは昔、万里子が見たことがある女なのよ」(五八)として、その女が生まれたての赤ん坊を水に沈めて殺す場面を万里子が目撃し、その後「自殺した」(一〇三)と説明する。この赤ん坊を水に沈めて息の根を止めるという動作は、佐知子が神戸に出かける前日に猫を処分したときの身振りと重なる。(二三六 – 三八)[10]万里子が怯える「あの女の人」は悦子、さらには悦子の分身である佐知子でもあるのだ。稲佐山の帰り道、ちょうど市電がある停留所に停まりかけたとき、悦子は佐知子がはっとしたのに気がついた。「彼女は二、三人の乗客が降りようとしてかたまっている、出口の辺りを見ている。そこに立っている一人の女が万里子を見ていた。三十くらいだろうか。痩せて、疲れた顔をしていた」(一七六)という。この万里子を見ていた一人の女とは市電のガラスに映った悦子なのかもしれない。

　悦子は語り手なので、自らの容姿を直接形容することはできないが、周囲の反応から彼女が負のオーラを漂わせていることが確認できる。うどん家の藤原さんは「今日は疲れているみたい」「辛そうに見えるんだけど」と心配し「子供を育てるには積極的な生き方をしないとね」と悦子を励まし(三〇)、人の話としながらも

「子供を産もうという人が、毎週墓地へ行くのはよくないわよ」
（三一）と諭す。藤原さんは悦子が別の機会にも彼女の様子を見て
「何をそんなに苦にしているの」と問い、「苦に？わたしは何も苦
になんかしてませんけど」という悦子を「子供さえ生まれれば、
ぜったい幸せになるわ。それに、あなたならすばらしいお母さん
になるわよ」（一〇九）と励まし、息子と悦子の夫婦関係を案じる
緒方も「子供が生まれればもっと幸せになれる」と請け合う。（四四）

　悦子の代理表象である佐知子は、悦子のいわば影としての分身
（alter ego）であり、二郎と離婚したあと悦子の姿でもあるため、
一貫して幽霊のように描かれている。まずは彼女の住まいは
「空き地の外れの川岸にある瓦葺屋根の木造の家」（一二）であり、
「寒々」として、「古く」、「湿気た臭い」が漂い「陰気くさい」。（二〇）
彼女の視線は「冷たい」印象で、冷気を漂わせる彼女は、アルバイト
先のうどん屋の「調理場の中はとても暑いの」（三三）と暑いところ
は苦手のようだ。悦子は佐知子の容姿について「はじめに考え
ていたよりずっと老けている」といい、「長い髪を手拭いでかく
してしまうと、目のまわりや口元の皮膚のたるみが目立つ感じ
がしたのだった」（三二）と辛辣である。アメリカ人の恋人と会う
ときは「細く編んだ髪はほつれて頬までたれて」（四七）、「提灯の
明かりを浴びた、たんねんに化粧をした佐知子の顔は、仮面
のよう」（一一九）とされる。伯父の家に行くことを楽しみにして
いた娘の幸せを犠牲にすることを知りつつ、現状打破を求めて
神戸に行くための荷造りをする佐知子の姿は「その顔の半分には
外の薄暗い光があたっていたが、両手と袂は提灯の赤味を
おびた光を浴びていた。それが異様だった」（二四〇）と描写される。
「神戸に行って何が悪いの？」「万里子？あの子はちゃんとやって
いくわよ。やっていくしかないの。」という佐知子は暗がりの中
から、半分陰になった顔でじっと悦子のことを見る。「わたしが自分
をいい母親だと思うことがあるなんて、考えられないでしょう？」
（二四二）と自分が「正しい」と思う価値観と相反する決断する

佐知子の「道徳的負傷」に根源となっている葛藤が顔に当たる光と影で表現されている。

　もう一人、悦子の代理表象として描かれている人物に着目したい。アメリカ製の白い大型車から出てきて、佐知子の「ひんやりと暗い、湿気た木材のいやな臭いの家」を訪問する川田靖子である。(二二三)悦子が見に行くと万里子が話をしていたこの「年とった女」は「顔が痩せていて白っぽく色が悪い」。悦子は「とっさに気力がそがれる思いがした」というほどである。「見たところは七十前後、首筋や肩の痛々しさは年のせいばかりではなく、病身のせい着物は黒っぽくて地味、はれぼったい目にはほとんど表情がない」(二二四)と描かれている。川田靖子は佐知子の伯父の娘(従姉)で、万里子は伯父の家に行くことを楽しみにしている。そして靖子によれば、伯父は佐知子と万里子のいない家は「墓場のようだ」(二二八)などといったという。しかしなぜここに川田靖子が登場しているのか。佐知子と万里子を迎えにきたという想定で現れたこの過去からのゴーストである靖子は「はれぼったい目にはほとんど表情がない」という形相から、景子を自殺で失って、泣き腫らし、魂の抜け殻になって表情を失っている現在の悦子自身なのではないだろうか。伯父が佐知子と万里子がいないと広い家が「墓場のよう」と言ったというが、伯父と靖子の家は、夫とニキ、そして景子を失い、一人で暮らす悦子のイギリスの自宅のことを暗に示していると考えられるだろう。

景子の性質は遺伝ではなくて自分の子育てのせい

　悦子が景子とニキという二人の娘を授かりながら、景子の子育てに失敗したことへの罪悪感のなかには、景子が陰気な子になったのは先天的か、後天的かという葛藤があったことが確認される。悦子が長崎に引っ越してきて手間もない佐知子に「で、万里子さんは、慣れた？」と問うた際、佐知子は「・・・困るけど、

あの娘はわたしと違って明るい性格じゃないみたいなのよ。」
（三四）と答えるが、「わたしと違って明るい性格じゃない」との
発言には、父親に似たせいで、私の明るい性格の遺伝子が引き
継がれていないだけ、子育てのせいではないという責任回避と
捉えることができるだろう。悦子のイギリス人の夫も景子と
ニキの二人は「正反対」で「景子は生まれつき癖のある人間で
手のつけようがない」と考え、はっきり口にこそ出さなかった
ものの「景子の性格は暗にその父親ゆずりだと見ていた」という。
「悪いのは二郎でわたしたちではないなどという解釈は、いか
にも容易だったから」（一三四）である。

　しかし一方で悦子は景子の性格が完全に後天的に形成されて
しまったこと、すなわち自分の子育てのあり方、環境、教育の
せいであることも認めている。悦子によれば、ニキの「あくまでも
自分の私生活を守ろうとする、このいささか挑戦的な態度を
見ていると、ほんとうに姉の景子のことを思い出さずにはいら
れない」（一三三）という。そして「夫はどうしても認めようとしな
かったが、わたしの娘たちはじつによく似ていた」（一三三、傍点
筆者）と断言する。さらに、悦子は続けて、以下のように吐露する。

　　　この娘たちがそれぞれの幼児期にはまったく同じだった…
　　　二人はそろってかんしゃくもちだった。そろって執着心が
　　　つよく、いったん怒りだすとよその子とは違って容易なこと
　　　では治らず、一日中機嫌が悪いくらいだった。それなのに、
　　　一人は明るく自信のある女になり——わたしはニキの将来を
　　　完全に信じている——一人はどこまでも不幸になっていっ
　　　たあげく、自ら命を絶ったのである。（一三四）

「道徳的負傷」のケアと未来への希望
　「道徳的負傷」を負った人を癒すためには、誰かがその人に寄り
添い、沈黙を強いられてきた心の「声」に耳をすませてあげること

こそが一番のケアとなる。夫に先立たれ、景子を自死で失い「道徳的負傷」を抱える悦子にとって、ニキの帰宅は何よりの救いとなっており、さらに彼女は悦子にとっての唯一の生きる「希望」ともなっている。景子の死後まもなくして、ニキが悦子を訪ねたのは、傷心した母の様子を見にきただけでなく、「一種の使命感」からだったという。その使命とは、悦子の生き方をいろいろな角度から褒め、過去に選んだ道を後悔することはない、悦子には「景子の死に対する責任はない」(一〇)と励ますことだった。ニキの両親である悦子と夫が、二人で日本を出た事情、「子供とくだらない夫に縛られて」(一二七)みじめな人生を送ることをやめて、「勇気を出して・・・自分の人生に決断をくだした」話に感銘を受けたニキの友人は悦子についての詩を書きたいと言っているという。(一二八)

　一九八〇年代はじめのロンドンでボーイフレンドやいろんな友だちとコミュニティのなかで自由に暮らすニキは「女はもっと目をさまさなきゃだめよ。みんな、人生はただ結婚してうじゃうじゃ子供を産むものだと思っているけど」とフェミニスト的な立場から、近所に住むモリソン一家の保守的な生き方、すなわち母は近所の子たちにピアノを教えながら、自分の子どもたちを厳しくしつけ、娘の一人は銀行に勤め、一人は適齢期に結婚をしていくといった堅実な生活を「退屈」と批判する。(一三二)結婚、子育てという女の人生を否定するニキに悦子は「でも結局、ほかにたいしたことがあるわけじゃないでしょ」(二五六)として、「あなたもじきに結婚して、子供が生まれるかもしれないわね」「ただふと、お祖母ちゃんになってみたくなっただけ」(六五)とつぶやく。幼いころ、ピアノが嫌いだったのに習わされたのは母のせい?と問うニキに「昔はあなたに大きな期待をかけていたのよ」(七一)と答えていることからも、悦子は次女のニキに、長女に対しては抱けなかった未来への希望を託してきたことがわかる。

悦子自身は、自分が行なってきた人生における選択が、景子の人格形成、人生そのものに大きな影響を与えてしまったことに責任を感じ、自らが背負ってしまったその道徳的負傷は簡単に癒えることはない。しかしながら、ニキが母親の人生の選択をポジティブに評価し、悦子がこれまで沈黙を守ってきた彼女の「声」に耳を傾けてくれたことで、悦子は長崎での記憶を「佐知子と万里子の物語」として語り、景子を授かる前から自死に至るまで、そして現在も苦しみ続けてきた「道徳的負傷」に向き合うことができたといえるだろう。

むすび

『遠い山なみの光』から40年近いときを経て出版されたカズオ・イシグロの最新作の『クララとお日さま(*Klara and the Sun*、二〇二一)』。この物語でも語り手のAFロボットであるクララを購入したジョジーの母クリシーが、「向上処置」と呼ばれる遺伝子操作を受けた影響で長女サリー(Sal)を亡くしている。そして娘を再び喪失するのでは、という反復恐怖から、次女ジョジーを失ったときに備えて、その完璧なコピーとなる可能性を秘めたAFクララを家に迎え、ジョジーのあらゆるデータを学習させ、保存、再生を試みるのである。母クリシーが抱えている心の傷、すなわち新自由主義的な競争社会、メリトクラシーのなかで、バイオテクノロジーを駆使してでも子どもの能力を高めたいという親の欲望、過剰な期待が子どもの心身に与える負担、その帰結として生じた悲劇に対して母親が背負う罪悪感を「道徳的負傷」と捉えることも可能であろう。娘を喪失したことで受けた大きな心の傷との向き合い方、癒し方は、長崎の原爆と二度の結婚を経験した悦子とAI技術、バイオテクノロジーが進化した近未来のアメリカを生きるキャリアウーマンのクリシーとでは時代、場所、立場の隔たりもあって、大きく異なっているようにみえる。しかしながらなぜイシグロは、デビュー作で扱った

「娘を喪失した母親の心の傷との対峙」というテーマを、最新作で再び描くことになったのだろうか。しかも、悦子、クリシーはいずれも長女を失っているものの、次女がいて、彼女たちが生きる「希望」、「支え」となっている点も共通している。

　カズオ・イシグロには姉Fumikoと妹Yokoの二人の姉妹がいる。Fumikoは渡英前に長崎で撮影された家族写真やスナップに写っていて、カズオよりも四、五歳年長かと思われるが、姉についての情報は写真以外、公表されていない。妹のYokoはイシグロ家が渡英したのちに誕生したとされていることからイシグロよりも五歳以上年下となるであろう。[11]景子とニキとは違い、両親こそ同じではあるが、日本で生まれて、一〇歳前後で渡英した姉とイギリスで誕生した妹という関係は、イシグロが『遠い山なみの光』で描いた姉妹の関係と驚くほど似ている。カズオ・イシグロ自身は五歳で渡英し、英国人作家となるまでにイギリス社会に順応したと考えられるが、一〇歳まで日本で生まれ育ち、そこから異文化の暮らしを強いられた長女と、イギリスで生まれ、育った妹との間にはかなりの違いがあったことだろう。母、静子の子育ての気苦労や葛藤に寄り添いながらカズオ・イシグロ自身、成長してきたことと想像される。プライバシーに関わる情報の扱いについては、ハリー・ランサムセンターにあるイシグロ・ペーパーズでも配慮が求められているため、現時点では「推察」の範囲でしか言及できないが、イシグロが描く母娘関係、姉妹関係については、『クララとお日さま』の分析も含めて、私自身の今後の研究課題としていきたい。

引用文献

Bayerle, Henry. "Greek Tragedy, Virgil's Aeneid, and The Moral Injury of Combat Veterans and Healthcare Workers," Andrew I. Cohen and Kathryn McClymond eds. *Moray Injury and the Humanities: Interdisciplinary Perspectives.* Routledge, 2024.

Cohen, Andrew I. and Kathryn McClymond eds. *Moral Injury and the Humanities: Interdisciplinary Perspectives.* Routledge, 2024.

Gilligan, Carol. *In a Different Voice: Psychological Theory and Women's Development.* Harvard UP, 1982.『もうひとつの声で──心理学の倫理とケアの倫理』川本隆史他訳、風行社、二〇二二年。

-------. *Joining the Resistance.* Polity, 2013.『抵抗への参加──フェミニストのケアの倫理』小西真理子他訳、晃洋書房、二〇二三年。

-------. "Moral Injury and the Ethic of Care: Reframing the Conversation about Differences," *Journal of Social Philosophy*, Vol.45 No.1, Spring 2014, 89-106. © 2014 Wiley Periodicals, Inc.

Holdorff, Bernd and Tom Dening, "The fight for 'traumatic neurosis', 1818-1916: Hermann Oppenheim and his opponents in Berlin" *History of Psychiatry* Volume 22, Issue 4, November 29, 2011.

Ishiguro, Kazuo. *A Pale View of Hills.* 1982.『遠い山なみの光』小野寺健訳、ハヤカワepi 文庫、二〇〇一年。

-------. *Klara and the Sun.* 2021.『クララとお日さま』土屋政雄訳、ハヤカワepi 文庫、二〇二三年。

Micale, Mark and Paul Lerner. *Traumatic Pasts: History, Psychiatry and Trauma in the Modern Age, 1870-1930.* Cambridge UP, 2010. マーク・ミカーリ、ポール・レルナー編『トラウマの過去: 産業革命から第一次世界大戦まで』金吉晴訳 みすず書房、二〇一七年。

Miller, Nancy K. and Jason Tougaw. *Extremities: Trauma, Testimony, and Community.* U of Illinois P, 2002.

Shay, Jonathan. *Achilles in Vietnam: Combat Trauma and the Undoing of Character.* Simon & Schuster, 1994.

Sherman, Nancy. *Afterwar: Healing the Moral Wounds of Our Soldiers.* Oxford UP, 2015.

Wroe, Nicholas. "Review: Living Memories." *The Guardian*, 18 Feb 2005. https://www.theguardian.com/books/2005/feb/19/fiction.kazuoishiguro

麻生えりか「未刊行の初期長編「長崎から逃れて」──カズオ・イシグロの描く原爆」田尻芳樹・秦邦生編『カズオ・イシグロと日本──幽霊から戦争責任まで』、水声社、二〇二〇年。

イシグロ、カズオ『特急二十世紀の夜と、いくつかの小さなブレークスルー　ノーベル文学賞受賞記念講演（Japanese Edition）』土屋政雄訳、Kindle 版. 早川書房、二〇一八年。

岩川ありさ『物語とトラウマ：クィア・フェミニズム批評の可能性』、青土社、二〇二二年。

小此木啓吾ほか編『精神分析事典』、岩崎学術出版社、二〇〇二年。

加藤めぐみ「幻のゴースト・プロジェクト──イシグロ、長崎、円山応挙」田尻芳樹・秦邦生編『カズオ・イシグロと日本──幽霊から戦争責任まで』、水声社、二〇二〇年。

下河辺美智子『トラウマの声を聞く──共同体の記憶と歴史の未来』、みすず書房、二〇〇六年。

ドゥロンク、ヴォイチェフ『カズオ・イシグロ 失われたものへの再訪：記憶・トラウマ・ノスタルジア』、三村尚央訳、水声社、二〇二〇年。

1 イシグロはノーベル文学賞受賞記念公演で「私たち自身は戦争の年月を体験していませんが、その私たちを育てた両親の世代は、否応なく人生に戦争を刻み込まれています。物語を公に語る者である私は・・・両親の世代の記憶と教訓を、できるだけ力を尽くして、次に来る世代に伝える義務があるのではないか」(イシグロ『特急』20)と自らの責務を認識している。また、イシグロが「日本の幽霊」および原爆投下後の「長崎の幽霊」について深い関心を抱いていたことについては加藤を参照のこと。

2 イシグロが描いた記憶とトラウマの問題についてはドゥロンクに詳しい。

3 Micaleは「トラウマ」という言葉が身体的な意味で用いられた時代から、心の傷を表わすものとして社会に浸透していくプロセスを歴史的に辿り、下河辺は、戦争、核、ジェノサイドなどの共同体の歴史に潜在する集合的トラウマの根深さ、その記録と忘却のメカニズムに、フロイト、メルヴィルのテクストから肉薄している。岩川はトラウマを語るために物語、文学があることを日本の現代作家の作品の丁寧な読解を通して明らかにしている。

4 悦子は、近所にいた女たちのなかに「悲しく辛い記憶をかかえた、苦労した人たちがいたことはまちがいない」にもかかわらず彼女たちが気丈に振舞っている様子を見て「戦争中の悲劇や悪夢を経験した人たちとは思えなかった」(一三)と自分との距離を感じ、人づきあいを避けていたことを吐露している。この点でも周囲と距離を置いていた佐知子と悦子が類似していることが確認される。

5 『遠い山なみの光』およびイシグロの初期の短編小説に描かれた原爆の問題については麻生を参照のこと。

6 日本では義父母と暮らすのが当たり前だったのに、二郎との結婚生活で、義父である緒方と一緒に暮らさなかったことで夫が周囲から批判されたことを悦子がニキに話したとき「そのお義父と暮らさなくてすんで」ほっとしたでしょうね、とニキが言ったのに対して「むしろ、その人がいっしょにいてくれたら、わたしは幸せだったんじゃないかしら。その人にはもう奥さんがいなかったの。昔の日本の習慣というのも、けっして悪くはなかったのよ」という。さらに緒方について「わたしは夫の父が大好きだった ("I was fond of my father-in-law.")」(181、二五八)とニキに緒方への想いをさりげなく明かしている。

7 ニキは「父親が新聞に書いた記事をみんな読んでみると言いだして、午前中はあらかた家中の引出しや本棚を片端からかきまわしていた」(一二九)ことから、自分探しの中で父の生前の仕事に向き合う気持ちになっていることが推察される。

8 第一一章の冒頭で明け方、悦子は「一瞬だったが、景子の部屋の中で音が聞こえた気がした」(二四七)として部屋を出るが、このときは眠れないニキが台所にいるというオチがついている。

9 「木からぶらさげられていた小さな女の子の悲劇」のイメージに囚われていたころの記憶について語る際、悦子は敢えて「記憶というのは、たしかに当てにならないものだ。思い出すときの事情しだいで、ひどく彩りが変わってしまうことはめずらしくなくて、わたしが語ってきた思い出の中にも、そういうところがあるにちがいない」(二二一)といっていることからも、このイメージがアパートにぶら下がった景子の遺体のイメージと重なっていることが示唆されているといえる。

10 佐知子が子猫を殺す場面は以下の通り。「彼女は子猫を水の中に浸けて、じっと押さえた。しばらくはそのまま、水の中に両手を浸してのぞきこんでいた。彼女は浴衣を着ていたが、その袂の先が両方とも水に浸かっていた。・・・「まだ生きている」・・・「よく暴れるわ」彼女はつぶやいて、引っ掻き傷を私に見せようと手首をかざして見せた。どういうわけか、髪まで濡らしている。片方の頬にかかっているほつれげから、一滴、また一滴と、水がしたたった。」(二三七)

11 "He and his older sister, Fumiko - another sister, Yoko, was later born in the UK-moved to Guildford with their parents when their oceanographer father, Shizuo, embarked on a two-year research project." (Wroe)日本語文献で名前の漢字が確認できないため、姉妹の名前をローマ字表記とした。

執筆者プロフィール

加藤　めぐみ(かとう　めぐみ)
都留文科大学文学部英文学科教授
主な著書 : *Japanese Perspectives on Kazuo Ishiguro* (共著、Palgrave Macmillan, 2024)、『マーガレット・アトウッド『侍女の物語』を読む──フェミニスト・ディストピアを越えて』(共編著、水声社、2023)、『ジョージ・オーウェル『1984年』を読む──ディストピアからポスト・トゥルースまで』(共著、水声社、2021)、『カズオ・イシグロと日本──幽霊から戦争責任まで』(共著、水声社、2020 年)など。「イシグロが生まれた長崎を是非訪れたい」という海外のイシグロ研究者・ファンが多いので、2020 年 7 月イシグロ国際学会が Zoom で行われた際、リサーチのため長崎を訪れていた私は、新中川町のイシグロ生家跡のお庭から中継を行い、好評を博しました。長崎の皆さんにもっとイシグロ文学に親しんでいただき、イシグロゆかりの地のマップを作成したり、イシグロの来崎を待ち望む気運が高まったりするといいなと願っています。

III Klara and the Sun

― 無慈悲な世界における狂信者のテロリズムとロボットの未来 ―

荘中 孝之（京都女子大学教授）

はじめに

　カズオ・イシグロ（Kazuo Ishiguro）が二〇二一年に発表した『クララとお日さま』（*Klara and the Sun*）の語り手クララ（Klara）は、AF（Artificial Friend）と呼ばれるロボットである。しかし彼女はつねに主人の命令には絶対に服従させられ[1]、ときにモノとして扱われる、むしろAS（Artificial Slave）と呼ぶべき存在である。そんな彼女はある奇跡を目撃したことで、自身のエネルギーの供給源である太陽を特別な崇拝の対象とするようになる。そして彼女が仕える病弱な少女ジョジー（Josie）を救うために、身の危険を顧みず自らの信念に基づいてある行動に出る。その強い思いと自己犠牲の態度がこの物語を展開していく。しかしそれはまた一方でほとんど狂信的で独善的な破壊行為というべきものであり、現代社会において頻発するエコテロリズムにも通じるような、非常に危うい思考と行動とも考えられるだろう。そして最後に彼女はまるでその罰を受けるかのように廃棄されるのである。本論ではクララの行動の持つ意味や、彼女と人間との関係からこの作品を考察してみたい。

第一章

奴隷としてのクララ

　近未来のアメリカを舞台としたこの物語の世界では、一部の子どもたちは電子端末を使って自宅で教育を受けており、家族以外の者と十分なコミュニケーションを取る場を持たない。そうした子どもたちの相手として、クララのようなAFと呼ばれるロボットを比較的裕福な家庭が購入していく。しかしクララは本当に友だちと呼びうるものだろうか？クララは初めさまざまな日用品を扱う店でその他の商品と共に売られていた。そしてクララたちAFはいつか幸せな家庭に買われていくのを心待ちにしている。それはドン・フリーマン（Don Freeman）の絵本『コーデュロイ』（Corduroy、一九六八）で、一人の女の子が熊のぬいぐるみであるコーデュロイを気に入って母親にせがんで買ってもらうように、一見ほのぼのとしたものであるように思われる。そしてクララも運良くジョジーの願いで彼女の家に買われていくのだが、その際には母親に厳しく品定めされ、なぜか娘の歩き方までまねするよう命じられるのだ。

　　母親はまた目を細くして、わたしを見ています。そして、わたしに三歩近づきました。
　「いくつか質問していいかしら、直接に」
　　・・・
　　母親とわたしの一対一・・・なんとか笑顔を保とうとしましたが、やさしいことではありません。もしかしたら恐怖が表れていたでしょうか。
　　・・・
　　母親はしばらく考えていて、こう言いました。「では、クララ、娘のことはもうよくわかっているようだから、ジョジーの

213

歩き方をまねして見せてくれる？どうかしら。いまここで、
娘の歩き方を？」(七五-七六)[2]

　あとでわかるようにこのやや特殊な命令がなされるのは、
母親がクララに病気で亡くなるかもしれない娘のジョジーを
「継続」させようとしているからなのだが、またそれは本作の舞台
がアメリカであるだけに、その昔黒人たちが奴隷としてこの国
の市場や店で売られていた状況を想起させる。奴隷たちは年齢
や体格、混血の度合い、健康状態、職能、それまでの経歴などから
厳しく査定された。もちろんそれは家族から引き離され、買われた
先でも家畜同然に扱われ、何か問題があると見なされるとむち
打ちなどの拷問を受け、ひどい場合には殺されてしまうことも
あるような、まったく過酷な制度であったわけである。しかし
おもに農作業に従事させられるフィールド・ハンド(field hand)
と呼ばれる者たちとは別に、女性の奴隷の中には家庭内でハウス・
メイド(house maid)や乳母(nurse)として家事や子供の養育に
携わる者もいた。そして運がよければ比較的人道的な扱いを
受けることもあった。それでもやはり彼女たちもモノとして
扱われることに変わりなく、財産として売買の対象となったり、
ときに主人の性のはけ口となったりしたのである[3]。
　人間であるはずの黒人奴隷がモノとして扱われたように、
クララたちロボットも人間と同等に扱われることはない。クララ
はあるときジョジーの頼みで、彼女が描いた1枚の絵を届ける
ために隣家の幼馴染リック(Rick)の家を訪れる。

　「AFも重要な役目を任されることがあります。ジョジーから
これを預かってきました」と封筒を見せました。
　突然、リックの顔に興奮の色が現れ、すぐに消えました。
「そう。用事で来てくれたんだ」と言いました。
　たぶん、わたしが封筒を渡して、すぐに立ち去るものと

思っていたでしょう。わたしはそれを承知で、すぐには
封筒を差し出しませんでした。リックとわたしは顔を見合
わせたまま、板の隙間から風が出入りしているポーチに
立ちつづけました。(二二〇 - 二二一)

　このようにクララはリックの微妙な表情の変化を読み取り、
自らの判断で行動している。それでも彼女はこのあとすぐに、
彼の母親から次のような挨拶をされるのだ。「あなたみたいな
お客さん、どうもてなしたらいいのかしら。そもそもお客さん
なのかしら。それとも掃除機みたいに扱えばいいの？って、これ
こそ掃除機の扱いだったわね。ごめんなさい」(二三一)。どれほど
繊細な感情を持っていようとも、彼女はやはり人間ではなく、
電化製品と同じようなものと考えられている。
　イシグロの作品を振り返ってみると、彼がこれまで描いてき
た主人公たちの多くは奴隷的な存在であった。長編第一作『遠い
山なみの光』(A Pale View of Hills、一九八二)の語り手エツコ
(Etsuko)は長崎にいたころ、まるで狭い団地に囚われているかの
ように横暴な夫と暮らす主婦であった。またイシグロの代表作
の一つ『日の名残り』(The Remains of the Day、一九八九)の主人公
スティーブンス(Stevens)は、壮麗なカントリー・ハウスで働く
執事であったが、彼は自分の人生の大半をその屋敷からほとんど
出ることもなく、ただ盲目的に主人であるダーリントン卿
(Lord Darlington)に仕えていた。そしてもう一つのイシグロの
代表作『わたしを離さないで』(Never Let Me Go、二〇〇五)の語り
手であるキャシー(Kathy)は、ただ臓器を提供するためだけに
生み出された、人間とは見なされないクローンであった。これらの
人物(やクローン)は決して奴隷ではない。しかし物理的な場所
や制度に囚われ、半ば強制的に、あるいはただ盲目的に、ある
人物や体制に従属するという点では奴隷的と言えるであろう。
本作品のクララはジェームズ・パードン(James Purdon)が

指摘するように[4]、主人に仕える執事であるスティーブンスや、臓器提供が始まったほかのクローンを世話する、介護人（carer）と呼ばれる存在のキャシーの系譜に連なるものと言えるだろう[5]。

　そんな奴隷たちは決して反抗してはならない。彼／彼女らは主人の命令通りに動くことが求められる。ジョージ・ワシントン（George Washington）の奴隷であったオーナ・ジャッジ（Ona Judge）の伝記『わたしは大統領の奴隷だった』（*Never Caught*、二〇二〇）の著者であるダンバー（Dunbar）とクリーヴ（Cleve）は、彼女の生涯について次のように記す。「ロボットのように、奴隷の生活はプログラムされている。所有者に仕えよ。眠れ。働け。眠れ。働け。それを繰り返せ」（126、訳は著者による）。しかし黒人奴隷たちは当然その身分から解放されねばならなかったが、ロボットは人間でないのだから、所有者の手を離れて自由になることは決してないのだ。

第二章

クララの信仰と実践

　そのようなクララたちAFの動力源は太陽光である。だから彼女がそれを重要視するのは当然と言える。しかし彼女はただ太陽の光を浴びることを必須と考えるだけでなく、太陽そのものに特別な畏敬の念を抱くようになる。クララはある日、店のショー・ウィンドウに陳列されることになり、通りに物乞いの老人と犬を見つけるのだが、その後彼らはまったく動かなくなり、彼女はその老人と犬が死んでしまったのだと考える。しかし次の朝クララは奇跡的な光景を目にする。

・・・シャッターが上がると、外はすばらしい日和でした。通りにもビルの内部にもお日さまが射し込み、栄養を注ぎ込んでくれています。昨日、物乞いの人と連れの犬が死んでいた場所はどうなっているだろう、と目をやると、驚いたことにどちらも生き返っているではありませんか。きっと、お日さまが送ってくれている特別の栄養のせいです。(六七)

　彼女はこのとき、自分に栄養を与えてくれる存在である太陽は、死んだ人をも生き返らせるような、途方もない力があると思い込むのである。そして太陽をさらに絶対的な崇拝の対象とするようになる。

　その後ジョジーの家に購入されていってからも、つねに太陽に感謝しながら日々を送っていたクララは、ジョジーの体調が次第に悪化していったとき、自分にとって神のような存在であるその太陽に祈りを捧げることによって、彼女の回復を図ろうとする。クララたちが住む家の周囲に広がる草原の彼方に、「マクベインさんの納屋」(Mr McBain's barn)と呼ぶものがあって、ちょうどその向こうに太陽が沈むことから、彼女はそこが太陽の休憩所なのだと考える。そして日没の時刻にその場所へ行くことによって、太陽に直接自分の願いを聞き届けてもらおうとするのだ。しかしそれは彼女にとって容易なことではない。それほど高度な運動機能を持っているとは思われないクララには、でこぼこした薄闇の草原を進むことは容易ではないし、たとえその納屋で無事祈りを捧げることができたとしても、帰りにはバッテリーが切れて動かなくなる可能性もある。そのような身の危険を冒してまで、彼女はその行為に希望を見いだそうとするのだ。それは彼女が独自に築き上げた信念の実践であって、まるで古代の世界で多く見られた原始的な自然信仰、太陽崇拝のようである。彼女にとっては夕暮れ時に一人、ジョジーの家からその納屋まで行くことはかなりの困難を伴う道行であり、

過酷な巡礼の旅路なのだ。そして「マクベインさんの納屋」とは、祈りを捧げる神聖な場であり、彼女の信仰にとっての荘厳な神殿である。

　クララはようやく見つけた機会を利用し、運よくリックの助けも借りてその場所へ向かうのであるが、近づいてみるとそれは決して聖なる礼拝堂などではなく、ただの粗末な納屋でしかないことを知る。しかしたとえ太陽の休息所がさらに向こうにあるとしても、そこは太陽が一日の最後に必ず訪れるところなのだと信じて、彼女はその建物のなかで次のような祈りを捧げる。

　　　「お日さまが汚染をとても嫌い、汚染にどれほど悲しみ、
　　　怒っておられるか、わたしは知っています。そして、汚染を
　　　生みだす機械もこの目で見て、知っています。もし、わたし
　　　が何とかしてこの機械を見つけだし、壊すことができたら、
　　　汚染を終わらせることができたら、お日さまはジョジーに
　　　特別な助けを与えてくださいますか」(二六四)

　ジョジーに対するクララのこうした一途な思いが、この物語を展開させていく推進力となっている。

　ここでクララが言う汚染を生み出す機械とは、店で売られていた頃に見たクーティングズ・マシン（Cootings Machine）と彼女が呼ぶ工事用の重機である。それはある日、突然店の前にやって来て、その黒い煙でクララのもとに太陽の光が届くのを遮り、彼女に対して大きな脅威となるのである。この機械から吐き出される排気ガスが自分のエネルギー補給を妨げるだけでなく、太陽にとっても大きな障害になっていると考えたクララは、エンジニアであるジョジーの父ポール（Paul）の助けを借りて、その工事用重機を破壊しようとする。父はそれがなぜ娘のジョジーを救うことになるのかは深く問うこともなく、その行為に一縷の望みを託してクララに協力する。そしてクーティングズ・マシン

を動かなくするには、クララの頭部にあるP-E-G9溶液という
ものを機械のノズルに注入すればよいと父は助言する。しかし
そのことによってクララ自身の機能に大きな障害は出ないだろう
というものの、それは彼女にとって命がけの行為である。その自己
犠牲的なクララの勇気ある行動自体は成功したかに見えたが、
その後もジョジーの体調は悪化の一途をたどり、いよいよ限界に
近づいていく。しかしそこでまたもや奇跡が起こるのである。
嵐のような荒天のなか、今にもジョジーの命が尽きようとして
いると思われたそのとき、急に太陽の光が部屋に差し込む。

　　　ジョジーの寝ているベッド全体を、お日さまが強烈な
　　オレンジ色の半円で包み、照らしています。ベッドのいち
　　ばん近くにいた母親が、思わず顔の前に手をかざしました。‥‥
　　こうして、つぎの数瞬間、お日さまがジョジーにいっそうの
　　明るさを集中するなか、わたしたちはぴくりとも動かず、
　　固唾をのんで見守りつづけました。オレンジ色の半円が
　　いまにも火を噴きそうに見えたときも、誰も何もしません
　　でした。やがてジョジーが身動きし、まぶしそうに目を開け
　　て、空中に手をかざしました。「ねえ、この光は何なの」と
　　言いました。(四四五)

　物語のクライマックスと言うべきその光景は、まさにクララ
が崇拝する太陽がもたらした神秘のように思われる。そして
この常識を越えた不思議な現象によって、それまでのクララの
危険な行為はすべて報われるのである。

第三章

狂信者のテロリズム

　しかし言うまでもなく彼女の行為は非常に危険で独善的なものである。クララが一人太陽に祈りを捧げるだけなら特に問題もないだろう。ところが工事用の重機であるクーティングズ・マシンを破壊するということになれば話は別である。この計画をジョジーの父ポールに話したとき、彼はそれを聞いて「君がやろうとしていることは器物損壊にもあたる」(三五三)と言うように、その違法性を十分認識していた。それでも彼はその行為に加担するのだが、もちろん工事用重機を１台破壊したところで、その周囲の大気汚染が一時的に解消するだけで、地球全体の環境が改善するわけではないし、そもそも太陽にとって遠く離れた小さな惑星のことなどまったく問題ではないはずである。しかも太陽の光に人を生き返らせたり病を治したりする力があると信じるのは、クララ自身のまったく非論理的な思いこみに過ぎない[6]。それは排煙を放出する機械を一方的に敵視するという、非常に短絡的で自己中心的な思考と行動であり、あたかも現代の世界で頻発するエコテロリズムのようである。

　事典で「環境にとって有害であると思われる活動を妨害したり阻止したりするために企業や政府機関などに対して行われる、国家や団体、個人によるさまざまな暴力的活動や破壊行為」[7]などと定義されるそれは、まさにクララの行動を示しているように思われる。しかしテロリズムとは、「常にメディアに訴えかける。これは表現を変えて説明するならば、テロリスム(原文ママ)とは、いかなる場合にも不特定の他者の眼差しを前提として行使される暴力という意味である。表象されないテロリズムはありえない」(四)と四方田犬彦が言うように、多分にスペクタクルの要素を持つものである。だからクララの行動は単なる個人的な怨恨や

信条に基づく破壊行為であり、テロリズムというには不十分である。

　だが「きわめて限定された場所に集中的に与えられた暴力が、ひとたびメディアを通して全世界的な規模で観客を作り上げ、体制に脅威的な損害を与えたり、人々に強い否定的情動をもたらしたとき、それはテロリズムと呼ばれる」（四）、とつづけて四方田が述べるように、もしクララの行動が大きくメディアに取り上げられたとしたらどうなるだろうか？クーティングズ・マシンとはこの世に１台だけ存在するものとクララは思いこんでいたのであるが、それはおそらくその重機を所有する会社か、それを製造しているメーカーの名前であって、たくさんの同じような機械があることを初め彼女は知らない。しかしクララはこの破壊行為の直後に二台目の、さらに大きなクーティングズ・マシンを発見して大いに落胆する。

　　　それは、走ってくる車から道路工事の柵で守られて、自分だけの空間に鎮座し、三本の煙突からせっせと汚染を吐きだしていました。横腹に「C-O-O」という、名前の先頭の三文字が見えます。心に失望感が洪水のように押し寄せてきました。でも、その洪水に溺れそうになりながら、これは父親とわたしが車置き場で破壊した機械ではない、とも気づきました。（四一四）

　だがこのあともし、クララが街のクーティングズ・マシンを次々と破壊しつづけたとしたらどうなるだろうか。もちろんそれには彼女の頭部にあるP-E-G９溶液が必要であり、一度目の行動のあとすでに機能が低下したことを自覚する彼女にとって、二回目、三回目の破壊行為を簡単に実行できるとは思われない。しかしもしその機会があるのなら、彼女はどれほどの身の危険を冒してでも、その行為の遂行に全身全霊をささげて臨んで

いったに違いない。たしかにクララはもう一度「マクベインさんの納屋」で祈りを捧げたとき、次のように言うのである。

　「大切な溶液を失いましたが、かまいません。それでジョジーがお日さまの特別な助けを得られるものなら、喜んでもっと、いえ全部でも、捧げます。前回ここに来たあと、ご存知のとおり、ジョジーを救うための別の方法があることを知りました。もうそれしかないのなら、わたしは全力で実行します。・・・」(四二九)

　結局その破滅的な行為が遂行されることはないのだが、もし行われたとしたなら、おそらくそれはテロリズムと呼ばれるであろう。

第四章

エコテロリストとしての
クララ

　以前から国際的な環境保護団体、シー・シェパードやグリーン・ピースによる南極での日本の捕鯨船に対する操業妨害行為や、和歌山県太地町でのイルカ漁反対運動などが問題になっているが、近年では一時期ヨーロッパ各地で、著名な絵画や芸術作品をねらって気候変動対策の必要性を訴える抗議活動が頻発した。例えば二〇二二年十月十四日には、ロンドンのナショナル・ギャラリーでゴッホの「ひまわり」にトマトスープがかけられた(Ellery)。その約一か月後の十一月十八日には、ミラノのアート複合施設ファブリカ・デル・ヴァポレで開催されていたアンディ・

ウォーホル展で、彼が彩色を施した車のボディーに気候変動活動家のメンバーが小麦粉を撒き散らすという事件が起きた（Wehner）。しかし最近起きたそれらの事件では、実質的な被害はほとんどなかったはずである。絵画作品はガラスで保護されていたし、車のボディーに小麦粉がかけられたところで、それを完全に除去することは十分可能であっただろう。これらはむしろセンセーショナルな事件を起こしてメディアの注目を集め、自分たちの主張を拡散することに重きを置いている。しかしクララの行為が完全な破壊活動であることは疑いない。ドナルド・R・リディック（Donald R. Liddick）がその著『エコテロリズム』（*Eco-Terrorism: Radical Environmental and Animal Liberation Movements*、二〇〇六）のなかで、その定義の難しさを認めたうえで、エコテロリストは「自分たちが敵対すると認めたものに対して直接、恐怖を与えたり経済的損失を負わせたりしようとする」（Liddick 8）と述べているように、ここで1台の工事用重機を使用不能にすることは、実質的にその所有者に相当な恐怖と損害を与えることになると思われる。それはまた工事の進捗にも影響を与え、そのほかにもさまざまな支障を引き起こすであろうことは想像に難くない。

　この物語のなかでクララの犯罪行為の瞬間は描写されていないが、おそらくそれはエドワード・アビー（Edward Abbey）の『爆破―モンキーレンチギャング』（*The Monkey Wrench Gang*、一九七五）で描かれた、次の場面に似たものであっただろう。

　「こいつからやっちまわねえか？」
　ヘイデュークはドクが乗っている機械を指して言った。
　・・・
　　スミスは燃料タンクのキャップを外して、甘いカロ・シロップの四クォート瓶の中身を全部タンクの中に空けた。シリンダー内に噴射された糖分は、シリンダー壁とピストンリングにがちがちの炭の層を形成する。エンジンは鉄の塊

のように固まってしまうはずだ。始動させれば。もし始動
させられれば。(七九- 八〇)

　ラディカルな環境保護団体アース・ファースト！(Earth
First!)の理論的典拠となったとも言われるこの小説は、四人の
エコテロリストのゲリラ的な破壊行為を描くものであった[8]。
彼らは開発を阻止するために、こうした重機の破壊やツリー・
スパイキングとよばれる手段でもって、環境正義を掲げて行動
する。クララの場合はジョジーを救うことが目的であったが、
そのためには太陽の光が地表に届くことを妨げる、大量の排気
ガスを放出する重機を破壊する必要があると信じていた。結局
両者とも自然環境を脅かすものに打撃を加えるという点では
同じであり、それは他者の専有物に損害を与えるという法治
国家の根幹を揺るがすような不法行為である。浜野喬士はシー・
シェパードが掲げる「正義」の源泉として、「実定法を超えた、
見えざる良心、こころのなかにある『陪審』に自分たちの行為の
よりどころを求める」(二四)点を指摘し、それがエコ・テロリズム
と呼ばれる現象を追っていく際に何度も出会う論理であると言う。
それはまさにクララの自己破滅的な破壊行為の特徴を示している
ように思われる。
　この物語では向上処置(lifted)と呼ばれる遺伝子操作を受けた
子どもとそうでない子どもの間の格差といったメリトクラシー
の問題や、人間の仕事がロボットに取って代わられていく可能性
などが描かれている。そして何よりも大きな問いかけは、ジョジー
の死後、クララが本当に彼女を「継続」することができるのかと
いうものであり、人間とは何かという根源的な問題が提起され
ている。しかしこうした深刻なテーマの陰で、クララの破滅的
な行動のすべてが奇跡的なジョジーの回復によって、帳消しに
されてしまっているように思われる。また彼女の行動がただジョ
ジーを救うという、一見純粋と思われる自己犠牲的な態度で

あることにより、その犯罪行為の意味や危険性がないがしろにされ、むしろ彼女の行動がすべて美化されてしまっているのではないだろうか。

｜ 第五章 ｜

クララへの処罰と
人間中心主義に対する批判

　しかし結果的にAFという立場を超えて、行き過ぎた行動を取ったクララは最後に処罰を受ける。言うまでもなくそれは彼女自身が廃棄されるということであるが、たとえ重機のエンジンを破壊することが軽微な犯罪ではないとしても、ロボットにとって廃棄とは人間に対する死と同じような意味を持つのだから、それは過大な懲罰と言うべきである[9]。だがこれは彼女をそのような行為に駆り立て、最後には処分していこうとする、この物語全体の倫理が批判されていると考えることもできるだろう。

　本論冒頭で述べたとおり、クララはAF（Artificial Friend）というよりもむしろAS（Artificial Slave）と呼ぶべき存在であった。しかしそれよりもさらに彼女はAA（Artificial Animal）と呼ばれる方がより適切なのかもしれない。この物語では最初から最後まで、クララは動物のような扱いを受けてきたとも言えるだろう。ペットショップで売られるイヌやネコのように店で陳列されていた彼女は、ある家庭に子どもの相手として買われていく。物語のなかで、クララが動物のように扱われる次のような場面がある。ジョジーのように向上処置を施されたあと端末で教育を受ける子どもたちは、交流の場を確保するために定期的にどこかの家に集まる機会を持つ。その一環で近隣の

子どもたちがジョジーの家にやって来たとき、運動機能を試すためと称して、ある男の子があたかもネコのようにクララを空中に放り投げようとする。

　　「おい、ジョジー」とスクラブが呼びました。「いいよな？おれのＢ３なんて、振りまわして空中に投げ上げたって、毎回、両足で着地するぜ。やれ、ダニー。このソファに放ってよこせ、故障しやしないよ」
　　「野蛮なやつ」と腕の長い女子がそっと言い、何人かが笑いました。ジョジーもその一人です。
　　「おれのＢ３はな、宙返りして、きちんと着地できる」とスクラブがしゃべりつづけています。「背を伸ばして、姿勢も完璧。だから、そいつがどうか見てみようぜ」（一二五-一二六）

　結局クララたちＡＦは新型であろうと旧型であろうと、人間と同じような感情を持ちながら、決して人として見なされることはない。そして彼女らは完全に所有者のモノであるというだけでなく、家畜やペットのように扱われる哀れな存在なのだ。
　それでも一時は家族の一員のような存在として大切に扱われていたクララであるが、子どもの成長とともに次第に不要となって家の隅へと追いやられ、最後には郊外の廃品置き場へと捨てられる。元奴隷フレデリック・ダグラスの自伝には、彼の祖母がその所有者に生涯忠実に仕えてきたにもかかわらず、主人亡きあとは老齢のため用済みとなり、森のなかの小さな小屋に一人遺棄されたという事実が記されているが（Douglas 76-77）、本作の結末はまた、現実の世界で二〇二〇年初頭から始まったコロナウイルスの蔓延により、自宅で過ごすことが多くなった人々がイヌやネコなどのさまざまな動物を買い求め、その沈静化とともにそれらのペットを捨てたりすることが、日本だけで

なく世界各地で問題となっていたことを思い起こさせる（Lee）。
あるいはケイティ・フィッツパトリック（Katie Fitzpatrick）
が指摘するように、それはパンデミックの時期に介護や看護など
に従事する必要不可欠な労働者（essential workers）が、とき
に使い捨てられるように扱われていた状況をも想起させる
（Fitzpatrick）。

　クララの系譜に連なるあの『わたしを離さないで』に登場する
キャシーたちクローンは、その社会のシステムに完全に生殺与奪
の権利を握られている、まったく家畜のような存在であった。
彼女はその生育環境を改善しようとする運動によって作られた、
ヘールシャムという施設で育てられていたが、それでもその社会
ではクローンを解放しようとか、それを生み出すこと自体をやめ
ようという動きはなかった。彼女らはあくまでも牛や豚のような
存在で、そこにはただ生きている間は少しだけより良い環境を
整えてあげようという、動物福祉的な考えがあったに過ぎない。
この物語の終盤で語り手のキャシーとその恋人トミーは、自分
たちの愛が本物だと証明できれば臓器「提供」までにほんのわず
かの「猶予」が与えられるという噂を信じて、ヘールシャムの元
校長、ミス・エミリーを訪ねる。そこで彼女はその噂を否定して
次のように語る。

　　「わたしたちの保護下にある間は、あなた方をすばらしい
　環境で育てること—何ができなくても、それだけはできた
　つもりですよ。そして、わたしたちのもとを離れてからも、
　最悪のことだけは免れるように配慮してあげること。少な
　くともその二つだけはしたつもりです。・・・わたしたちがし
　てあげられたことも考えてください。振り返ってごらんなさ
　い。あなた方はいい人生を送ってきました。教育も受けまし
　た。・・・」（三九八‐三九九）

そしてミス・エミリーは失敗に終わったクローンの待遇改善を求める運動を振り返って、「でも悔いはありません。成し遂げたことに十分な価値があると思っていますからね」(三九一)と述べるのだが、この言葉はその運動自体が彼女の自己満足に過ぎなかったことを端的に示している[10]。

　クララたちロボットもAFと呼ばれながらも、キャシーたちクローンと同じように過酷な運命にある。この物語世界の倫理は、彼女のようなAIロボットにヒトと同じような、ジョジーの「継続」となりうるほどの複雑な意識や感情を持たせておきながら[11]、そして自らの判断で自己を犠牲にしてまで人間を守ろうとする高度な自律性を持たせておきながら、あくまでもそれを人間とは違うモノ、あるいは動物のような存在として区別しつづける無慈悲なものなのだ[12]。それは翻ってクララたちロボットに何の権利も認めようとせず、自分たちだけが他のすべての存在に対して上位に位置すると考える、人間中心主義の傲慢な態度に対する批判とも解釈できるだろう。

むすび

　しかしそれはまた別の捉え方もできるのかもしれない。作品のなかでこのような場面がある。クララたちがあるとき街に出て劇場の前で待ち合わせをしていると、一人の婦人が彼女たちに近づいてきて「この機械を劇場に連れ込むおつもりなんでしょうか」(三八一)と尋ねる。そこで少し言い争いになったあと、その女性は「仕事を奪うだけかと思っていたら、座席まで奪うとはね」(三八一)と捨て台詞を吐くのだ。彼女はAIロボットをただ人間の仕事や場所を奪う脅威として捉えており、その態度は一見偏狭なものに思われる。しかし人間が自分の立場や権利を守ろうとするならば、彼女のように考えるのはむしろ当然のことである。そのように理解するなら、われわれがあくまでもAIロボットを奴隷や家畜のように扱わなければ、人間の存在

自体が脅かされてしまうかもしれないという警告を、この作品から読み取ることもできるのではないだろうか[13]。

引用文献

Abbey, Edward. *The Monkey Wrench Gang*. Dream Garden Press, 1975.

Bryson, Joanna J. "Robots Should be Slaves." *Close Engagements with Artificial Companions: Key Social, Psychological, Ethical and Design Issues*, edited by Yorick Wilks and John Benjamins, 2010, pp. 63-74.

Colombino, Laura. "Ishiguro and Love." *The Cambridge Companion to Kazuo Ishiguro*, edited by Andrew Bennett, Cambridge UP, 2023, pp. 213-225.

Connors, Clare. "'Out of Interest': Klara and the Sun and the Interests of Fiction." *Textual Practice*, Routledge, 2023, https://doi.org/10.1080/0950236X.2023.2210096

Douglass, Frederick. *Narratives of the Life of Frederick Douglass: An American Slave Written by Himself*. Penguin Books, 1845.

Dunbar, Erica Armstrong, and Kathleen Van Cleve. *Never Caught: The Story of Ona Judge: George and Martha Washington's Courageous Slave Who Dared to Run Away*. (Young Reader's Edition) Aladdin, 2020.

Eagleston, Robert. "Klara and the Humans: Agency, Hannah Arendt and Forgiveness." *Kazuo Ishiguro*, edited by Kristian Shaw and Peter Sloane, Manchester UP, 2023, pp. 212-226.

Ellery, Ben. "Just Stop Oil: Activists Throw Tomato Soup over Van Gogh Masterpiece." *The Sunday Times*, 14 Oct. 2022, https://www.thetimes.co.uk/article/thousands-to-join-extinction-rebellion-s-long-weekend-of-protest-ftt0kx0wr (Accessed in 19 October, 2023)

Fitzpatrick, Katie. "More than Love: Kazuo Ishiguro's Futuristic Inquiries into Present." *The Nation*, 24 Apr. 2021, https://www.thenation.com/article/society/kazuo-ishiguro-klara-and-the-sun/ (Accessed in 2 December, 2023)

Foreman, Dave. *Confessions of an Eco-Warrior*. Crown Trade Paperbacks, 1991.

Freeman, Don. *Corduroy*. Viking Books, 1968.

Ishiguro, Kazuo. *A Pale View of Hills*. Faber and Faber, 1982.

-----. *Klara and the Sun*. Faber and Faber, 2021.

-----. *Never Let Me Go*. Faber and Faber, 2005.

-----. *The Remains of the Day*. Faber and Faber, 1989.

Lee, Heidi. "More 'Pandemic Pets' Are Ending Up in Shelters. Is There a Fix? Experts Weigh in." *Global News*, 24 July 2022, https://globalnews.ca/news/9011043/pandemic-pets-canada-shelters-fix/ (Accessed in 2 December, 2023)

Liddick, Donald R. *Eco-Terrorism: Radical Environmental and Animal Liberation Movements*. Praeger, 2006.

Purdon, James. "Our Virtual Friend: *Klara and the Sun* by Kazuo Ishiguro." *Literary Review*, Mar. 2021, https://literaryreview.co.uk/our-virtual-friend (Accessed in 2 December, 2023)

Wehner, Greg. "Climate Activists Throw Flour onto Warhol-Painted BMW." *Fox News*, 20 Nov. 2022, https://www.foxnews.com/us/climate-activists-throw-flour-warhol-painted-bmw (Accessed in 19 October, 2023)

上杉忍『アメリカ黒人の歴史—奴隷貿易からオバマ大統領まで』中央公論新社、
　二〇一三年。
大澤真幸「AIと私たち—労働と社会のゆくえ」『朝日新聞』二〇二三年一一月二日、
　一一面。
紀平英作『アメリカ史』（上）山川出版社、二〇一九年。
久保田さゆり「動物のウェルフェアをめぐる理解と肉食主義」『現代思想』第五〇巻第
　七号（二〇二二年）三二–四一頁。
西垣通、河島茂生『AI倫理—人工知能は「責任」をとれるのか』中央公論新社、二〇一九年。
浜野喬史『エコ・テロリズム—過激化する環境運動とアメリカの内なるテロ』洋泉社、
　二〇〇九年。
宮津多美子『人種・ジェンダーからみるアメリカ史—丘の上の超大国の500年』明石書店、
　二〇二二年。
四方田犬彦『テロルと映画—スペクタクルとしての暴力』中央公論新社、二〇一五年。

1　ロバート・イーグルストン（Robert Eagleston）は、プログラムによって動く機械に
　すぎないクララを、あえて「彼女」ではなく「それ」（It）と表記する（Eagleston 213）。
2　*Klara and the Sun* からの引用は、土屋政雄訳『クララとお日さま』（早川書房）を用い、
　引用のあとに括弧で日本語版の頁を記す。
3　紀平 一六二–一六四、宮津 九四–九八、上杉 三〇–三四。
4　パードンは特にキャシーの落ち着いた語りや、自分の義務によって条件付けられ
　たスティーブンスの状態に注目している（Purdon, "Our Virtual Friend."）。
5　クレア・コナーズ（Clare Connors）は、この作品が一八世紀から二〇世紀の長い
　文学の伝統のなかにある、奴隷の物語（slave narrative）やガヴァネスの小説
　（governess novel）に類似していると指摘する（Connors 3）。
6　イーグルストンは、クララの太陽に対する絶対的な信奉は子供じみた宗教観であ
　るが、たとえそれが間違っているとしても、彼女にとってはまったく合理的なもの
　であるという（Eagleston 216-217）。
7　Concise Encyclopaedia Britannica. https://www.britannica.com/topic/
　ecoterrorism（Written by Lorraine Elliot. Fact-checked by Editors of
　Encyclopaedia Britannica. Last Updated: Oct 6, 2023）
8　アース・ファースト！の創立者の一人、デイヴ・フォアマン（Dave Foreman）は
　その著『あるエコ戦士の告白』（*Confessions of an Eco-Warrior*、一九九一）のなかで、繰り
　返しアビーとこの作品に言及している。
9　ジョアンナ・ブライソン（Joanna J. Bryson）は、「ロボットは人と呼ばれるべきで
　はないし、その行動に対して法的、あるいは道徳的な責任を負うべきでもない。ロ
　ボットは完全にわれわれによって所有されているのである」と主張する（Bryson
　63、訳は著者による）。
10　久保田さゆりは動物の福祉と肉食についての論考で、「もし、ウェルフェア論に説
　得力を覚えていながら、同時に、動物をその生のかなり早い段階で食用に殺す
　ということにたいして、何ら問題がないと考えたり、それは仕方のないことなのだ
　と考えたりしているとしたら、それは、肉食を当然とする「イデオロギー」の影響な
　のかもしれない」（三七）と述べている。キャシーたちのいる世界でも、クローンを作
　り出して臓器を摘出することは「しかたがない」（四〇三）と考えられている。
11　ただし西垣通は、「AIやロボットは他律（heteronomous）システムであり、人間社会で
　通用する実践的自律性とは無縁なのだ。・・・ロボットはプログラムにしたがって作
　動しているだけであり、そこに真の自由意思をみとめることは不可能なのである」と断
　言する（西垣 六五）。

12 ローラ・コロンビーノ（Laura Colombino）は、ジョジーとリックのあいだの愛が、小説のなかのほかの何よりも不安定で流動的なものとして提示されていると指摘する（Colombino 221）。またフィッツパトリックは、それに加えてジョジーのクララに対する愛も信頼できないものであるとし、この作品は愛の力に対するいかなるナイーヴな信仰に対しても警鐘を鳴らすものであると結論付けている（Fitzpatrick, "More than Love"）。

13 大澤真幸は、AI が利用しているのはネット上にただで落ちている知識の合計であり、それは本来誰のものでもないはずであると主張する。そしてわれわれはAIを人類の共同財産として、民主的に管理するシステムを作り上げるべきではないかと提言している（大澤 一一）。

執筆者プロフィール

荘中　孝之（しょうなか　たかゆき）
京都女子大学教授
主要業績：*Japanese Perspectives on Kazuo Ishiguro.* Palgrave Macmillan, 2024（編著）、田尻芳樹、秦邦夫編『カズオ・イシグロと日本―幽霊から戦争責任まで』水声社、2020 年（共著）、『カズオ・イシグロの視線―記憶・想像・郷愁』作品社、2018 年（編著）など。

1968 年兵庫県生まれ。今回は『クララとお日さま』について考察することで、いろいろと勉強になりました。AI と人間の未来、メリトクラシー、奴隷制、動物の権利と福祉、環境問題、宗教、テロリズム、・・・。それらのいくつかはわれわれの日常にも深く関わってくることであり、自分自身の日々の生活を振り返るきっかけとなりました。またこの作品を通して、これからますます混沌としていくであろうわれわれの未来や、「人間とは何か？」という根源的な問題について考えさせられました。しかし本論執筆の過程では当初の構想の多くが挫折し、正直なところ違う方向へ広がりすぎて、あまりうまくまとめきれませんでした。自分の力不足を再確認させられた次第です。それでもわたしの論考が、このあと少しでも誰かの参考になればよいのですが・・・。

IV 『生きる LIVING』における記憶の諸相

─ 脚本を通して見えてくるもの ─

池園　宏（山口大学教授）

はじめに

　カズオ・イシグロは、創作活動初期の若き頃より、ラジオやテレビや映画などの脚本執筆に携わってきた。作家として駆け出しの時分を振り返り、イシグロは「脚本と小説のどちらに焦点を絞っていくのか、あまり確信はありませんでしたが、たまたま初期の小説が映画より成功を収めました。ですが映画への情熱はずっと抱いています」(Kerridge)と述べている。脚本への傾倒ぶりは、現在はアメリカのテキサス大学オースティン校ハリー・ランサム・センターに所蔵されている脚本原稿の数々に表れている。そのうち日の目を見ていないものは少なくないが、たとえば長編第一作『遠い山なみの光』(*A Pale View of Hills*、一九八二)にも脚本が構想されていた事実には驚かされる[1]。逆に、世に出た作品としては、テレビドラマの『アーサー・J・メイソンの横顔』(*A Profile of Arthur J. Mason*、一九八四)や『ザ・グルメ』(*The Gourmet*、一九八六)、映画の『世界で一番悲しい音楽』(*The Saddest Music in the World*、二〇〇三)や『上海の伯爵夫人』(*The White Countess*、二〇〇五)などが挙げられる。

　そのイシグロが、かねてより崇拝する黒澤明監督の映画『生きる』(一九五二)をベースに新たな脚本化を試みた映画が『生きる

LIVING』（原題Living、二〇二二、以下『リヴィング』と記す）である。主なプロットは、紋切り型の空疎なお役所仕事を長年続けてきた公務員の老人ロドニー・ウィリアムズが、医師から余命宣告を受けた後、「生きる」意味を新たに模索し、充実した人生の実現を図るというものである。黒澤映画に忠実なリメイク版とはいえ、本作品にはイシグロのオリジナリティが随所に垣間見える。それについては、英国本国のみならず、第九五回アカデミー賞（二〇二三）において脚色賞にノミネートされるなど、国際的にも高い評価を受けた事実が何よりの証左であろう。本論考では『リヴィング』における記憶の諸相という視点から考察を行う。言うまでもなく、記憶はイシグロ文学の主要テーマの一つである。もちろん黒澤版においても記憶はプロット上の重要な要素となっているが、以下に論じるように、イシグロ版では記憶を巡る様々なビジョンや創意工夫がさらに多彩に具現化されていて、黒澤版との差異を自ずと浮かび上がらせている。

　作品の考察を行うにあたり、本論考ではイシグロが執筆した英語脚本[2]を底本として用いる。この脚本と公開版映画との間には、おそらくは最終的な演出的判断や尺の都合などにより、いくらか異なる箇所がある[3]。こうした変更は特段珍しいことではないが、その良し悪しをことさらに問うよりもむしろ、変更以前の脚本テクストに記された文言の中には、鋭敏な言語感覚を持つイシグロらしさ、とりわけ本論考で扱う記憶を巡る特長が表れているものが少なからずある点を重視したい。さらに、小説に地の文や語り[4]が不可欠なように、脚本にはト書きが不可欠であるため、これにも着目しながら検討する。ト書きには、舞台設定や背景描写、登場人物の内面外面の動きに関する説明が豊富に書き込まれている。それらを読み解くことにより、画面上に反映された、あるいは逆に表面的には見えにくいイシグロの含意を窺い知ることができる。単に映像を視聴するのみでは把握しえないイシグロの意図を、脚本の分析を手がかりに明らかにしていきたい。

| 第一章 |

イシグロの記憶

　作品を論じるに先立ち、その構想の原動力となったイシグロ自身の記憶について考えてみよう。『リヴィング』を制作するそもそもの土台となったのは、十一歳[5]で見た黒澤映画『生きる』から得た鮮烈なインパクトの記憶である。実際の視聴以前から彼の母は息子に筋書きを語って聞かせており、「かつて昼食時に、母が様々な登場人物の役を演じてくれたことを覚えている」（Dow）とイシグロは回想している。『生きる』に対する自身の強い思いについて、イシグロは「この偉大な黒澤映画を私たちの共通の記憶から消え去らないようにしなければ、というのが私の使命であり、動機のひとつでした」（加川）と語っている。さらに、黒澤映画の舞台は上映時期と重なる一九五二年、一方のイシグロ版は一九五三年で、両者の設定はほぼ同じだが、黒澤が同時代の風景をそのまま活写していたのに対し、イシグロは過去の歴史的記憶を踏まえた形で物語を構築している。

　映画への興味という点に関連して言えば、イシグロはとりわけ一九四〇年代の古き英国映画へのノスタルジアを強く抱いており、「作品のテイストとしても時代設定は一九五三年ですが、四〇年代に黄金期を迎えたイギリス映画の雰囲気を取り入れたかった」（金澤 二八）と述べている。その懐古的オマージュぶりは、作品冒頭に登場する、あえて古めかしい視覚効果を狙ったロンドンのピカデリー・サーカス界隈の映像にも反映されているのかもしれない。さらに、直後に続く、ロンドンへと向かう英国紳士たちの通勤シーンは、イシグロが子ども時代に実際に目にしていたものであった。イシグロは二〇一七年のノーベル文学賞受賞記念講演において、「十一歳から列車で隣町のグラマースクールに通学しました。毎朝、ロンドンのオフィスへ向かう、

ピンストライプのスーツと山高帽を身に着けた男性たちの集団と車両を共にしていました」(Ishiguro, *My Twentieth Century Evening* 9)」と回想している。この子ども時代の記憶は、『リヴィング』の主人公ウィリアムズの台詞にも反映されている。

　　私が望んでいたのは紳士になることでした。たいそうなものではありません。ただ普通の類の紳士です。朝、彼らがみんな駅でずらりと並んでいるのを、母と一緒にそこへ行くたびによく目にしたものです。スーツと帽子。ロンドンに行くためにプラットホームで待っている。そんな紳士。私がいつの日かなりたいと思っていたものです。(73)

　イシグロとウィリアムズに共通するのは、過去における実体験のみならず、英国紳士に代表されるような英国性 (Englishness) に対する記憶と憧憬であろう。映画冒頭で前景化される、自然豊かな田園風景、古風な蒸気機関車、そして伝統的な服装と立ち居振る舞いの英国紳士たちの姿は、自ずと観客の郷愁を誘う。そうした英国性のシンボルは、現代では多くが失われつつある、あるいはすでに失われてしまったものである。本作品は、同じくレトロな英国性をビジュアル化した、『日の名残り』(*The Remains of the Day*、一九八九)の映画版(一九九三)と同様に、いわゆる英国のヘリテージ映画のカテゴリーに分類できるだろう。英国性の導入は、イシグロが『リヴィング』のために意図した演出効果であった。「考えていたんですよ、もし『生きる』の新バージョンがあって、それを英国性や英国紳士と、おおよそメタファーとして、人間模様の研究として、結びつけることができたなら素晴らしいだろうなと」(James)とイシグロは解説している。その意向を反映した冒頭のシーンは、いきなり主人公のレントゲン写真と直後の殺風景な役所の風景から始まる黒澤映画とは大きく異なる[6]。後述するように、イシグロ版ではその冒頭シーンに内在する

諸要素があるからこそ、後のエピソードとの相乗効果が生まれる
結果がもたらされている。また、イシグロの脚本ではウィリアムズ
は感情を抑制したストイックな典型的英国紳士像に仕立て上げ
られているが、これは黒澤映画で志村喬が演じた、感情をあらわ
にする主人公の渡辺勘治とは対照的である。イシグロはむしろ、
黒澤と同様に崇拝する小津安二郎が監督した『東京物語』
（一九五三）の主演男優、笠智衆のような人物像を想定し、その
英国紳士版を担える老練な俳優としてビル・ナイ（Bill Nighy）[7]
を自ら指名したのだと、数々のインタビューで述べている。この
ように、本作品には、イシグロ自身の記憶に加え、彼のオリジナル
な着想や意向が様々に反映されているのである。

第二章

ウィリアムズの記憶

　続いて主人公ウィリアムズの記憶に焦点を当てて考察を行い
たい。医師から癌で余命半年の宣告を受けた当夜、自宅に戻った
彼の脳裏には、妻の死とその後の息子との交流がフラッシュ
バックする。この筋書きは黒澤映画の踏襲であるが、同様に死の
自覚が過去の回想を促す効果をもたらしている。かつてイシ
グロは代表的長編小説『わたしを離さないで』（*Never Let Me Go*、
二〇〇五）について、「人生とは、人が考えているよりもいかに儚く
て短いものか。だからこそ、愛を求めるし、過去を振り返ること
によって自分の人生の重要な時間を見つけ出そうとする」（立田
二五二）と述べていたが、この考えは、予期せぬ死を宣告された
ウィリアムズの回想シーンにも当てはまるものだ。脚本では
「フラッシュバック（FLASHBACK）」というト書き文字が何度も
登場し、かつそれらには下線が施されて他のシーンとは差別化

されていることから、イシグロが作中における記憶の遡及を重視していたことがわかる[8]。脚本では六十代前半と設定されているウィリアムズが四十代前半の妻の遺影を見つめていることや、二十代後半の息子マイケルが母の葬儀の際に五歳だったと記されていることにより、ウィリアムズは妻を失ってから二十数年を過ごしてきた事実が推察できる。重要な点は、彼が現在の虚しい人生を送るようになった要因が、愛する肉親との物理的もしくは精神的な離反にあるという事実である。後にウィリアムズは、職場の部下のマーガレット・ハリスから「死んでいるが死んでいない」「ミスター・ゾンビ」(51)という皮肉なあだ名をつけられていた話を聞く。彼はそれを自嘲気味に受け入れるが、その後で過去を回想し、「ああ、そう、ミスター・ゾンビ。いや、ずっとそうだったわけじゃないんだ…たとえば妻が一緒にいた頃。それからその後マイケルが大きくなっていく間」(72)というように弁明する。実は「たとえば…」以降の台詞は映画ではカットされてしまっているのだが、過去に埋もれたウィリアムズの記憶の推移を知る上では注目に値する一節である。フラッシュバックの場面では、妻の死後、マイケルの成長に寄り添うウィリアムズの様子がノスタルジックに挿入される。だが、大人になり結婚した現在のマイケルとの間には、ぎくしゃくしたすれ違いの関係が生じている。同居はしているものの、マイケルの妻フィオナは新居移転のために義父の預金をあてにしていたり、終始よそよそしい態度をとったりしていて、マイケルは板挟みの状態にある。ウィリアムズは息子に自身の病状を何度か伝えようとするが、「彼には送るべき自分の人生がある」(72)という考えのもと、結局は告白せぬまま自らの人生を閉じる。後に真相を知らされたマイケルが葬儀場で流す無念の涙は、親子の意思疎通の欠如を如実に物語っている。

　マイケルに関するフラッシュバックの最後に登場するのは、従軍した彼が帰還した際の記憶である。黒澤の『生きる』と同様に、

『リヴィング』も第二次大戦後まもない時代を背景としている[9]。敗戦国の日本と戦勝国の英国という違いはあれ、いずれも当時は戦後復興の真っただ中にあり、戦争の記憶が色濃く残っていた時代である。死の宣告を受けたウィリアムズが新たに「生きる」ための目標として到達したのは、ロンドンのチェスター通りの公園造りであった[10]。ト書きではこの公園について「戦争以来ずっと放置されている爆撃跡地」(87)と記されており、また映画ではカットされたものの、イシグロの脚本では、公園造りを役所に訴えていた婦人の一人が「ドイツ人があの爆弾を落として以来、近づいた者は誰もいません」(15)と発言している。この発言がドイツによるロンドン大空襲(Blitz)を示唆していることは容易に推察できる。同じく映画ではカットされているが、ウィリアムズはロンドンの群衆を見つめ、「戦争をくぐり抜けてきたんだ。まだ再建すべきものがたくさん、夢がたくさんある」(55)とつぶやいている。フィクションにおけるウィリアムズの死と再生の物語は、現実の歴史に存在したロンドンの死と再生の物語とオーバーラップするように描かれているのだ。さらに英国の歴史との関連で付言すれば、本作品は一九五三年七月から翌五四年七月までの約一年と時代設定がなされているが、物語開始の前年の一九五二年二月六日にはエリザベス女王の即位という国家の一大イベントが行われていたという事実も見逃せない。作中で特に言及はされないものの、新たな国王の誕生に伴う新時代の到来、国家的再生への機運が、物語の歴史的背景として存在している。

　しかしながら、死を目前に記憶を新たにしても、ウィリアムズは新たに「生きる」ための有効な手立てを自ら単独では発見できない。老いた彼の再生に寄与する役割を担うのは、さらに若い世代の人物たちである。また、ウィリアムズの再生行為が、彼の死後も次世代の若者の記憶に継承される点にも着目すべきであろう。イシグロは、映画製作にあたって世代間の関係性や

継承性を念頭に置いていた点について、「私にとって、若い世代の感覚があることは重要です。オリジナルの黒澤作品は、ウィリアムズ氏の世代が提示する良き模範から何かを潜在的に継承しうる次の世代に、それほど力点を置いてはいません。それがおそらくオリジナル版と私たちの映画との大きな違いの一つです」（Stewart）と述べ、自作品の独自色を主張している。さらに、公園造りの享受者となるのが、さらに年少の子ども世代である点にも意味がある。過去の記憶を顧み、それまでの人生への悔悛に苛まれるウィリアムズにとって、公園造りは子どもたちに未来を与える償いの行為だと解釈できる。このような世代間の関係性は、イシグロの小説作品にもたびたび登場するテーマでもある。こうした視座のもと、以降では、記憶に関連する議論として、世代間の新旧・老若関係に着目しながら、ウィリアムズの再生プロセスについて具体的に分析する。そのプロセスにおいては、異なる世代間の交流シーンを通して、先のマーガレットとの対話に見られるような記憶の想起がウィリアムズに生じたり、また、観客の記憶を刺激する諸要素が挿入されたりする。以降の考察の際には、新旧や老若の対照性を示唆する語句、ならびに映画のタイトルやその派生語（live、life、alive 他）の用いられ方も併せて吟味することにより、脚本に内包されたイシグロの言語選択の工夫やレトリックの妙味も同時に読み取りたい。

｜　第三章　｜

ウィリアムズの再生

　イシグロの言う「若い世代」として大きくクローズアップされているのは、二十代前半に設定されている前述のマーガレットと、同じくウィリアムズの部下で、脚本には二十四歳という具体的な

年齢が記されたピーター・ウェイクリングのカップルである。前者はウィリアムズの再生への原動力として、後者は再生した彼の記憶と意志(遺志)の継承者として提示され、両者は彼の死後に結ばれる。また、さらに看過できない登場人物として、マーガレット以前にウィリアムズ再生の最初の糸口を作り、いわば彼女への橋渡し役を担うサザーランドの存在がある。彼は、ウィリアムズが生きる目標を模索するあまり、役所(ロンドン・カウンティ・カウンシル)を無断欠勤して赴いた行楽地ボーンマスで出会う人物である。四十代後半というやや年長の設定ではあるが、脚本中九回にも及ぶ「じいさん(old man)」(33 他)[11]という彼の呼びかけ方は、ウィリアムズとの年齢差を際立たせる。サザーランドは再生装置としてはマーガレットに劣るように見えるものの、映画監督オリヴァー・ハーマナス(Oliver Hermanus)の構想によれば、実は彼女に比類すべき重要な存在である。

> この映画のストーリーにおいて、主人公は二つのあるエピソードを経験します。それらのエピソードは、とある二人の人物との交流によって進行していきます。一人目はボヘミアン的なアーティストで、彼らはまるで空想のような一晩を過ごします。二人目は、彼のオフィスで働く女性で、とても有能で活気に満ち溢れ、生き生きとした楽天的な人物です。この二つのエピソードにより、彼は残された日々に何ができるのかということを悟るんです。そのため、特にこの二人のキャラクターを調和させたいと思いました。(ハーマナス)

この考えに依拠してウィリアムズの再生プロセスを考察するにあたり、まずサザーランドとの関係、次にその延長線上でマーガレットとの関係について論じていきたい。再生後のウィリアムズの記憶を継承するピーターについては、議論の都合上、その後に取り上げる。

ウィリアムズがサザーランドに自己の余命を告白した際、サザーランドは、「…六か月。九か月。長くは思えない。だがそれなりのものだよ。物事を整理するには十分な時間だ。それに少しばかり生きる(live)のにもね、あんたが望むのなら」(34)と、映画タイトルを想起させる台詞で助言を与える。黒澤版のプロットも同様だが、偶然知り合ったこの初対面の人物は、必要以上に主人公に共感して最後まで寄り添おうとする。ここで着目したいのは、サザーランドがウィリアムズの帽子が変わるきっかけを作る点である。帽子の変化は黒澤版でも象徴的に描かれるが、イシグロの用い方や演出にははるかに深い含意がある。なぜなら、ウィリアムズが常時愛用する山高帽(bowler hat)は、前述したように、ノスタルジックな記憶を誘う英国紳士の必携アイテムとしての機能を持つからだ。だが、二人が夜の歓楽街に出かけた際、この山高帽を若い女がふざけて奪い去ってしまう。突然のアクシデントに動転したウィリアムズに対し、サザーランドは「新しいもの(a new one)を見つけてやるよ。あんたの人生(life)の新たな局面だ。古きもの(the old)は去れだ！」(38)と慰める[12]。その後、別の男から新たな帽子を調達した後、サザーランドは、「この男は昨日まで抜け殻のような存在だったのに、ひょいと人生(life)に目覚めたんだ。見ろ！新しい帽子(a new hat)だって持ってるんだ！」(40)と、繰り返し帽子の新旧、およびそれと人生との関わりを強調している。

　ここで改めて、イシグロが本作品でいかに山高帽の存在を重視しているかについて考察しよう。冒頭の蒸気機関車による通勤シーンには、「山高帽と黒のスーツを着用し、ブリーフケースと巻き傘を所持した男たち」(1)というト書きが記されている。これを筆頭に、脚本には「山高帽」という単語が計九回登場するが、いずれもウィリアムズが盗難に遭う前のことである。サザーランドが新たに調達した帽子は「中折れソフト帽(fedora hat)」(39)である。これ以降は山高帽への言及は皆無となり、逆に中折れ

ソフト帽への言及はト書き中に計六回登場する。しかも、イシグロはそれらを、ボーンマス滞在以後のプロット上の重要な諸局面——ウィリアムズが公園造りを決意するシーン（74）、その決意を胸に役所へ復帰するシーン（75）、爆撃跡地を視察するシーン（87）、完成した公園でブランコに乗る最後のシーン（105）——において、彼の着用物としてト書き中に繰り返し書き記しているのだ。この反復により、ウィリアムズの再生を象徴する不可欠な視覚的アイテムとしての中折れソフト帽の役割が強調されると同時に、古き英国紳士像や英国性が後退し、その記憶が書き換えられていく現象が象徴的に示されていると解釈できる[13]。

　帽子の変化との関連で、マーガレットについての考察に移ろう。この変化はウィリアムズとマーガレットとの邂逅の場面でも有益に機能している。彼女はロンドンに戻ったウィリアムズを再生の道へと導く決定的な役割を果たす。そのマーガレットは、彼と再会した瞬間に外見の変化に気づき、開口一番、「ウィリアムズさん。あなただったんですね！一瞬とても面喰いました。つまり、あなたの…（相手を上下に見て）…あなたの新しい帽子（your new hat）に！」（46）と仰天する。これまでの議論を踏まえれば、この発言が単なる社交辞令ではなく、イシグロの意図的な演出によるものであることは明らかである。新しい帽子への驚き自体は黒澤版の踏襲であるが、黒澤版にはイシグロ版が意図したような新旧の強調は比較的希薄である。なお、この場面に関して、マーガレット役のエイミー・ルー・ウッド（Aimee Lou Wood）は以下のような興味ある発言をしている。

　　マーガレットが街でウィリアムズさんを見かけて、「あなたの新しい帽子に一瞬ちょっと面喰いました」と言ったときの、まさにあの台詞でした。あの台詞。思っちゃったんです、彼女がどんな人かわかったって。どんな人かわかったってね。彼女は物事にとてもよく気がつく人なので、彼が

新しい帽子をかぶっているのは、何？ 何？ えっ、新しい帽子なの？といった感じです。それで思っちゃったんです、それがマーガレットという人なんだって。(Bamigboye)

　帽子の新旧に込められたイシグロの意図を念頭に置けば、新しい帽子に気づく際の台詞で彼女が役柄を把握したという事実は、単なる偶然の符合とは思えぬほど意義深いものがある。本作品におけるウッドの好演は様々なメディアで称賛されているが、その理由の一端が垣間見える一例であろう。
　ウィリアムズとマーガレットの交流は、黒澤版と同じく、映画中盤のプロットの基軸をなしている。ウィリアムズが自分に欠落した要素として彼女に見出していたのは、「人生(life)への意欲」(71)である。再会した場面を思い起こし、彼は「あなたを見て思い出したんです。どんなものだったのか、あんなふうに生きている(alive)というのは」(73)と過去を回顧する。これに関連して、マーガレット役のウッドも、彼女は「生命力のキャラクター(the character of life)」(Bamigboye)であると語っている。二人の交流シーンにおける最後の山場は、ウィリアムズが文字通り「生きる」道を発見する最重要シーンとなっている。ウィリアムズが覚醒するこの場面の一部は、映画宣伝用の予告編にも使用されているほどである。だが、映画本編の同場面も含めて、そこで用いられた日本語字幕には戸惑いを覚えた視聴者も少なからずいるのではなかろうか。ウィリアムズの台詞は、字幕では「生きることなく人生を終えたくない」(『生きる LIVING』)となっていて、一見まさに本作品のメッセージの集約になっている。だが実際の英語は「時が来て、私を創造したお方(神様)が私をお召しになるとき(When the time comes, when my Maker calls me)」(74)であり、この字幕はかなり原文から乖離した感がある。さらに、実は脚本ではこの従属節の後に主節の「少なくともその方にはおわかり願いたいのです、私が…生きていることを(I wish at

243

least for him to find me . . . living)」(74)が続いていて、それが映画版ではカットされているのだ。言うまでもなく、最後の単語（"living"）は映画のタイトルと同一で、さらにイシグロ脚本では、その直前に一瞬の間によってためを作る効果を想定していたことが見て取れる。字幕作成者が元の脚本の意を汲んでこのような意訳を施したのかどうかは定かでないが、もちろん両者の是非や優劣を問うことが本論考の目指すところではない。英語からのダイレクトな翻訳では観客に意味が伝わらないであろうことも容易に想像がつく。それよりも重要なのは、脚本に込められたイシグロの意図を汲み取ることである[14]。

「時が来て…」の台詞は、それより前に発せられるウィリアムズの台詞と呼応している。彼はマーガレットに対し、帰宅時に子どもたちが遊んでいるのを見たことがあるかと尋ねる。以下はそれに続く台詞であるが、その最初の部分の類似に着目したい。

　　それから時が来て、母親たちが子どもたちを家に呼び入れるとき（And when the time comes and their mothers call them in）、よく子どもたちは嫌がったり、少し逆らったりするんです。まあ、それは当然のことですけどね。時々見かけるような、一人ぼっちで隅っこに座っている子どもよりはずっといい。仲間に加わることもなく、楽しいでも楽しくないでもない。ただ母親が呼び入れてくれるのを待っているだけ。今では、自分がそんな子どものようになって終わってしまうのかも、と怖くなってきて、そして…そしてそうならないようにと強く願っているんです。(73)

ここでウィリアムズは自分と子どもを同一化している。そして、子どもにとっての母親は、後の台詞で、自分にとっての神に置き換えられている。家路につく時間に呼び入れてくれる母親を待つ孤独な子どもは、近い将来、命の終焉の際に招き入れて

くれる神を待つ自身の姿に重ねられ、その寄る辺なさや身の置き所のなさがウィリアムの不安を駆り立てるのだ。新旧・老若の関係性の主題を考え合わせると、このクライマックス場面のメタファーは秀逸で、イシグロの巧みなレトリックが浮き彫りとなっている。さらに、この一連の台詞の流れは映画のラストシーンにも直結している。そこでは、ブランコに興じる子どもたちを母親が家に呼び入れる様子が描かれる。そのブランコこそは、死を迎える、すなわち天に召される最後の晩にウィリアムズが座っていた場所である。このように、子どものイメージを繰り返し挿入することで、イシグロは観客の記憶を喚起し、ウィリアムズの最期に奥行きをもたらしているのだと言える。なお、母親に呼び入れられる子どもの姿は黒澤版にも登場しており、イシグロ版はそれを踏まえた形となってはいるのだが、先の台詞「時が来て…」の伏線があることで、より深い意味合いを持つものへと昇華している。子どもたちが家路についた後のト書きは、「中央のブランコは、当面の間、自ら揺れ続けている」(108)で閉じられているが、公園造りという「生きる」目標をかなえたウィリアムズの、あたかも生きているかのような息づかいを感じさせる余韻に溢れたシーンとなっている。

　ここで議論をマーガレットとの交流の最後の場面に戻そう。先に引用した「少なくともその方にはおわかり願いたいのです、私が…生きていることを」の少し後のト書きでは、ウィリアムズの様子が劇的に変化するのだが、実際の映画ではそれほど明瞭に反映されているように思えない。ト書きは以下の通りである。

　　突然、彼は自分の中にひらめいたある考えで言葉をつぐむ。一瞬の間。
　　ウィリアムズは笑い始める。最初はひそやかに、その後、その笑いは彼の全存在を揺さぶるかのように見える——安堵、啓示、そして目の前にあった何かを見逃してきたことへの

認識に溢れた笑い。(74)

　映画では、突然「ある考え」に到達して沈黙の間が訪れるものの、自身の「全存在を揺さぶる」ほどの笑いが生じているようには描かれず、その変化はいかにも穏やかに見える。さらに、直後に続いていたウィリアムズの台詞、「もしかしてミスター・ゾンビにとってもう遅すぎるということはないのかもしれない」(74)はカットされ、マーガレットに帰宅を急ぐよう勧める彼の様子のみが描かれている。黒澤の『生きる』でも主人公は覚醒場面で「遅くはない」(一八二)と発言していて、イシグロの脚本はそれに倣ったものだと言えるが、それ以上に留意したいのは、「遅すぎる(too late)」という言葉がイシグロの小説作品において頻繁に用いられる重要表現の一つだという点である[15]。『リヴィング』でもこれが重要な意味を伴うことは、市販のブルーレイやDVDのカバーケースのキャッチコピーとして、日英版ともに、これに似た一文「始めるのに遅すぎるということなど決してない(IT'S NEVER TOO LATE TO START)」が記載されていることからも窺い知れるだろう。しかし、結局はカバーケースのみの記載で、映画本編でこの表現が使用されることはなく、日の目を見ることがなくなってしまったのは残念である。変更の理由は不明なものの、以上のように元の脚本とは異なる上映版にはいささか物足りなさが感じられる。できることなら、イシグロの演出の妙味を元のまま鑑賞してみたいところである。

再生した
ウィリアムズを巡る記憶

　以上、ウィリアムズの再生について詳しく見てきたが、再生後の描かれ方や演出にも、やはり記憶が介在する点に着目して論を進めたい。マーガレットとの交流シーンの直後、役所に戻り、人が変わったかのように公園造りの陣頭指揮を始めるウィリアムズの姿が鮮烈に描き出される。しかし、ほどなくして場面は突然切り替わり、葬儀場となる教会に飾られた彼の遺影が映し出される。再生後のウィリアムズの動向は、参列者たち各々のフラッシュバックによって思い起こされる。前述のように、ウィリアムズが家族を回想するシーンで用いられていた下線つきト書き文字「フラッシュバック」が、これ以降にも復活して頻繁に登場する。この記憶のポリフォニーにより、ウィリアムズが役所の各部局の抵抗に屈することなく、断固たる姿勢で目的を達成していった経緯が、多角的な視点から明らかにされる。その中で、再生したウィリアムズの記憶および意志（遺志）の継承者となるのが、再生に寄与したマーガレットのパートナーとなるピーターである[16]。

　ピーターのフラッシュバックは、二月に行われた葬儀の後、いつもの通勤列車の中で読み始めるウィリアムズからの手紙が起点となる。ピーターに残されたこの手紙は、いわば生前のウィリアムズの意向を託す遺言や形見としての機能を持つ。手紙のメッセージを考察する前に、読まれる場所が映画冒頭で印象深く提示されていた蒸気機関車の中だという点を押さえておきたい。乗客は最初と同じくウィリアムズの部下四人で、やはり仕切り客席（コンパートメント）で向かい合っている。ト書きには、

冒頭は「ミドルトンとハートは一方の側、ピーターとラスブリッジャーは反対側」(3)、この場面は「ミドルトンとハートは一方の側に、ラスブリッジャーとピーターはもう一方の側に座る」(84)と記されていることからもわかるように、イシグロは座席の並びが同様になるように意識的に配置し、観客の記憶に訴えて既視感を抱かせる工夫を施している。また、黒澤版では葬儀後の一同のフラッシュバックは通夜の席に終始していたが、イシグロ版は疾走する列車でのメリハリのある動的な場面展開という副産物ももたらしていて秀逸である。

　ウィリアムズが手紙で残したメッセージは、ようやく達成した公園造りが将来的に顧みられなくなったとき、ピーターが「失望」(99)や「幻滅」(100)(いずれの語句も映画ではカット)に至り、かつての自分が陥ったような状態になるのを危惧する内容であった。それは究極的には、自身につけられていたゾンビというあだ名のごとく、生ける屍と化す状態につながる。ウィリアムズは、そうなる恐れのある場合には「私たちの小さな公園を、そしてその完成時にしかるべく得た穏やかな満足感を、君に思い出してほしいのです」(103)と綴り、当時の達成感の回顧を拠り所とするよう助言する。その根底には、「私たちの作った公園を過小評価したいとは決して思いません。でもあれはほんのささやかなこと(a small thing)だったのだと申し上げます。それにいずれは、そうしたささやかなこと(small things)の大半が辿る道を歩むことになるのだと」(101)という考えがある。この卑小さの強調は決してネガティブなものではなく、ウィリアムズの訴えはむしろ、こうした一見些細な業績やそれに勤しむ人生から得られる「穏やかな満足感」の価値の認識である。ピーターがこの考えを共有し継承していることは、物語の最後に彼が出会う巡査に対して告げた言葉、「私はささやかな役割(a small part)を果たしました、ほんのささやかな役割(a small part)なんですよ、それを実現するのにね」(103)に明示されている。

新旧世代の間で受け継がれるこのメッセージは、イシグロ自身が子ども時代に見た黒澤映画から継承し、記憶に留め続けてきたものでもあった。この点については、本作品の主題としてイシグロが数々のインタビューで表明している。

　　　『生きる』は私にスーパースターになる必要はないと教えてくれました。世界が拍手喝采するような大きなことをする必要はないのだと。もしかしたら人生は比較的平凡なものになる——少なくともそのように自分では想像していたのです。私たちの大半にとって、人生はとても制限されていて、地味で、挫折感を覚えるものです。日々の労苦です。しかし最大限の努力をすれば、ささやかな人生（a small life）でも満足のいく大きなものに変わることができるのです。(Ishiguro, "Kazuo Ishiguro's Top 10")

　このことを裏づけるように、ト書きでは、最後にブランコに興じるウィリアムズの様子について、「彼の表情は内なる勝利感に照らされている。頭上に降りそそぐ雪を暖めるかに思える、光輝く満足感」(106)と描写されている。ピーターと出会った巡査は、こうしたウィリアムズの生前の様子を最後に目撃した人物である。映画ではカットされてしまった巡査の台詞、「おそらく私が、ウィリアムズ氏が生きている（alive）のを見た最後の人間でした」(105)は、文字通りの意味ばかりでなく、再生したウィリアムズの最後の記憶を有する者であることへの言及とも読み取れるだろう。その巡査の「この方はこのあたりでは敬意と愛情をもって記憶されることになるでしょう」(104)という評価は、ウィリアムズが、ピーターのような限られた知人の個人的記憶のみならず、公園という持続的トポスによって広く民衆や社会の記憶にも刻まれうるという期待への、第三者的示唆であると解釈できるだろう。

こうした継承への期待とは対照的に描かれるのが、仕切り客席におけるピーターの同席者三人である[17]。彼らは各々の形で再生後のウィリアムズの奮闘ぶりを回顧し共感を寄せるが、それから半年も経たぬ七月の段階では、まるで彼の記憶を忘却してしまったかのように元のお役所仕事に回帰してしまう。その中でも、ウィリアムズの後任ミドルトンの豹変ぶりは、きわめて皮肉な調子で提示されている。生前のウィリアムズが見せた仕事ぶりに感化された彼は、列車の中で、「私が公共事業課の責任者であり続ける間、私たちはウィリアムズさんの記憶に忠実であろう。事を成し遂げよう」(97)という意気込みを宣言していた。着目したいのは、そのミドルトンが役所で最後に発する台詞、「ああ、今のところはここに留めておいていい。何の支障もない(No harm)」(98)である。職務怠慢を露呈するこの台詞は、実はかつてのウィリアムズの台詞の反復となっている。物語序盤の役所内のシーンで、山積みに放置された業務書類を前に、ウィリアムズは当座の仕事を先送りし、「それなら、今のところはここに留めておいていい。何の支障もない(no harm)だろう」(10)、「でも、ここに留めておいていい。何の支障もない(No harm)」(19)と二度も同じ言い回しをしていた。さらに着目したいのは、再生後の彼が、公園造りの申請のため、ロンドン・カウンティ・カウンシルの重鎮で公共事業の決定権を持つジェイムズ卿に訴え出るシーンである。申請を却下する消極的なジェイムズ卿に対し、ウィリアムズは「それが何の支障(harm)を及ぼすというのでしょうか？」(92)と執拗に食い下がるのだが、そこに同伴していた目撃者が外ならぬミドルトンなのである。イシグロは小説作品においてキーワードとなる言語表現の反復技法を効果的に用いる作家だが、本映画でもミドルトンの最後の台詞によって観客が既視感を覚え、在りし日のウィリアムズを想起するような仕掛けを施しているのだ。

第五章

「ナナカマドの木」と記憶

　最後に、作中でウィリアムズが二度歌い、さらに映画のエンドロール時の曲[18]としても使用されている楽曲「ナナカマドの木」（"The Rowan Tree"）について、記憶の観点から焦点を当ててみたい。まず、この現存する古いスコットランド民謡は、イシグロの妻でスコットランド系のローナが祖母から学んで口ずさんでいた歌であり、それゆえ彼にとって「正真正銘、継承されていく歌」（Knight）なのだという。イシグロの脚本設定では、ウィリアムズと亡き妻もまたスコットランドの血筋を引いている。サザーランドに連れていかれたボーンマスの酒場で、ウィリアムズはその事実を口にしつつ、おもむろにこの歌の演奏をリクエストする。歌の導入に一役買ったという意味では、ここにもサザーランドのさらなる存在意義を見出すことができるだろう。酒場で妻の記憶につながる歌を思い出したウィリアムズは、再生した後、公園造り完成の達成感の中で最後に再び同じ歌を口ずさむ。イシグロは、「私は観客に記憶してほしかったのです。彼が亡き妻と結びつけているこの歌を歌っているのだということを、そして、おそらくはかつて死に絶えてしまった彼のあの一部を再発見したのだ——どこかで生き返ったのだ、ということを」（Qureshi）と自身の意図を解説している。また、「最後に幸せそうに歌を歌うのは、妻を亡くしたときに失った自分を、取り戻したような喜びが、彼にはあったと思います」（金澤 二九）とも述べている。さらに深読みすれば、雪の中でブランコに揺られながら歌うウィリアムズの穏やかな表情は、まもなく赴く死後の世界で昔懐かしい妻と再会することに対する期待感の表れとも考えられよう。

　このような含意を念頭に置けば、イシグロ自身がこだわって

選んだ「ナナカマドの木」の歌詞の内容が、黒澤の『生きる』で用いられた「ゴンドラの唄」のそれとは異なるものになるのも驚くに当たらない。イシグロは、「もちろん、志村喬がブランコに乗りながら『ゴンドラの唄』を歌っているシーンは、映画史上最高のシーンのひとつだ。しかし、歌自体は、それほど物語に対して直接言及した歌詞ではない」(細木)とコメントしている。「ナナカマドの木」は、過ぎ去った懐かしい季節の数々を思い起こし、「ああナナカマドの木よ、ああナナカマドの木／汝は私にとってこれからも常に愛おしい／故郷や幼少の頃のたくさんの絆と絡み合っている」、「汝の美しい幹にはたくさんの名前が刻まれていたが／今ではもはや目にすることもない／でもそれらは私の心に刻まれていて／決して忘れ去られることはない」(41-42, 105-106)と綴る。過去の回想を前景化するこの歌は、これまで論じてきた『リヴィング』の記憶の主題と合致している。一方、「ゴンドラの唄」は、「生命短し 恋せよ乙女／紅きくちびる あせぬ間に／あつき血潮の 冷えぬ間に／明日という日の ないものを」、「生命短し 恋せよ乙女／黒髪の色 あせぬ間に／心のほのお 消えぬ間に／今日はふたたび 来ぬものを」(黒澤 三六〇-三六一)と、現在の刹那の生命を可能な限りまっとうすることを奨励する。イシグロと同じ英文学の領域において、この歌詞と同一主題を持つ作品として思い起こされるのは、中世の詩人ロバート・ヘリック(Robert Herrick、一五九一-一六七四)が残した名詩「乙女たちに」であろう。「乙女らよ、咲き出た薔薇を摘むのです。／相も変らず急いで駆けてく「時」の奴。／けふほほゑんでゐるこの薔薇が／あすは萎れてゆくでせう。」、「はにかんでないで、時を上手に使ふのです。／嫁ぐ相手のあるうちに、嫁ぎませうよ。／生まれて一度の花時がむなしく過ぎれば、／乙女らよ、いつまで待つても待ちぼうけ。」(ヘリック 四三-四四)と詠うこの詩は、古代ローマの詩人ホラティウス(紀元前六五-前八)の「その日をつかめ」(carpe diem ＝seize or enjoy the day)、すなわち

「死後の生を予想しない者にとっては、現世での生を充実させる べきだという思想」(福原、吉田 四八)を内包している。もちろ ん、「ゴンドラ唄」の内容は余生短いウィリアムズにも当てはま るものだが、現在の生き方に力点を置くその内容と、過去の記憶 に訴える「ナナカマドの木」とでは、メッセージの方向性が自ず と異なる。そして、後者を作品内に組み込んだイシグロの選択 は、記憶の主題を奏でる本映画にとって妥当かつ効果的なもの であった。本論考の冒頭で述べたように、若きイシグロは小説家 か脚本家かの選択に悩んだが、それ以前の十代後半から二十代 前半にかけてはシンガー・ソング・ライターへの道を志してお り、当時から音楽に対して深い関心と造詣を持ち続けてきた。 そのイシグロが自ら選択にこだわったこの楽曲は、上映中に繰 り返し流されることで、ノスタルジックな作品の基調音として 観客の記憶に印象深く刻まれることになるのだ。

むすび

　以上、記憶というイシグロ文学特有の主要テーマが、映画 『リヴィング』においても多角的に展開されていることを明ら かにしてきた。黒澤映画をベースにしつつも、イシグロはオリジ ナルな台詞やト書きを脚本中に施し、リメイク版ならではの独 自性を発揮している。イシグロは、黒澤作品に敬意を抱きつつ も、それとの対比や差異化を意識していた点について以下のよう に語っている。

　　暗く、悲観的な雰囲気をまとった黒澤版の『生きる』に対 して、今ならもっと楽観的なムードの映画を作れるのでは ないかと思いました。この映画を制作していた時、黒澤監督 は日本がその後、奇跡の経済成長を果たし、安定したリベラ ルな民主主義国家になることを知りませんでした。戦後間 もない日本で、黒澤監督が非常に用心深く悲観的になるのも

無理はなかったでしょう。(今回の作品の舞台は戦後間もないロンドンですが)私たちは、その後の日本とイギリスがどうなったかを知っています。そこで今回のストーリーには、より若い世代の人たちを登場させたいと思いました。主人公のような人物が残した遺産の恩恵を受ける世代の人たちです。小さな火花が、一部の人たちに火をつけ、それが現代にまで連綿と受け継がれているのです。(加川)

　ここに言及されている、現在につながる過去の歴史的記憶に対する認識、および新旧世代間における継承性の主題は、本論考で行ってきた議論と重なるものである。イシグロは数々のインタビューで、「楽観的な(optimistic)」の他に「肯定的な(positive)」や「希望ある(hopeful)」といった形容詞を用いて、自身の映画の特色を紹介している。もっとも、やはり基本的には黒澤映画の忠実なリメイク作品であるだけに、決して変わらぬお役所主義への批判や、生きる意味に覚醒した主人公の死といった設定を踏襲しているため、ペシミスティックな要素が不可避的に内在している事実は否めないところだろう。

　作品のメッセージや解釈を巡ってオプティミズムとペシミズムが拮抗するこのような現象は、イシグロの小説においてもしばしば見受けられるものである。たとえば、『わたしを離さないで』や『クララとお日さま』(Klara and the Sun、二〇二一)についても、イシグロは前向きな作品である点を繰り返し主張している。『わたしを離さないで』を例に取ると、イシグロは、「これは死についての物語ですが、かなり肯定的な(positive)物語にしたかったのです。このやや否定的で暗澹たる筋書きによって、生きるということに関して、実際はかなり肯定的(positive)で価値のあるものに光を当てることになるだろうと考えたのです」(Wong and Crummett 220)という持論を述べている。こうした考えは、原作者による基本構想として十分に受容しうるものである。

その一方で、人間への臓器提供という宿命を背負うクローンの生死を扱うこの作品に、ペシミスティックな要素を見出す読み手は少なくないだろう。このようなオプティミズムとペシミズム、ポジティブな要素とネガティブな要素の共存は、イシグロ文学の特質の一つだと言える。『リヴィング』もまた同様であり、この引用にあるような、「死」への道程を描きつつ「生きる」ことへの「肯定的」メッセージを提示するという姿勢は、まさにこの映画にも通じる要素である。黒澤の『生きる』が持つペシミズムは必然的に内包しつつも、イシグロの主張するオプティミズムもまた確かに作中には具現化されているのだ。黒澤映画への限りないオマージュと、自らの脚本による新たな演出的付加価値の両方を携えた本作品が放つ「生きる」意味へのメッセージは力強い。イシグロの『リヴィング』は、黒澤の『生きる』を換骨奪胎し、それを乗り越える資質と力量を備えた作品であると言えよう。

※本論考は、イシグロの郷里である長崎市の長崎市中央公民館主宰により行われた公開講座「ノーベル文学賞作家カズオ・イシグロと映画『生きるLIVING』」(二〇二三年六月四日、長崎市民会館)で行った講演「イシグロ文学と映画『生きる LIVING』——脚本を通して見えてくるもの」の原稿に、大幅な加筆修正を施したものである。

※本論考においては、英語文献からの引用はすべて拙訳を施した。各引用には著者名とページ数(インターネット上の文献などページ数表記のないものを除く)のみを記す。同一著者に複数の文献がある場合は文献名も付す。ただし、『リヴィング』の脚本からの引用に関してはページ数のみを記した。

引用文献

Bamigboye, Baz. "'Sex Education' Star Aimee Lou Wood Excels at Life in Awards-Season Movie 'Living'—Q&A." *Deadline*, 6 Jan. 2023, deadline.com/2023/01/aimee-lou-wood-sex-education-living-interview-awards-season-1235212915/.

Canfield, David. "Kazuo Ishiguro on Battling Imposter Syndrome over First Oscar Nom." *Vanity Fair*, 21 Feb. 2023, www.vanityfair.com/hollywood/2023/02/awards-insider-little-gold-men-kazuo-ishiguro-living.

Dow, Steve. "A Nobel Prize and Now an Oscar Nod: Can Kazuo Ishiguro Do No Wrong?" *The Sydney Morning Herald*, 7 Mar. 2023, www.smh.com.au/culture/movies/a-nobel-prize-and-now-an-oscar-nod-can-kazuo-ishiguro-do-no-wrong-20230306-p5cppv.html.

Ishiguro, Kazuo. *Facebook*, 18 Feb. 2023, www.facebook.com/KazuoIshiguro?locale=ja_JP.

___. "Kazuo Ishiguro's Top 10." *Criterion*, 6 Jan. 2023, www.criterion.com/current/top-10-lists/518-kazuo-ishiguros-top-10.

___. screenwriter. *Living*. Sony Pictures Classics, 2023, www.sonyclassics.com/assets/screenplays/living/living-screenplay.pdf.

___. "My Friends in Nagasaki." 2023.

___. *My Twentieth Century Evening and Other Small Breakthroughs: Nobel Lecture Delivered in Stockholm on 7 December 2017*. Faber and Faber, 2017.

James, Daron. "Why the Filmmakers behind 'Living'—a Tale of Life's End—Had Younger Folks in Mind." *Los Angeles Times*, 20 Dec. 2022, www.latimes.com/entertainment-arts/awards/story/2022-12-20/living-writer-kazuo-ishiguro-director-oliver-hermanus.

"Kazuo Ishiguro: An Inventory of His Papers at the Harry Ransom Center." Harry Ransom Center, University of Texas at Austin, norman.hrc.utexas.edu/fasearch/pdf/01143.pdf.

Kerridge, Jake. "Kazuo Ishiguro: 'We're all English Butlers. Everyone Fears Emotions.'" *The Telegraph*, 29 Oct. 2022, www.telegraph.co.uk/films/0/nobel-laureate-kazuo-ishiguro-unlikely-muse-bill-nighy-new-film/.

Knight, Chris. "Kazuo Ishiguro Fell in Love with *Ikiru*. Then He Remade It." *National Post*, 20 Jan. 2023, nationalpost.com/entertainment/movies/kazuo-ishiguro-fell-in-love-with-ikiru-then-he-remade-it.

Living. 2022. Directed by Oliver Hermanus, Number 9 Films, 2023. Blu-ray.

Qureshi, Bilal. "How Should We Be 'Living'? Kurosawa and Ishiguro Tackle the Question, 70 Years Apart." *NPR*, 7 Mar. 2023, www.npr.org/2023/03/06/1161482211/kazuo-ishiguro-living-ikiru-oscarsn.

Rose, Charlie. "Kazuo Ishiguro." *Charlie Rose*, 10 Oct. 1995, charlierose.com/videos/18999.

Stewart, Alison. "Actor Bill Nighy and Writer Kazuo Ishiguro on 'Living'" *WNYC*, 9 Mar. 2023, www.wnyc.org/story/actor-bill-nighy-and-writer-kazuo-ishiguro-living/.

Szewczyk, Elaine. "Kazuo Ishiguro on Life, Death, and the Movies." *The Millions*, 6 Mar. 2023, themillions.com/2023/03/kazuo-ishiguro-on-life-death-and-the-movies.html.

Wong, Cynthia F., and Grace Crummett, "A Conversation about Life and Art with Kazuo Ishiguro." *Conversations with Kazuo Ishiguro*, edited by Brian W. Shaffer and Cynthia F. Wong, UP of Mississippi, 2008, pp. 204-220.

『生きる LIVING』オリヴァー・ハーマナス監督、Number 9 Films、二〇二三年。DVD。

加川直央「『ささやかでも、ヒーローになれる』カズオ・イシグロが語る『生きる LIVING』」『サイカルジャーナル』NHK(日本放送協会)、二〇二三年三月七日、www3.nhk.or.jp/news/special/sci_cul/2023/03/story/20230307living/。

金澤誠「カズオ・イシグロは企画者でもあった」『キネマ旬報』キネマ旬報社、二〇二三年四月上旬号、二七‐二九頁。

河内恵子「カズオ・イシグロが語る記憶と忘却、そして文学」『三田文學』第九四巻 第一二三号(二〇一五)一五八‐一九三頁。

黒澤明『全集 黒澤明 第三巻』岩波書店、一九九八年。

立田敦子「カズオ・イシグロ」『すばる』集英社、二〇一一年五月号、二五〇‐二五三頁。

ハーマナス、オリヴァー「オリヴァー・ハーマナス[監督]インタビュー」『生きる LIVING』東宝、二〇二三年。映画パンフレット。

福原麟太郎、吉田正俊編『文学要語辞典』研究社出版、一九七八年。

ヘリック、ロバート『ヘリック詩抄』森亮訳、岩波書店、二〇〇七年。

細木信宏「黒澤明監督作『生きる』との違いは？ 英国リメイク版の監督、脚本カズオ・イシグロらが明かす【NY発コラム】」『映画.com』二〇二三年一月四日、eiga.com/news/20230104/8/。

1 『遠い山なみの光』の映像化は複数の人物が試みているが、イシグロ自身も英国の映画監督・脚本家ピーター・コズミンスキー(Peter Kosminsky)との共作の形で脚本を執筆している("Kazuo Ishiguro: An Inventory of His Papers" 22)。他にもたとえば、谷崎潤一郎の『瘋癲老人日記』(一九六一‐一九六二)を脚本化しようとする「谷崎計画(Tanizaki Project)」("Kazuo Ishiguro: An Inventory of His Papers" 31)なども構想されていた。

2 *Living* の脚本はインターネット上の複数のサイトで公開されている。いずれも同一のものであるが、本論考では映画の配給会社であるソニー・ピクチャーズ・クラシックス(Sony Pictures Classics)のサイトのものを使用した。このサイトは、イシグロ自身のフェイスブックにおいて、二〇二三年二月一八日に公式に紹介されている。そこには、脚本の中心に、「自らに残された時間が短いとわかったとき、何が人生で真に重要なものとなるのか？」(Ishiguro, *Facebook*)という自身の小説の多くに共通する問いかけがあるとのコメントが付されている。

3 映画に関しては英国版ブルーレイの英語字幕を参照し、イシグロ脚本との差異の確認作業を行った。なお、日本版ブルーレイおよびDVD の字幕仕様は日本語のみで、英語字幕はない。

4 語りの技法、とりわけ一人称の語りに常々こだわりを持つイシグロは、「書物にせよ映画にせよ、私は全知の語り(omniscient narration)に対してはやや支障がある」(Canfield)と述べている。黒澤版と比較すると、たとえばその冒頭シーンでは、「彼には生きた時間がない。つまり彼は生きているとは言えないからである」、「これでは死骸も同然だ。いや、実際、この男は二十年程前から死んでしまったのである」(黒澤 一五〇)という全知の語りが用いられている。イシグロは、こうした語りを自身のリメイク版で採用しなかった理由について、「黒澤明監督を尊敬し、『生きる』も好きだが、オリジナルの映画には"直接的な部分"があった。冒頭にナレーションが入ることで、テーマが直接的に表現されすぎてしまっている」(細木)と説明している。

5 イシグロはインタビューの数々で『生きる』の初見が十一歳あるいは十二歳だったと述べているが、故郷の長崎市で行われた映画試写会(TOHOシネマズ長崎、二〇二三年三月二八日、筆者も出席)のために寄稿した長崎市民向けのメッセージでは「十一歳」(Ishiguro, "My Friends in Nagasaki")と明記している。

6 『リヴィング』において役所内の同様のシーンが始まるのは、脚本では全百八ページ中八ページ目、映画では、キャストやスタッフの紹介テロップが流れる冒頭の映像を除いても約五分経過後とかなり遅い。

7 ビル・ナイはアカデミー賞の主演男優賞にノミネートされた。

8 イシグロは二〇一五年のインタビューで、小説に比べて映画は記憶を扱うのが不得手だと述べ、その理由としてフラッシュバックの示し方に言及している。イシグロは、自分は記憶する際に不鮮明で「動かない写真のようなイメージを見る」が、これに対して映画はイメージが動く、すなわち「記憶する方法をあまりにも具体的にしすぎてしまう」ことによって「記憶という肌触り、感触を破壊してしまう」という持論を展開している(河内 一八六)。ただし、黒澤の『生きる』の「小さなフラッシュ」は「優れた試み」と高く評価していて、「老人が息子との関係を思い出す一続きの画面(シーケンス)なのですが、ここで黒澤はほとんど動かないイメージを連続して使うわけです」と具体例を挙げている(河内 一八七)。しかしながら、実際は黒澤映画のこのシーンでもイメージはやはり具体的で鮮明に動いており、かつ、リメイク版でもその動き自体は踏襲されているように思える。この点に関しては動きの定義や程度の解釈によるのかもしれないが、いずれにせよイシグロは黒澤版の回想の手法を是認しているという前提のもと、本論考では議論を進める。

9 イシグロは多くの小説作品で第二次大戦およびその後を舞台設定として用いており、この時代に対する造詣や思い入れは『リヴィング』でも生かされている。

10 イシグロの長編第二作『浮世の画家』にも、公園造りのエピソードが登場する。同じく戦後復興のシンボルとして描かれるが、『浮世の画家』で公園造りを行ったアキラ・スギムラは、主人公兼語り手のマスジ・オノによってその野心ぶりが強調されていた。彼は野心家のオノ自身と重なるように提示されているため、『リヴィング』のウィリアムズとは異なり、読み手は必ずしも好印象を持てない結果となっている。

11 この他に"old chap"という呼び方も二回登場するが、同様に老若の差異を印象づけている。

12 「新しいもの (a new one)を見つけてやるよ」の箇所は、映画ではカットされているが、新旧の対比の観点から考えれば惜しい変更である。

13 中折れソフト帽は、フランスの劇作家ヴィクトリアン・レアンドル・サルドゥ(Victorien Léandre Sardou、一八三一 ─ 一九〇八)作の戯曲『フェドラ』(Fédora、一八八二)の女性主人公の名にちなむと言われており、この由来からも、ウィリアムズの帽子の変更は英国性後退の暗示を連想させる。

14 イシグロの宗教観に関しては、本論考では議論するための十分な余地がない。イシグロは一九九五年のインタビューで「私自身は宗教的な人間ではありません」(Rose)と述べているが、本作品における神への言及については、彼の宗教性というよりもむしろ、伝統を重んじる古風で保守的な英国紳士像を醸し出すための演出ではないかと考えられる。

15 この点については、以下の拙論を参照。池園宏「Kazuo Ishiguro, *When We Were Orphans* における過去の再構築」『英語と英米文学』第四八号(二〇一四)一 ─ 一五頁。池園宏「人間としての生き方を求めて ──カズオ・イシグロ『わたしを離さないで』」『新世紀の英語文学 ──ブッカー賞総覧 2001-2010』開文社、二〇一一年、一六五 ─ 一八五頁。

16 ピーターとマーガレットの結びつきは、新旧の主題の観点からも、あらかじめ示唆されていることがわかる。役所勤務の初日に、ピーターは公園造りの陳情に来た婦人から「ここには新入りなんでしょ？(New here, ain't you?)」(12)と問われる。一方、役所から飲食店に転職したマーガレットは、婦人客から「ここには新入りなのでしょ？(New here, aren't you?)」(63)と不慣れな仕事ぶりを揶揄される。若者世代にまつわるこうした何気ない台詞の反復にも、イシグロの言語的演出の妙味を見出すことができる。

17　イシグロは仕切り客席(コンパートメント)と役所仕事との関連性について、以下の
　　ような意義深い発言をしている。「役所仕事というのは一種のメタファーです。役所
　　はメタファーによく適しています。なぜなら人生がコンパートメント化(区画化)され
　　(compartmentalized)、人々がこうした圧倒的なルーティン作業を与えられる人生
　　に押し込められる様子を、ある種の具体的な形で目の当たりにするからです」
　　(Szewczyk)。この点からも、仕切り客席の設定には重層的な意味が付与されている
　　と言える。
18　エンドロールの際には、英国のフォークソング歌手リサ・ナップ(Lisa Knapp)が抒
　　情性豊かに歌唱している。

執筆者プロフィール

池園　宏(いけぞの ひろし)
山口大学教授
主要論文:「カズオ・イシグロ『日の名残り』における時間と記憶」(『ブッカー・リーダー――
現代英国・英連邦小説を読む』開文社、二〇〇五年)、「人間としての生き方を求めて――
カズオ・イシグロ『わたしを離さないで』」(『新世紀の英語文学――ブッカー賞総覧 2001-
2010』開文社、二〇一一年)、「芸術と家族を巡る葛藤――『浮世の画家』における主従関係」
(『カズオ・イシグロの視線――記憶・想像・郷愁』作品社、二〇一八年)、「カズオ・イシ
グロ文学における老いの表象――近年の長編小説を中心に」(『英語圏小説と老い』開文社、
二〇二〇年)など。
その昔、現代英国小説に関する研究会でイシグロと出合い、現在に至っています。今回は
最新の映画脚本作品にアプローチしました。映画公開をきっかけにイシグロゆかりの長崎市
で講演を行う機会をいただきましたが、本論考はその内容をさらに膨らませたものです。
映画はもとより、脚本そのものが見事な文芸作品に仕上がっていることをお伝えできれば
幸いです。

あとがき

　本書を読んで、カズオ・イシグロという作家の核をなす「長崎」
に触れることができたのではないだろうか。それは小説のなか
で様々な形態に変容されて描かれている。

　イシグロは、イギリスへ移住してもなお、家庭内においては、
日本のしきたりをまもるよう両親から道徳的教育やしつけを
受けていたという。幼いころに受けた日本の情操教育は、イシ
グロの人格形成期にも影響を与えただろう。作家が自分でも
気がつかなかった、主人公たちの慎重な語りや婉曲的なものの
言い方などは、まさに日本人的な要素のあらわれだといえる。
また、イシグロが十歳前後で目にした日本映画や日本に関する
文献は、イシグロの記憶に刺激をあたえ、作家になる動機を与えて
くれた。

　イシグロが描く「記憶」の世界に入り込むと、時空を超えた
空間のなかで、忘却していた「感情」を呼び起こすような感覚に
とらわれることがある。クリス・ホルムスとケリー・ミー・リッチ
(Chris Holmes and Kely Mee Rich)は、それをフィクティブ・
ワールド（創造世界）ととらえ、作品を読むうえで「模倣、反響、
記憶が物語を形成し、カギとなっている」(1-2)[1]と述べている。

　『遠い山なみの光』は、カズオ・イシグロのデビュー作である。
イギリスに限らず、海外在住の無名の作家であれば誰でも、

「日本人」ということを「売り」にする商戦を組むのは、至極当然のことである。イシグロも例にもれなかったのは、本人も認めている。イシグロがこの小説の舞台を「長崎」にしたのは、彼が知る唯一の「日本」であることはもちろんだが、石黒家のルーツだからでもあるだろう。舞台設定が「戦後」となっているのもうなずける。また、登場人物の多くは、心に傷を負った女性であり、イシグロが戦争を体験している母親の話を下地に据えたのは疑う余地がない。本書の第二部で加藤は、『遠い山なみの光』の主人公を「道徳的負傷」という観点で論じている。悦子が語る記憶のなかの人物や表象などは、彼女の抑圧された罪意識、感情、記憶の歪みがもたらした可能性について鋭い見解を示している。この作品が前述のようにイシグロの母親の視点を通して書かれたからなのか、あるいは、戦前から戦後の（英訳されたものが中心であるが）日本小説に悲劇的な女性の登場人物が多いからなのか、イシグロは「戦争と女性」の悲哀をうまく小説のなかで描出したといっていいだろう。

　『日の名残り』でイシグロはイギリスで最も権威のあるブッカー賞を受賞した。あれから実に、三十年という月日を経て、舞台化されている。本書で菅野は、『日の名残り』の「アダプテーション作品」と「原作」がどう翻案されたのかを検討し、なぜこの作品が、

このタイミングで舞台化されたのかを興味深く考察している。小説や映画では、あえて誇張気味に描かれ、演出されていたミス・ケントンとスティーブンスの恋愛はむしろ矮小化され、イギリス（国）が昨今経験したブリグジットや国の分断の危機等、政治的な意味合いが色濃く反映されていることなどを紹介している。この章を読むとより明確に、イシグロがある時期を境に、「生」や「死」というテーマを絡めた哲学的、社会的な思想で作品をとらえるようになってきていることを感じる。その境となったと思えるのが、『わたしたちが孤児だったころ』である。それ以降、イシグロの（小説だけでなく、舞台や映画など）作品には、絶えず「生」や「死」が織り込まれており、色濃く反映されるようになった。

　本書には、黒澤明監督の映画『生きる』をイシグロなりにアレンジした*Living*について論じたパートがある。池園は、主人公は「死」に向かっているのだが、イシグロはオプティミスティックな「生」を強調していると明快に論じている。そのオプティミスティックな感覚と「死」に対する恐れのアンビバレンスな感情が、「ナナカマドの木」という歌と相まって、黒澤版では得られなかった余韻を視聴者にもたらす。イシグロのメッセージは、文章だけにとどまらず、映像を通しても伝わることを示して

くれた。池園はまた、イシグロのまなざしは、主人公が残した遺産（公園）が幼い子どもたちや大人の想いの場として生まれ変わり、それが受け継がれていくことに向けられていることを教示してくれている。

　『クララとお日さま』は、二〇二一年に出版されたイシグロの最新作である。あれから三年弱ほど経つが、イシグロのファンであれば、心の片隅にクララは色褪せることなく在るだろう。本書のなかで荘中は、クララをアーティフィシャル・フレンドではなく、むしろ「人工奴隷」であるという興味深い見解を示している。このパートを読むと、私たちはロボットとどう向き合うべきか、はっきりさせておく必要性を感じるのではないだろうか。

　昨年、ロンドンで行われたICRA 2023（IEEE が主催するロボティクス分野の国際会議）において、香港を拠点とするハンソン・ロボティクス社のSophiaやGrace、イギリスのエンジニアド・アーツ社のAmecaなどのアンドロイドがお披露目された。その模様は、パソコンでも閲覧、視聴できる。彼らアンドロイドは、Chat GPT で入力するように、人間との対話がほぼできていることに驚かされるだろう。ロボットと共生する時代は我々が思うよりはるかに速い速度でそこまで来ているのだ。

イシグロは時代の風向を読み取り、いち早く小説に取り込むことができる作家である。また、小説をとおして様々な教訓を呈示してくれる興味の尽きない作家でもある。本書を通じて、過去は、決して取り戻すことができない、ゆえに、人間は過ちを悔いながら、あるいは、罪を償いながら生きるしかないという、イシグロなりのメッセージをくみ取ることができたのではないだろうか。

　私たちは、イシグロという作家のありのままの姿を求めて、本書を共同執筆した。イシグロの作品をはじめから読んでいくと、内包していた感情を徐々に昇華させていく様が感じられるのではないだろうか。イシグロが「脆さ」や「儚さ」のなかにあたたかい感情を織り混ぜるのは、平凡な日常を瞬時に奪われた「長崎」という地に生まれたからに他ならない。彼のなかの幼少期の記憶、つまり「長崎」というノスタルジアは、これからも小説のなかに描かれ続けるだろう。

　最後に本の出版を快諾していただいた長崎文献社と編集やデザインに尽力してくれた山本正興氏に最大の謝辞を捧げたい。

武富 利亜

1　『Chris Holmes and Kely Mee Rich, "On Rereading Kazuo Ishiguro", *MFS Modern Fiction Studies*, Johns Hopkins University Press, No. 67 (1), 2021.

昭和二九(一九五四)年	十一月八日、長崎県長崎市新中川町に石黒鎮雄、(旧姓:道田)静子の間に長男として誕生する。このとき四歳年上の姉がいる
昭和三四(一九五九)年	桜ヶ丘幼稚園に入園
昭和三五(一九六〇)年	長崎気象台に勤務していた父親がイギリス国立海洋研究所主任研究員として招聘され一家でサリー州ギルフォードへわたる
昭和四一(一九六六)年	ギルフォードのストウトン小学校卒業(このころは長崎の祖父より漫画などが詰まった小包が届いていた)
昭和四六(一九七一)年	祖父、石黒昌明逝去
昭和四八(一九七三)年	ウォーキング・カウンティ・グラマースクール(高校)卒業。その後すぐに進学せず、スコットランドのバルモラル城のグラウス・ビーターなどを経験する
昭和四九(一九七四)年	ロック・ミュージシャンになりたいという夢を抱く。デモ・テープなどを作成して送っていたという。同年、ケント大学に入学。同年、ケント大学に入学。哲学と英語を専攻する
昭和五一(一九七六)年	スコットランドにある福祉施設でボランティアのソーシャル・ワーカーとして働く
昭和五三(一九七八)年	ケント大学卒業
昭和五四(一九七九)年	ウエスト・ロンドンでホームレスや移民を助けるソーシャル・ワーカーとして従事する。そこで妻のローナと出会う。同年、イースト・アングリア大学大学院クリエイティブ・ライティングのコースに入学し、マルコム・ブラッドベリとアンジェリカ・カーターに師事する
昭和五五(一九八〇)年	イースト・アングリア大学大学院卒業。短編「奇妙な折々の悲しみ」("A Strange and Sometimes Sadness")が雑誌『バナナ』(*Bananas*)に掲載される。短編「ある家族の夕餉」("A Family Supper")が雑誌『クアトロ』(*Quatro*)に掲載される
昭和五六(一九八一)年	祖母、石黒嘉代逝去 新進気鋭の作家の短編集*Introduction 7: Stories by New Writers*のなかに、イシグロの大学院時代に執筆された、「Jを待ちながら」("Waiting For J")と「毒を盛られて」("Getting Poisoned")

	が出版される
昭和五七（一九八二）年	『遠い山なみの光』（*A Pale View of Hills*）が出版される。英国王立文学協会からウィニフレッド・ホルトビー賞を授与される。日本では一九八四年に小野寺健訳『女たちの遠い夏』というタイトルで筑摩書房より出版されたが、二〇〇一年に現在のタイトルに改題され、早川書房より出版された
昭和五八（一九八三）年	短編「戦争のすんだ夏」（"Summer After the War"）が雑誌 *GRANTA* 7 に掲載される。同年、イギリス国籍を取得する
昭和六一（一九八六）年	『浮世の画家』（*An Artist of the Floating World*）が出版される。邦訳は、飛田茂雄。一九八八年、日本で出版される。ウィット・ブレッド・ブック・オブ・ザ・イヤーを獲得する。この年、ローナと結婚 英国のチャンネル4で「ザ・グルメ」（*The Gourmet*）が放映される。のちに同タイトルが *GRANTA 43*（一九九三年）に掲載される
昭和六二（一九八七）年	短編「ある家族の夕餉」（"A Family Supper"）が大学院で師事したマルコム・ブラッドベリ監修の *The Penguin Book of Modern British Short Storie* に収められる
平成元（一九八九）年	『日の名残り』（*Remains of the Day*）が出版される。邦訳は、土屋政雄。翌年、日本で出版される。この小説は、イギリスで最も権威のあるブッカー賞に輝く。国際交流基金によって日本へ招聘され、ローナ夫人を伴い、三十年ぶりに来日を果たす
平成四（一九九二）年	長女ナオミが誕生する
平成五（一九九三）年	『日の名残り』が映画化。ジェームズ・アイボリー監督、アンソニー・ホプキンズとエマ・トンプソン主演。アカデミー賞に八部門ノミネートされる。翌年、日本で公開される
平成六（一九九四）年	カンヌ映画祭の審査員に選出される。映画界で人脈を得る
平成七（一九九五）年	『充たされざる者』（*The Unconsoled*）が出版される。邦訳は、古賀林幸。一九九七年、日本で出版される。同年、イースト・アングリア大学から名誉博士号が授与される。イタリア・プレミオ・スカンノ文学賞を受賞する

平成十(一九九八)年	フランスの芸術文化勲章が授与される
平成一二(二〇〇〇)年	『わたしたちが孤児だったころ』(*When We Were Orphans*)が出版される。邦訳は、入江真佐子。翌年、日本で出版される
平成一三(二〇〇一)年	短編「日の暮れた村」("Village After Dark")が*New Yorker*に掲載される。同年、二度目の来日を果たす
平成一五(二〇〇三)年	映画『世界で一番悲しい音楽』(*The Saddest Music in the World*)の脚本を手掛け、上映される。後に監督が大きく手直ししてくれたと公言する
平成一七(二〇〇五)年	『わたしを離さないで』(*Never Let Me Go*)が出版される。邦訳は、土屋政雄。翌年、日本で出版される。ジェームズ・アイボリー監督、イシグロが脚本を手掛けた映画『上海の伯爵夫人』(*The White Countess*)が上映される。レイフ・ファインズ、ナターシャ・リチャードソン、真田広之主演。翌年、日本で公開される
平成一九(二〇〇七)年	父、石黒鎭雄逝去
平成二一(二〇〇九)年	短編集『夜想曲集』(*The Nocturnes: Five Stories of Music and Nightfall*)が出版される。邦訳は、土屋政雄。同年、日本で出版される
平成二六(二〇一四)年	『わたしを離さないで』(*Never Let Me Go*)が日本で蜷川幸雄の手により舞台化される。多部未華子、三浦涼介、木村文乃などが出演
平成二七(二〇一五)年	舞台『夜想曲集』が日本で上演される。小川絵梨子演出、東出昌大、安田成美などが出演。同年、『忘れられた巨人』(*The Buried Giant*)が出版される。邦訳は、土屋政雄。同年、日本で出版される
平成二八(二〇一六)年	TBSドラマ『わたしを離さないで』が日本で放映される。綾瀬はるか、三浦春馬、水川あさみ主演
平成二九(二〇一七)年	ノーベル文学賞受賞。ノーベル文学賞受賞記念講演『特急二十世紀の夜と、いくつかの小さなブレークスルー』(*My Twentieth Century Evening and Other Small Breakthroughs*)が出版される。邦訳は、土屋政雄。翌年、日本で出版される
平成三〇(二〇一八)年	日本政府から旭日重光章が授与される。同年、イギリス政府からナイトの称号が与えられる
平成三一(二〇一九)年	母、石黒静子逝去

| 令和三（二〇二一）年 | 『クララとお日さま』（*Klara and the Sun*）が出版される。邦訳は、土屋政雄。同年、日本で出版される |
| 令和四（二〇二二）年 | オリバー・ハーマナス監督、脚本カズオ・イシグロで黒澤明の『生きる』をリメイクした『生きる』（*Living*）が上映される翌年、日本で公開される |

カズオ・イシグロを求めて

発 行 日	初版　2024年4月18日
編　　者	武富 利亜（たけとみ りあ）
発 行 人	片山 仁志
編 集 人	山本 正興
発 行 所	株式会社 長崎文献社

〒850-0057 長崎市大黒町3-1　長崎交通産業ビル5階
TEL. 095-823-5247　FAX. 095-823-5252
ホームページ https://www.e-bunken.com

本書をお読みになったご意見
ご感想をお寄せください。

印 刷 所	日本紙工印刷株式会社